권오숙 교수의 해설과 함께 읽는

Hamlet

햄릿

서연비람은 조선 시대 왕궁 내, 강론의 자리였던 서연(書筵)에서 강관(講官)이 왕세자에게 가르치던 경전의 요지를 수집하여 기록한 책(비람備覽)을 말합니다. 서연비람 출판사는 민주주의 국가의 주인인 시민들 역시 지속 가능한 과거와 현재, 미래의 이치를 깨우치고 체현해야 한다는 믿음으로 엄선한 도서를 발간합니다.

서연비람 셰익스피어 선집 1

권오숙 교수의 해설과 함께 읽는

햄릿

초판 1쇄 2023년 12월 29일
지은이 윌리엄 셰익스피어
옮긴이 권오숙
펴낸이 윤진성
펴낸곳 서연비람
등록 2016년 6월 29일 제 2016-000147호
주소 서울시 강남구 남부순환로 2909, 2층 201-2호
전자주소 birambooks@daum.net

ⓒ 서연비람 2023, Printed in Korea.

ISBN 979-11-89171-67-4 04840
ISBN 979-11-89171-13-1 (세트)

값 15,000원

서연비람 셰익스피어 선집 1

권오숙교수의 해설과 함께 읽는

Hamlet

햄릿

윌리엄 셰익스피어 | 권오숙 옮김

서연비람

해설이 있는 셰익스피어 번역본을 출간하면서……

셰익스피어 연구자로서 오랫동안 학술적 활동과 대중적 활동, 양 방향에서 참 열심히 뛰어왔다. 상아탑에서 영문학을 전공하는 학생들에게 셰익스피어 작품을 가르치는 일, 학술 논문을 쓰고 학회에서 발표하는 일, 셰익스피어를 알고, 읽고 싶어 하는 일반인들을 위한 대중 강연, 셰익스피어 작품의 우리말 번역 등등.

그런 활동을 하면서 해갈되지 않는 문제 하나가 가슴에 내내 남아 있었다. 그건 어떤 번역본을 읽어야 하나? 라는 질문에 대한 답변이었다. 질문을 받을 때마다 선뜻 답하기 쉽지 않았다. 물론 그동안 훌륭한 셰익스피어 학자들이 정성을 다해 번역을 해왔으나 번역과 작품 해설이라는 천편일률적인 구성에, 운문이라는 셰익스피어 텍스트가 지닌 특성으로 인한 가독성 문제, 이해가 되지 않는 비유와 말장난 등 번역서마다 나름의 좋은 점과 부족한 점을 지니고 있었기 때문이다. 본 역자도 다른 출판사에서 셰익스피어 번역 작업에 참여했지만 대체로 세계 문학 전집에, 아니면 셰익스피어 전집에 한두 권 삽입된 것이라서 전집의 전체 틀에서 벗어날 수 없었다.

서연비람과 셰익스피어 시리즈 번역 작업을 시작하면서 그 숙제를 해갈하고 싶었다. 책을 다 읽고 나서도 뭔가 명확히 이해되지 않고, 안개에 덮인 것처럼 잡힐 듯 말 듯 갈증을 느끼며 책을 덮었던 독자들에게 새로운 번역본을 건네주고 싶었다. 그래서 그동안 국내의 거의 모든 번역본이 지니고 있는 형식을 파격적으로 깼다. 우선 작품을 읽기 전에 알고 있으면 좋은 정보들을 작품 앞쪽에 배치했다. 그리고 번역은 가능한 한 가독성에 방점을 두었다. 물론 그러다 보면 셰익스피어의 현란한 비유적 표현과 말장난들을 놓칠 수밖에 없다. 내 능력이 허락하는 범위에서 살릴 수 있는 요소들은 최대한 살리려고 노력하는 가운데, 가독성에 문제가 생길 경우는 과감히 포기했다. 그리고 작품 뒤쪽에는 두루뭉술한 해설이 아니라 작품의 가장 중요한 논점들을 하나하나 짚어 설명하였다. 한마디로 단순한 번역서가 아니라 해설과 함께 읽는 번역서인 것이다. 그러다 보니 번역 과정에도 시간이 많이 들었지만 해설 작업에도 시간과 공을 많이 들였다.

　모쪼록 이 번역본의 새로운 시도로 국내 독자들이 셰익스피어를 좀 더 쉽게 이해하고, 즐길 수 있게 되길 바랄 뿐이다. 본 번역본은 해롤드 젠킨스(Harold Jenkins)가 편집한 아든판 셰익스피어의 1990년판을 저본으로 삼았다.

역자 권오숙

일러두기

1 이 책의 앞쪽에 있는 셰익스피어 생애나 시대, 당대 무대 환경 등의 내용은 필자의 주관적인 생각이 아니라 사실을 전달하는 것이므로, 이미 필자가 내놓은 많은 저술들의 내용과 거의 비슷하다. 그래도 셰익스피어 작품을 이해하는 데 꼭 필요한 요소이기에 불가피하게 제공한다. 그리고 이 시리즈의 다른 번역본에도 똑같이 실려 있음을 밝힌다.

2 작품에 등장하는 여러 그리스 로마 신들의 이름은 외래어 표기법에 따르지 않고 독자들에게 친숙한 표기를 사용했다.

3 셰익스피어 극은 대체로 운문으로 되어 있어서 행을 밝혀 주는 게 원칙이다. 대사 옆에 5단위로 표기한 숫자가 행수이다.

4 대사가 중간에서 시작하는 부분(이에 대해서는 38~39쪽에서 자세히 설명하고 있다.)은 앞줄의 대사와 함께 한 행으로 취급된다.

차례

셰익스피어 작품을 읽기 전에

셰익스피어 작품을 더 잘 이해하기 위해 먼저 읽어 보세요!

어떤 작가의 작품을 읽을 때 그 작가의 생애나 그 작가가 살았던 시대의 문화, 사상 등에 대해 알면 조금 더 이해하기 쉽습니다. 특히 셰익스피어처럼 400년 전에 살았던 작가인 경우, 그 시대적 특징을 모르면 쉽게 이해되지 않는 점이 많아요. 게다가 셰익스피어는 극작가이기 때문에 당시의 연극이나 극장 환경에 대해서도 알아야 작품을 더 잘 이해할 수 있습니다. 그래서 셰익스피어 작품을 읽을 때 알아 두면 좋은 정보들을 간단하게 정리해 봤습니다. 작품을 읽기 전, 필독해 주세요!

1. 셰익스피어의 생애

셰익스피어는 당대 최고 인기 극단의 레퍼토리 작가였던 것에 비해 개인의 생애에 대한 기록들이 많이 남아 있지 않다. 그의 세례 기록이나 자녀들의 세례 기록, 사망 신고서, 동료 극작가의 비방글 등이 남아 있을 뿐이다. 학자들은 그동안 이런 단편적인 기록들을 짜 맞추어 그의 생애를 구축해 왔다. 그렇게 학계에서 공인된 사실들로 그의 생애를 간략하게 설명하고자 한다.

존 해밀턴 모티머,
〈시인〉, 1775, 뉴 헤이븐,
예일 브리티시 아트센터 소장

셰익스피어는 영국 르네상스 시대라 불리는 엘리자베스 1세 집권기인 1564년 4월 23일, 중부 지방인 워릭셔(Warwickshire)의 작은 마을 스트랫퍼드어펀에이번(Stratford-upon-Avon)에서 태어났다. 그는 부유한 상인이던 존 셰익스피어(John Shakespeare)의 8남매 중 셋째이자 장남으로 태어나 어린 시절을 유복하게 보냈다. 장갑 장사, 양모 장사 등을 한 것으로 알려진 아버지 존은 한때 사업이 번창하여 셰익스피어는 고급 사립 초등학교인 문법학교(Stratford Grammar School)를 다녔다. 그러나 셰익스피어가 13세 되던 해 가세가 기울어 더 이상의 교육

스트랫퍼드어펀에이번에 있는 셰익스피어의 생가

은 받지 못했다. 그런데 당시 스트랫퍼드의 문법학교는 라틴어 문학 같은 고전 문헌에 대한 교육을 제공했던 것 같다. 거기서 셰익스피어는 오비디우스(Ovid), 베르길리우스(Virgil), 호라티우스(Horatio), 테렌티우스(Terence), 세네카(Seneca) 등 그의 작품에 지대한 영향을 미친 고전 작가들을 접했을 것으로 추정된다. 셰익스피어는 작품 속에서 수많은 고전 작품들을 인용하거나 인유하며, 130여 차례가 넘는 라틴어 원문을 사용하고 있다.

셰익스피어는 1582년, 열여덟 살의 어린 나이에 여덟 살이나 연상인 앤 해서웨이(Anne Hathaway)와 결혼했다. 그와 앤은 수잔나(Susanna), 쌍둥이 햄닛(Hamnet)과 주디스(Judith) 3남매를 두었다. 그런데 아들 햄닛은 1596년에 열한 살의 어린 나이로 병사했다. 아들의 죽음이 『햄릿』을 비롯한 일련의 비극에 영향을 미쳤다고 주장하는 비평가들도 있다. 그런데 셰익스피어 부부의 나이가 많이 차이 나고 결혼한 지 6개월도 안 되어 첫째 딸 수잔나를 출산했기 때문에 두 사람의 결혼에 온갖 추측이 난무한다. 셰익스피어 극에 자주 등장하는 주제 가운데 하나인 '사랑의 맹목적성'이 어쩌면 그들의 결혼에 영향을 받은 건지도 모른다.

셰익스피어는 1580년대 후반부터 런던의 극장에 견습 배우로 고용되어 활동했을 것으로 추정된다. 이때부터 1592년까지 셰익스피어에 대한 기록이 전혀 남아 있지 않아서 이 시기를 '잃어버린 시기(the lost years)'라고 한다. 셰익스피어의 런던 생활과 관련된 최초의 언급은 1592년에 대학 출신 극작가인 로버트 그린(Robert Greene)이 그를 비방한 것으로 보이는 글귀이다.

우리의 깃털로 꾸민 벼락출세한 까마귀가 배우의 탈을 쓴 호랑이의 심장으로 그대들의 최상의 것만큼 훌륭하게 무운시로 뽐낼 수 있다고 생각하고 있으니. 그리고 그는 자신을 만능의 천재라 생각하여 자신만이 이 나라의 무대를 흔들 수 있다는 망상에 빠져 있소.[1]

이때 '배우의 탈을 쓴 호랑이의 심장'이라는 표현은 셰익스피어의

---

1 이경식, 『셰익스피어 4대 비극』 서울대 출판부. 1996, 26쪽에서 재인용

『헨리 6세 *Henry VI*』 3부에 나오는 '여자의 가죽을 쓴 호랑이의 심장 (1막 4장 137행)'이라는 대사를 패러디한 것이고, '나라의 무대를 흔든 다(Shake-scene in a country)'라는 표현은 '셰익스피어'의 이름을 이용한 말장난이다. 이를 통해 볼 때 그린이 말하는 벼락출세한 까마귀는 셰익스피어임을 알 수 있다. 이 글로 보아 이때 이미 셰익스피어는 대학 출신 작가들의 시샘을 살 만큼 인기 있는 극작가가 되었음을 짐작할 수 있다.

셰익스피어는 '궁내부장관 극단(Lord Chamberlain's Men)'의 전속 극작가 겸 극단 공동 경영자이자 배우로 활동하면서 약 20년 동안 38편의 극을 썼다. 이 극단은 제임스 I세가 등극한 뒤에는 '왕의 극단(King's Men)'으로 바뀐다. 그리고 1592년부터 3년 동안 페스트(흑사병) 때문에 극장이 폐쇄되자 셰익스피어는 두 편의 설화시 『비너스와 아도니스 *Venus and Adonis*』, 『루크리스의 겁탈 *The Rape of Lucrece*』을 써서 자신의 후원자이던 사우샘프턴 백작(Earl of Southampton)에게 헌정했다. 그 밖에 셰익스피어가 쓴 것으로 알려진 154편의 소네트가 실려 있는 『소네트집』이 1608년에 출간되었다.

1597년에 셰익스피어는 고향에 뉴플레이스라는 대저택을 구입하고, 말년에 고향으로 돌아가 평온한 여생을 보내다가 1616년 4월 23일에 53세의 나이로 생을 마감했다. 교묘하게도 탄생일과 사망일이 4월 23일로 같은데, 탄생일은 세례일을 기준으로 추정한 날짜이고, 사망일은 사망 신고서를 기준으로 추정한 날짜이다.

셰익스피어가 죽은 지 7년 뒤인 1623년에 그의 극단 동료였던 존

헤밍(John Heminges)과 헨리 콘델(Henry Condell)이 그의 희곡 전집을 발간했다. 이 전집을 제1이절판(First Folio)이라고 한다. 가죽 장정으로 된 큰 판형인 이 판본은 이미 나온 사절판과 무대본을 종합하여 만든 질이 좋은 판본이다. 여기에는 36편의 극작품과 『비너스와 아도니스』, 『루크리스의 겁탈』, 『소네트집』까지 수록되어 있다.

셰익스피어 진위 논란

그런데 이렇게 많은 위대한 극작품과 시를 쓴 사람이 대학 교육도 받지 못한 셰익스피어가 아닐지도 모른다는 의문이 오랫동안 제기되어 왔다. 그의 개인사가 베일에 싸여 있고, 대학 교육도 받지 못한 사람이 천재적 상상력만으로 법학, 지리학, 역사, 고전 등의 전문 지식을 담고 있는 작품들을 썼을 수는 없다는 주장에 많은 사람들이 공감해 왔다.

그 외에도 스트랫퍼드의 셰익스피어 관련 기록에서 그가 문인이었다는 기록이 전무하다는 점, 살아생전 왕궁에서도 공연할 정도로 대단한 극작가였던 그의 사망을 추모하는 글이 한 줄도 발견되지 않았다는 점, 셰익스피어의 유서에 소장한 책들의 처분이나 자필 원고에 대한 언급이 전무하다는 점 등이 의혹의 근거가 되었다. 그래서 2007년 7월에 셰익스피어 관련 업종에 종사하고 있는 영국의 유명 배우와 연출가 287명이 같은 맥락의 '합리적 의심 선언'을 발표하기도 했다.

셰익스피어 작품들을 쓴 실제 인물로 거론된 사람들은 고전 경험론의 창시자인 프랜시스 베이컨(Francis Bacon), 젊은 나이에 의문의 죽음을 당한 동시대 극작가 크리스토퍼 말로(Christopher Marlowe), 사우샘프턴 백작과 함께 셰익스피어의 후원자로 알려진 에드워드 드 비어(Edward de Vere) 백작, 그리고 셰익스피어의 먼 친척이었던 헨리 네빌(Henry Neville) 등이다.

그 중 옥스퍼드 백작 에드워드 드 비어 설이 가장 많은 사람들의 지지를 받고 있는데, 이 사람들을 옥스퍼드 파2라고 부른다. 1920년, 토마스 루니(Thomas Looney)가 『셰익스피어는 에드워드 드 비어로 밝혀졌다 *Shakespeare Identified in Edward de Vere*』라는 저서를 출간했고, 심리학자 프로이트가 이런 옥스퍼드 파의 주장을 강력히 지지했다. 1984년에 찰튼 오그번(Charlton Ogburn)이 『신비에 싸인 윌리엄 셰익스피어 *The Mysterious William Shakespeare*』에서 다시 에드워드 드 비어가 진짜 셰익스피어라고 주장하면서 논란이 재점화되었다.

옥스퍼드 파들은 에드워드 드 비어가 케임브리지와 옥스퍼드에서 최상의 교육을 받았으며, 시와 극작 등 문인으로서 당대에 인정받았을 뿐만 아니라 현존하는 그의 시와 서간문들이 셰익스피어의 문체와 흡사하다고 주장한다. 문체만이 아니라 그의 인생 체험과 유사한 대목들

---

2 옥스퍼드 파 : 옥스퍼드 백작이었던 에드워드 드 비어가 진짜 셰익스피어라고 주장하는 사람들을 옥스퍼드 파, 스트랫퍼드어펀에이번의 셰익스피어가 진짜 셰익스피어가 맞다고 주장하는 사람들을 스트랫퍼드 파라고 한다.

이 셰익스피어의 작품들에서 보이는데, 특히 『햄릿』에 나오는 늙은 간신배 폴로니우스(Polonius)는 그의 장인이자 엘리자베스 여왕의 비서관이었던 윌리엄 세실(William Cecil) 경을 풍자한 것이라는데 많은 학자들이 동의한다.

셰익스피어라는 가명을 사용한 것에 대하여도 그의 문장(紋章)에 '창을 휘두르는(shake-spear)' 사자가 그려져 있었으며, 그의 별명이 '창을 휘두르는 자(spear shaker)'였던 것으로 보아 충분히 타당성이 입증된다고 주장한다. 하지만 스트랫퍼드 파들은 적어도 셰익스피어의 작품 가운데 10편은 에드워드 드 비어가 사망한 1604년 이후에 쓰였다는 이유로 옥스퍼드 파의 주장을 반박한다.

2. 셰익스피어의 시대 — 영국 르네상스 시대

셰익스피어는 엘리자베스 1세(Elizabeth I)와 제임스 1세 (James I)가 다스리던 시대에 극작 활동을 하였다. 영국의 르네상스 시대라고 불리는 이 시기에 영국은 중앙 집권적인 절대 왕정 국가였다. 특히 엘리자베스 1세가 통치하는 동안 영국은 정치적으로 매우 안정되고 국력이 강해졌다. 오랜 치세 동안 여왕은 영국 국교회의 확립을 꾀하고, 로마 가톨릭교와 신교를 억압하여 종교적 통일을 추진했다.

또 고문인 윌리엄 세실과 함께 화폐 제도를 통일하고, 빈민 구제법을 시행하고, 상업을 중시하는 중상주의 정책을 도모하고, 해외 무역을 적극 권장하는 등 많은 경제 정책을 실시했다. 나아가 동인도 회사를 설립하고, 미국 1호주인 버지니아 식민지를 설립하여 식민 정책의 기초도 확립했다. 대외적으로는 1588년에 스페인의 무적함대라 불리는 아르마다 호를 무찔러 해상 주도권도 장악했다.

문화면에서도 영국 르네상스라고 불리는 황금시대가 도래하여 에드먼드 스펜서(Edmund Spencer), 프랜시스 베이컨 같은 학자와 문인들이 많이 배출됐다. 14~16세기에 유럽에서 일어난 르네상스 운동은 고대 그리스 · 로마의 문화를 이상적으로 여겨 이들을 부흥시킴으로써 새 문화를 창출해 내려는 운동이다.

영국은 섬나라인 까닭에 이탈리아에서 이미 14세기에 시작된 르네상스 운동이 대륙에 비해 뒤늦게 전해져, 엘리자베스 1세 때 르네상스기를 맞이한다. 이때 호메로스, 오비디우스, 베르길리우스, 세네카, 플루타르코스 같은 고대 그리스와 로마 작가들의 많은 고전들이 영어로 번역되었다. 셰익스피어 같은 대작가가 탄생할 좋은 토양이 마련된 것이다.

셰익스피어 시대 작가들은 이들 고전 작가들을 칭송하고 그들 작품들을 훌륭한 글쓰기의 모범으로 삼았다. 셰익스피어도 이들 작가들에게서 지대한 영향을 받아 그들의 작품을 원전으로 삼아 극을 쓰기도 하였고, 그들의 극작 스타일로 극을 쓰기도 하였을 뿐만 아니라 작품 곳곳에서 많이 차용하기도 하였다.

엘리자베스 1세는 처녀 여왕으로서 후손 없이 사망하고, 그 뒤를 이어 스코틀랜드의 왕 제임스 6세가 영국의 제임스 1세로 즉위했다. 그렇게 해서 튜더(Tudor) 왕조가 끝나고 스튜어트(Stuart) 왕조가 시작되었다. 영국 왕에 등극 후 제임스 1세는 왕권신수설을 강력히 주창하며 절대 왕정을 추구했지만 스튜어트 왕조는 인기 없는 왕조였고, 제임스 1세는 의회와 많이 충돌했다. 이렇게 제임스 1세 치하 때는 사회의 모든 양상이 엘리자베스 1세 시절보다 불안정하고 암울했다.

셰익스피어 극도 엘리자베스 1세의 사망을 전후하여 극의 분위기가 크게 바뀐다. 나라가 안정되고 국력이 신장되던 여왕의 치세 동안에는 주로 영국 사극과 즐거운 희극들을 쓰지만, 여왕 말기인 1601년에 4대 비극의 하나인 『햄릿』을 쓰는 것을 기점으로 제임스 1세 시대에는 주로 비극을 쓴다. 셰익스피어의 문학적 감수성이 암울한 시대적 배경에 영향을 받아 4대 비극과 같은 위대한 걸작들을 탄생시킨 것이다. 희극도 이전의 즐겁고 유쾌한 낭만 희극(romantic comedy)과는 다른 어두운 극 혹은 문제극(dark comedy or problem comedy)이라고 불리는 작품들을 주로 쓴다.

엘리자베스 여왕 시대는 겉으로 보기에는 번창하고 안정된 시기였지만 그 이면에서는 강력한 변화의 기운이 꿈틀대는 격동의 시대였다. 이 시기에는 교육, 종교, 과학 분야에서 그동안 정설로 받아들여지던 많은 주장들에 대한 의심과 회의가 일었다. 디어도어 스펜서(Theodore Spencer)는 이런 사회적 현상에 대해 다음과 같이 묘사한다.

모든 엘리자베스 시대의 사고의 틀이요, 기본 양식이던 우주적, 자연적, 정치적 질서에 대한 믿음이 의심으로 금이 가고 있었다. 코페르니쿠스는 우주 질서에 의심을 품었고, 몽테뉴는 자연 질서에, 그리고 마키아벨리는 정치 질서에 의문을 제기했다. 그 결과는 엄청난 것이었다.[3]

이렇듯 이 시대는 절대 진리라 여겨지던 것들에 대한 과감한 도전

---

3 Theodore Spencer, *Shakespeare and the Nature of Man*, New York: Macmilan, 1961, 29쪽

이 있었던 시대였다.

셰익스피어의 시대는 우리가 살고 있는 근대(modern)가 시작된 시기로, 농업 중심의 봉건 사회에서 상업과 무역을 중시하는 근대 상업 자본주의 시대로 전이되는 시기였다. 아직 중세의 세계관이 영국 사회를 지배하고 있었지만 자본주의의 새로운 사상과 사회 질서가 싹트고 있었다. 중세의 엄격한 계급 질서가 더 이상 유지되지 않고 상하 신분의 이동이 발생했다.

다시 말해, 신분이 세습되고 고정된 계급 구조를 지닌 봉건 제도에 묶여 있던 사람들은 이제 스스로의 노력 여하에 따라 자신의 계급이나 사회적 신분을 개선할 수 있고, 부와 권력을 창출할 수 있게 된 것이다. 기존의 귀족들 중에 가산을 탕진하고 몰락한 자가 있는가 하면, 상업으로 부자가 되어 토지를 구입하여 신흥 귀족이 된 사람들도 있었다.

종교관에도 변화가 생겨 성직자들의 매개 없이 개인이 신과 직접 소통할 수 있다는 급진적인 신교 사상이 빠르게 번졌다. 특히 엘리자베스 여왕의 아버지 헨리 8세가 로마 교황청의 간섭과 지배로부터 벗어나 영국 성공회를 창설한 뒤에 영국은 영국 국교, 로마 가톨릭교, 신교(청교도)로 나뉘면서 종교적 갈등이 심했다.

영국 국교회는 아직 뿌리를 깊숙이 내리지 못한 데 비해 국민들 다수가 1000여 년 동안 지속되어 온 로마 가톨릭교도였다. 그런가 하면 셰익스피어가 사망할 때쯤에는 청교도 사상이 사람들의 일상생활에 깊숙이 자리 잡았다. 결국 20여 년 뒤에 청교도 혁명이 일어난다.

이렇게 다양하면서도 서로 모순되는 여러 가치관이 충돌하던 대변화의 시대에 사람들은 혼란스러움을 느꼈을 것이다. 온 우주에 신이 정한 질서가 존재한다고 믿던 중세적 가치관이 흔들리면서 사람들은 불확실함 속에서 불안감도 느꼈을 것이다. 『리어 왕 *King Lear*』에서 글로스터 백작의 다음 대사도 그런 시대상을 논한 것이다.

글로스터 ⋯⋯사랑은 식고, 우정은 와해되고
형제는 갈라선다. 도시에서는 폭동이, 시골에서는
불화가, 궁정에서는 역모가 일어난다.
자식과 아비 사이의 인연도 끊어지는구나.
⋯⋯
자식은 아비를 배반하고 국왕은 천성에
어긋나는 행동을 하고, 아비는 자식을 저버린다.
우리는 가장 좋은 세상을 보고 살았으나
음모, 허위, 사기 등 온갖 망조의 무질서가 무덤까지
심란하게 우리를 따라오는구나.　(1막 2장 103~111행)

이렇듯 점점 무너져 가는 전통적인 가치관과 질서에 대한 논의들이 셰익스피어 대사 속에 많이 담겨 있다. 결과적으로 볼 때 당대의 많은 사회적 긴장과 갈등들은 셰익스피어의 위대한 극들이 탄생할 좋은 토양이 되어 주었다.

3. 셰익스피어 시대 극장의 환경

셰익스피어를 제대로 이해하려면 당시의 무대 구조와 공연 방식, 그리고 관객들의 기호 등에 대해 어느 정도 알아야 한다. 대중 극작가로서 셰익스피어는 관객들의 기호와 반응에 민감할 수밖에 없었을 것이며, 당시의 무대 조건과 극장을 둘러싼 환경이 극작에 영향을 주었을 것이기 때문이다.

극장의 역설적 지위

셰익스피어 시대에는 요즘과 같이 유흥거리가 많지 않아 연극이 아주 인기 있는 유흥 중 하나였다. 당시 런던 근교에 산 사람들 중 15~20%가량 되는 사람들이 정기적으로 연극 관람을 하러 다녔던 것으로 추정된다. 하지만 당시의 극장에는 걸인이나 불량배들이 꼬이고 치안이 취약하며, 불법적이거나 무질서한 행동들이 발생했다. 또한 위생적으로도 페스트와 같은 전염병을 확산시킬 위험이 컸고, 도제들을 유혹하여 생산에 차질을 빚기도 하였다. 그래서 런던 시 당국은 런던 시내에 극장 건립을 허락하지 않아서 대부분의 극장들이 템스 강 이남에 세워졌다.

텅 빈 무대, 관객의 상상력에 호소하다

셰익스피어 시대의 극장은 요즘 극장과는 달리 멋진 무대 장치도 없었고, 정교하고 사실적인 무대 배경도 없이 마당으로 튀어나온 텅 빈 돌출 무대에서 공연을 했다. 자연 채광 외에는 다른 조명도 따로 없어서 주로 오후 2시경인 밝은 대낮에 극이 공연되었다. 따라서 많은 장면을 배우의 대사를 통해 관객의 머릿속에 상상력을 불러일으켜야 했다.

예를 들어 화창한 대낮에 공연을 보면서 배우의 대사를 듣고 『로미오와 줄리엣』의 발코니 장면의 아름다운 밤을 상상해야 했고, 『리어왕』의 폭풍우 장면을 상상해야 했다. 『헨리 5세 *Henry V*』에 나오는 다음 프롤로그가 셰익스피어 극들이 어떻게 관객들에게 상상력을 요구했는지 잘 보여 준다.

부족한 점은 여러분들의 생각으로 짜 맞추어 보충해 주십시오.
배우는 각기 천 명 몫을 하고 있다고 생각해 주십시오.
머릿속으로 대군을 상상해 주십시오.
저희들이 말에 대해 말하면 군마들이 당당하게
대지를 딛고 서 있는 광경을 보고 계시다고 생각해 주십시오.

그래서 셰익스피어의 극을 보면 등장인물의 등장과 퇴장에 대한 언급 외 무대 지시문이 거의 없다. 가끔은 셰익스피어의 대사가 현대 독자들에게 너무 장황하게 느껴지기도 한다. 그건 대사가 아주 장황하던 고전극의 영향을 받은 탓도 있지만 요즘은 여러 가지 연극적 효과들로 나타낼 수 있는 것들을 모두 배우들의 대사로 전달했기 때문이다.

배우는 모두 남자

당시에는 여자들이 무대에 서는 것이 허용되지 않았다. 그래서 모든 배우들이 남자였으며, 여자 역은 변성기가 지나지 않은 소년들이 여장을 하고 연기했다. 셰익스피어의 많은 작품 속에 아버지는 등장하지만 어머니가 등장하지 않는 것도 어린 소년들이 엄마의 역할을 하기는 어려웠기 때문일 것이다. 또한 희극 작품에서 여자 주인공들이 남자 차림을 하고 길을 떠나는 얘기가 많이 나오는데, 그런 설정을 통해 결국 여자 역을 맡은 남자 배우가 남자 연기를 한 셈이다. 영국에서는 1662년이 되어서야 여배우가 무대에 서는 것이 허용된다.

배우의 불안정한 신분과 후원제

당시의 배우들은 부랑아로 분류될 만큼 대단히 불안정한 신분이었다. 그 당시에 부랑아, 거지, 상이군인, 실업자, 매춘부 등은 런던의 브라이드웰(Bridewell) 감화원 같은 집단 수용소에 수용되었다. 그래서 배우들은 고위 공직자의 후원을 받아 그들 집에 속한 하인으로 신분의 보장을 받아야만 자유로이 공연하러 다닐 수 있었다.

엘리자베스 여왕 시대에는 셰익스피어가 속한 극단이 궁내부 대신이었던 헨리 케어리(Henry Carey)의 후원을 받아 '궁내부 대신 극단 (Lord Chamberlain's Men)'이라고 불렸다. 그러다 제임스 1세가 왕위에 오른 뒤에는 그가 후원자가 되어 '왕의 극단(King's Men)'이 되었다. 이 극단은 1590년대 중반부터 1642년 청교도 혁명 이후 극장들이 폐쇄될 때까지 런던에서 가장 성공한 극단이었다.

극장 — 모든 사회 계층이 모이는 장소

당시의 극장은 지위가 아주 높은 사람들부터 신분이 낮고 가난하며 무식한 관중들까지 여러 계층의 사람들이 모이는 장소였다. 그래서 셰익스피어의 극에는 고상하고 수준 높은 내용도 있지만, 배움이 적은 사람들도 웃고 즐길 수 있는 내용들도 들어 있다. 이렇게 다양한 계층의 사람들의 입맛을 골고루 맞춘 것이 셰익스피어가 인기를 오래 유지할 수 있었던 이유일지도 모른다. 특히 무대 주변의 서서 보는 싸구려 관람석의 관객들은 대부분 극의 내용이나 어려운 대사는 이해하지 못하고 그저 단순한 우스갯소리나 농담만 즐기러 왔을 것으로 추정된다.

『햄릿』이나 『헨리 4세 *Henry IV*』처럼 대단히 인기가 있던 극들은 심오한 철학적, 정치적 문제에 대한 논의와 함께 무식하고 자극적인 것을 추구하는 관객을 위한 흥미진진한 행위와 볼거리가 섞여 있는 극들이다. 이렇게 극장은 지배 세력과 피지배 세력이 모두 모인 공간이었기 때문에 셰익스피어는 정치적으로 중립적일 수밖에 없었을 테고, 귀족들의 고급문화와 서민들의 민중 문화가 뒤섞인 작품을 쓸 수밖에 없었을 것이다.

검열 제도와 셰익스피어 극의 보수성

당시 모든 극장 공연작들은 공연 전에 연희 담당관의 검열을 받아야 했다. 본래 궁에서 공연하는 극들만 검열을 했었지만 갈수록 검열이 강화되어 여왕은 모든 연극에 대한 검열을 명령했다. 그러다 보니 당대의 극작가들은 적어도 표면적으로는 지배 이데올로기에 영합할 수밖에 없었고, 사회 풍자나 비난의 목소리는 비유적이고 우회적인 방식으로만 해야 했다.

20세기 후반에 등장한 신역사주의[4] 비평가들이 비판한 셰익스피어 극의 보수성은 연극을 둘러싼 여러 여건들, 즉 왕이나 귀족 계급의 후

---

4 신역사주의 : 문화 비평가인 그린블랫(Stephen Greenblat)이 처음 사용한 문화 비평 용어이다. 프랑스의 철학자 미셸 푸코(Michel Foucault)의 영향을 받은 신역사주의자들은 모든 지식인들이 자신들이 살고 있는 시대의 지배 담론에서 자유롭지 못하다고 생각한다. 신역사주의자들은 셰익스피어가 당대 지배 계급의 이익에 봉사하면서 체제를 옹호하는 담론들을 생산 또는 강화, 확산했다고 평가했다.

원과 국가 기관의 검열 등을 볼 때 피치 못한 결과였을 것이다. 이런 공연 환경은 셰익스피어가 정치적으로 일정 정도 보수성을 띠면서도 우회적으로 사회에 대한 풍자와 비판을 담아내는 역설적인 작품들을 쓰는데 영향을 주었을 것이다.

글로브 극장(The Globe)

'지구 극장'이라는 뜻의 글로브 극장은 1599년에 리처드 버비지(Richard Burbage)와 커스버트 버비지(Cuthbert Burbage) 형제가 세웠다. 런던의 시 외곽 지역인 사우스워크(Southwark)에 세워진 이 극장은 8각형 모양이었으며, 수많은 셰익스피어 작품을 공연하는 본거지였다. 그리고 런던의 대표적인 극장 네 곳 중 하나로, 최대 3천 명의 관객을 수용할 수 있는 규모가 큰 극장이었다.

글로브 극장은 관객석 위만 지붕이 있고 가운데 부분은 뻥 뚫린 야외 극장이었다. 지붕이 있는 비싼 관람석에는 지위가 높은 귀족들이 앉았고, 돈이 없는 가난한 사람들은 1페니 정도만 내고 무대 주변의 마당에 서서 극을 보았다. 원래 연극을 위한 전용 극장이 생겨나기 전의 연극은 여인숙의 앞마당에서 주로 공연되었다. 그래서 글로브 극장은 여인숙 앞마당처럼 가운데 공터를 3층으로 된 객석이 둘러싸고 있다. 공터 한쪽에 돌출 무대가 있고, 서서 보는 싸구려 관람객(groundlings)이 무대 삼면을 둘러싸고 공연을 보았다. 그래서 셰익스피어 시대의 극장은 관

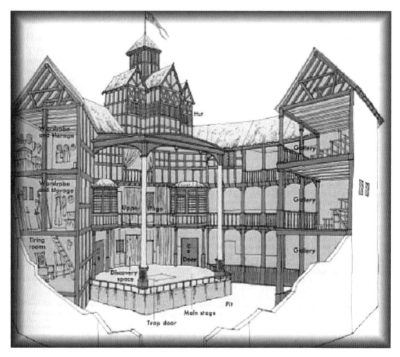

글로브 극장의 단면

객과 무대가 완전히 구분되어 있는 요즘의 극장과 달리, 관객과 배우의 관계가 훨씬 더 친밀했고 현실과 연극 사이의 경계도 모호했다.

블랙프라이어즈(Blackfriars) ― 시설이 좋은 실내 사설 극장

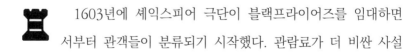 1603년에 셰익스피어 극단이 블랙프라이어즈를 임대하면서부터 관객들이 분류되기 시작했다. 관람료가 더 비싼 사설

극장인 블랙프라이어즈는 좀 더 수준 높은 고급 관객들이 찾았다. 공공 극장의 입장료가 1페니(1/240 파운드)에서 6실링(1/20파운드)이었는데 비해 사설 극장은 6펜스(1/40 파운드)에서 반 크라운(1/8파운드)이었다고 한다. 사설 극장은 수준 높고 고상한 관객의 기호를 충족시키기 위해 보다 정교한 배경이나 무대 장치를 사용하였기 때문에 새로운 극적 실험 등을 할 수 있었다.

예를 들어 셰익스피어의 후기극인 『폭풍우 *The Tempest*』에서 요정들이 하는 가면극이나 『심벨린 *Cymbeline*』에서 주피터가 독수리를 타고 나타나는 장면 등은 정교한 무대 장치를 요구하는 장면이다. 셰익스피어는 이 극장의 고급 관객을 위해 로맨스 혹은 비희극이라고 불리는 귀족적인 새로운 레퍼토리들을 준비했다. 처음에 이 극장은 셰익스피어 극단의 겨울철 공연장이었으나 점점 야외극장은 인기가 떨어지고 낮은 계층의 기호만 만족시키다 사설 극장에게 인기를 빼앗겼다.

레퍼토리에 대한 끝없는 요구

상설 극장의 설립으로 인해 순회공연 시대와는 달리 레퍼토리에 대한 끝없는 요구가 있었기에, 이것이 영국 연극을 발전시키는 요인이 되었다. 당시의 연극은 대단히 인기가 있어서 극장들은 쉴 새 없이 새로운 공연을 무대에 올려야 했다. 한 작품의 평균 공연

횟수는 10회가 넘지 않았다고 한다. 어떤 극단이 성공적인 작품을 공연하면, 경쟁 극단에서는 극작가에게 비슷한 주제의 새로운 연극을 가능한 한 빨리 제공하도록 요청했다. 결국 극작가들은 신속하게 레퍼토리를 제공하기 위해 두세 명의 작가들이 합작하는 경우도 있었고, 다른 극장에서 성공한 작품을 비슷한 내용에 몇 가지 새로운 내용을 덧붙여 개작하는 일이 흔했다.

셰익스피어는 극단의 그런 요구를 만족시키기 위해 신화나 성경, 역사책뿐만 아니라 민담이나 전설 등에서 유명한 영웅 이야기나 군주들의 이야기를 빌려 와 극작을 하였다. 하지만 셰익스피어는 원전을 그대로 사용하는 경우가 거의 없었다. 빌려 온 것은 이야기의 뼈대뿐이었고 원전을 자유롭게 압축, 생략, 추가, 혼합, 재배치하여 새로운 작품으로 만들어 냈다. 역사극에서도 극적 효과를 위해 역사를 자유분방하게 다루었다. 또 친숙한 이야기들에 담겨 있는 관습과 고정 관념을 깨뜨리는 방식으로 새롭게 재창조하여 새로운 인식과 사고를 유도했다.

따라서 셰익스피어 극의 출처에 대한 연구에서 중요한 것은 셰익스피어가 그 출처를 얼마나 따르고 있느냐가 아니라 어떻게 변형시키고 있는가에 있다. 그가 고의적으로 출처에서 일탈할 때 왜 그랬을까를 탐구하는 것이 그의 예술에 대한 이해를 제공하기 때문이다.

4. 셰익스피어 극의 시기별 특징

셰익스피어의 작품들은 시기별로 다른 특징들을 보여 준다. 시기마다 중점적으로 집필하는 장르도 다르고, 같은 장르라 하더라도 시기마다 성격이 조금씩 달라진다. 따라서 셰익스피어 작품을 읽을 때는 그것이 어느 시기에 쓰인 작품인가를 살펴볼 필요가 있다. 셰익스피어의 작품 세계는 일반적으로 다음 네 시기로 분류하지만 학자마다 조금씩 의견이 다르기도 하다.

제1기(1590~1594) : 습작기

습작기라 불리는 이 시기의 극들은 후기 작품들에 비해 작품의 토대가 된 원전5을 기계적으로 따른다. 플롯은 치밀한 극적 구조 속에 통합된 것이 아니라 관련된 여러 사건들을 나열하고 있다. 언어도 등장인물의 심리 묘사나 사건의 진행에 직접적인 관련이 없는 경구(警句), 말장난, 미사여구, 장황한 수사들을 많이 사용한다.

『헨리 6세』가 셰익스피어의 첫 번째 극인데, 『리차드 3세 *Richard*

---

5 셰익스피어는 기존의 많은 역사서나, 신화, 다른 문학 작품에서 이야기를 빌려 와 재구성하였다. 셰익스피어가 빌려 온 원 작품을 '원전'이라고 한다.

III』도 이때 쓴 영국 역사극이다. 이 시기의 유일한 비극은 『타이터스 앤드로니쿠스 *Titus Andronicus*』인데, 로마 비극 작가 세네카(Seneca)의 영향을 많이 보여 주는 유혈 복수극이다. 이 시기에는 『실수 희극 *The Comedy of Errors*』, 『말괄량이 길들이기 *The Taming of the Shrew*』, 『베로나의 두 신사 *The Two Gentlemen in Verona*』, 이렇게 세 편의 희극을 썼다.

제2기(1595~1600) : 희극의 완성기

이 시기의 셰익스피어는 사극과 낭만 희극을 거의 완벽한 형태로 발전시킨다. 이때부터 셰익스피어의 창작력은 놀라울 정도로 발전하여 다양한 사건을 하나의 플롯 속에 짜 넣는 천재성을 발휘하기 시작한다. 즉 기존의 이야기들을 빌려 와 재구성하고 여기에 다채로움과 생동감을 부여한 것이다.

이 시기에 쓴 비극은 『로미오와 줄리엣 *Romeo and Juliet*』뿐인데, 후기 비극들에 비해 운명적 요소가 많고, 인물의 성격으로 인한 비극성은 아직 보이지 않는다. 또 이 시기에 쓴 영국 사극은 『리처드 2세 *Richard II*』, 『헨리 4세』 1 · 2부, 『헨리 5세』로 서로 이어지는 역사적 사실을 다룬 작품들이다.

셰익스피어는 이 시기에 젊은 남녀의 사랑을 그린 낭만 희극을 많이 썼다. 『한여름 밤의 꿈 *A Midsummer Night's Dream*』, 『헛소동

Much Ado about Nothing』,『좋으실 대로 As You Like It』,『십이야 Twelfth Night』,『베니스의 상인 The Merchant of Venice』 등이 그 예이다.

위 낭만 희극과는 성격이 조금 다른 풍속 희극『사랑의 헛수고 Love's Labour's Lost』와 가벼운 소극(素劇)『윈저의 즐거운 아낙네들 The Merry Wives of Windsor』도 이 시기에 썼다. 로마 사극『줄리어스 시저 Julius Caesar』는 희극기에서 비극기로 넘어가는 과도기인 1599년에 썼는데, 이 극에서는 이후 4대 비극에 나타나는 비극의 특징들이 엿보이기 시작한다.

제3기(1601~1608) : 비극기

엘리자베스 1세 말년부터 셰익스피어의 극 세계는 비극적 색채를 띠게 된다. 정치적 혼란상뿐만 아니라 아버지의 죽음이나 어린 아들의 죽음 같은 개인사가 셰익스피어의 비극에 영향을 끼쳤다고 주장하는 비평가도 있다. 예술적 절정기를 맞은 셰익스피어는 이 시기에『햄릿』,『맥베스 Macbeth』,『리어 왕』,『오셀로 Othello』 등 그의 가장 위대한 작품들을 대부분 썼다. 언어 구사력과 성격 창조에서도 크게 발전하여 천재 극작가로서의 면모를 갖추게 된다.

딸과 아내를 잃었다가 다시 상봉하는 내용의『페리클레스 Pericles』를 제외한 이 시기의 모든 작품은 인생의 비극적인 면을 그렸다. 심지어 이 시기에 쓴 『끝이 좋으면 다 좋아 *All's Well that Ends Well*』, 『자에는 자로 *Measure for Measure*』, 『트로일러스와 크레시다 *Troilus and Cressida*』 같은 희극조차도 내용이 무겁고 심각해서 '문제 희극' 또는 '어두운 희극'이라 불린다. 이 밖에 그리스를 배경으로 한 비극『아테네의 타이먼 *Timon of Athens*』과 로마 사극『안토니와 클레오파트라 *Antony and Cleopatra*』, 『코리올레이누스 *Coriolanus*』를 썼다. 이런 셰익스피어의 로마 사극들은 흔히 비극으로 분류된다.

제4기(1609~1613) : 로맨스 혹은 비희극의 시기

셰익스피어는 집필 마지막 시기에 세 편의 로맨스 극과 한 편의 사극을 썼다. 『심벨린』과 『겨울 이야기 *The Winter's Tale*』, 『폭풍우』, 이 세 극과 앞 시기에 쓴 『페리클레스』를 로맨스 극 혹은 비희극이라고 부른다. 이 극들은 비극적 상황이 진행되다가 갑자기 극적 반전이 일어나 죽은 줄 알았던 가족이 살아 돌아와 용서와 화해로 행복한 결말을 맞이하는 공통된 플롯을 지니고 있다. 그런데 등장인물들의 재회와 화해에는 현실감과 개연성이 부족하고 우연적 요소가 크게 작용하기 때문에 3기에 보여 준 치밀한 극 구조는 찾아볼 수 없다.

이렇게 갑자기 습작 태도가 바뀐 것은 셰익스피어가 말년에 인생을 바라보는 태도가 바뀐 탓도 있고, 이 시기에 셰익스피어 극단이 임대한 사설 극장 블랙프라이어스의 귀족 관객들의 기호에 맞춘 탓도 있다. 존 플레처(John Fletcher)와 함께 쓴 사극『헨리 8세 *Henry VIII*』와『고결한 두 친척 *The Two Noble Kinsmen*』이 그의 마지막 작품들이다.

5. 셰익스피어 극의 언어

셰익스피어를 흔히 언어의 마술사라고 한다. 그만큼 그의 대사들은 아름다울 뿐만 아니라, 풍부한 비유, 함축적인 의미, 생생한 시각적 이미저리 등을 담고 있다. 게다가 그는 새로운 신조어도 많이 만들어 냈을 뿐만 아니라 기존의 단어들을 조합하거나 새롭게 사용하여 영어를 매우 풍요롭게 만들었다. 그런데 셰익스피어의 언어는 옛날 말투인 데다 운문으로 된 대사들이 많이 포함되어 있어서 일상 언어와 달리 이해하기가 어렵다. 따라서 셰익스피어를 잘 이해하려면 그의 언어적 특징을 먼저 이해해야 한다.

운문으로 된 대사

셰익스피어의 극에는 운문과 산문이 섞여 있지만 70% 이상이 운문이다. 셰익스피어는 등장인물의 신분, 직업, 성격에 따라 각기 다른 어투를 부여하고 있는데, 주로 고귀한 인물들의 언어는 운문으로, 신분이 낮은 인물들이나 희극적 인물들의 언어는 산문으로 되어 있다. 이는 당시 일반적으로 운문이 산문보다 수준 높고 고상한 것으로 여겨졌기 때문이다. 번역문에서 시처럼 중간중간 끊어서 행갈이를 한 대사들이 운문이고, 그와 반대로 행을 끊지 않고 쭉 붙여서 쓴 부분은 산문이다.

셰익스피어는 등장인물의 사회적 지위에 따른 차이뿐만 아니라 특정의 극적 효과를 내기 위해서도 운문과 산문을 교차해서 사용했다. 예를 들어, 『로미오와 줄리엣』에서 베로나 시를 다스리는 에스컬러스 공작이 캐퓰릿 가와 몬태규 가의 싸움을 중지시키기 위해 등장했을 때, 싸움을 일으킨 자들을 꾸짖을 때는 산문을 사용한다. 그러나 잠시 뒤에 두 집안사람들에게 질서와 품위를 유지하라는 긴 연설을 할 때는 장중한 운문을 사용한다. 또한 4대 비극의 주인공들이 고결한 성품을 유지할 때는 운문으로 말을 하지만, 그들이 격정에 시달리거나 비이성적인 상태가 됐을 때는 산문으로 말한다. 이렇게 셰익스피어는 한 인물의 어투도 상황과 용도에 따라 변화를 준다.

무운시(無韻詩, blank verse)

셰익스피어는 운문 대사에서 주로 '무운시'라는 형식을 사용한다. 무운시란 약강 5보격이면서 압운(rhyme)을 사용하지 않는 것이다. 이를 좀 더 풀어서 설명하면 영시에서는 '약강'이든 '강약'이든 일정한 패턴의 운율 규칙을 사용하여 시에 리듬감과 음악성을 준다. '약강 5보격'은 약강의 운율 규칙을 가진 음보가 한 행에 다섯 개 들어 있는 것으로, 영시에서 가장 많이 쓰이는 운율이다. 햄릿의 가장 유명한 대사를 예로 들어 보자.

Tò bé òr nót tò bé thàt ís thè quéstion.
사느냐 죽느냐 그것이 문제로다.

 이런 규칙이 조금씩 깨질 때도 있지만 대부분의 운문 대사가 이 리
듬을 지키고 있다.
 다음으로 압운이란, 시에서 행의 끝부분 등에 같은 음을 반복해서
음악성을 주는 기법인데, 그 중 행의 끝부분에 같은 발음을 일정 규칙
으로 쓰는 것을 각운이라고 한다. 역시 예를 하나 보자.

But passion lends them power, time means, to m<u>eet</u>,
Tempering extremities with extreme sw<u>eet</u>.
                    – 『로미오와 줄리엣』 중 2막의 코러스

 위 인용문에서 각 행의 끝 음이 같게 되어 있는데, 이런 압운은 청각
적으로는 아름답지만 시인이 시어를 선택할 때 상당한 제약을 받는다.
그래서 셰익스피어는 극 속에서 일부 대사만 빼고 각운을 맞추지 않았
다. 약강 5보격으로 일정한 운율을 사용하여 리듬감을 주면서도 압운은
맞추지 않아 비교적 자유로운 형식이 바로 무운시인 것이다. 하지만 셰
익스피어는 때에 따라서 두 행씩 각운을 맞추는 2행 연구(couplet)를 사
용하기도 했는데, 대체로 각 장의 끝 대사에서 이 형식을 사용했다.
 가끔 번역문을 보면 아래와 같이 편집이 이상한 형태를 띠고 있을
것이다.

로렌조

　　아름다운 부인들이여, 당신들은 굶주린 백성이 가는 길에
　　만나를 내려 주시는군요.
포샤　　　　　　　　　　　　동틀 녘이 다 되었네요.

이건 로렌조의 둘째 줄과 포샤의 대사가 합쳐져야 약강 5보격의 한
행이 되기 때문에 이렇게 편집하는 것이다.

셰익스피어의 이미저리와 비유

　무대 장치나 효과가 발달하지 못했던 당시 극장의 한계를
극복하기 위해 관객들의 마음속에 생생한 그림이 떠오르도록
사용한 뛰어난 이미저리도 셰익스피어 작품이 사랑받는 또 다른 이유
이다. 또한 셰익스피어는 어떤 한 사물을 다른 사물에 빗대어 설명하
는 비유적 표현에 천재적인 능력을 발휘한 작가이다.

셰익스피어의 말장난(pun)

　셰익스피어는 작품 속에서 우리의 사오정 시리즈 같은 말놀
이를 자주 한다. 유머러스한 효과를 내기 위해 한 단어를 두

개 혹은 그 이상의 의미를 암시하도록 사용하거나 같은 소리를 가졌지만 뜻은 전혀 다른 단어들을 이용한 말놀이를 통해 셰익스피어는 관객에게 웃음을 일으키기도 하고, 그 어떤 것도 고정된 하나의 의미가 있는 것이 아니라 다양한 의미로 해석이 가능하다는 것을 보여 주기도 한다. 이런 말놀이는 셰익스피어 시대 관중들에게 인기가 있었던 것 같다.

『햄릿』을 읽기 전에

『햄릿』을 더 잘 이해하기 위해 먼저 읽어 보세요!

셰익스피어는 왠지 꼭 읽어야 할 것 같은 작가지만 너무 어렵고 재미없을 것 같아서 접근하기 쉽지 않은 작가이기도 합니다. 더구나 우리는 소설을 주로 읽어왔기 때문에 희곡 형식은 영 낯설고 잘 읽히지 않습니다. 더구나 지금은 쓰이지 않는 4백 년 전 말투의 희곡이다 보니 도무지 진도가 나가지 않고 힘이 듭니다. 그래서 셰익스피어의 작품은 누구나 익히 알지만 막상 읽어본 사람은 아주 적습니다.

이런 처지는 『햄릿』도 마찬가지입니다. 너무 익숙하고 마치 읽어본 것처럼 내용은 대충 압니다. 하지만 실제로 이 긴 극을 완독한 사람은 그리 많지 않습니다. "사느냐 죽느냐 그것이 문제로다"라는 대사는 이 극을 읽어보지 않은 사람도 많이 들어 보았을 것입니다. 그리고 셰익스피어를 잘 모르는 사람도 『햄릿』이 세상에서 가장 유명한 문학작품이라는 것쯤은 알고 있을 겁니다.

4대 비극 중 가장 먼저 집필된 『햄릿』(1601)은 셰익스피어의 38편의 희곡 중 가장 뛰어난 작품을 꼽은 4대 비극 중에서도 최고의 작품으로 꼽힙니다. 그럼 도대체 이 작품은 왜 그렇게 유명하고, 인생에서 꼭 한번은 읽어야 할 책으로 어느 도서 목록에서나 추천하는 걸까요? 이를 잘 이해하기 위해 미리 알면 좋을 내용들을 정리하였으니 책을 읽기 전에 꼭 읽어주세요.

1. 셰익스피어 비극의 세계

셰익스피어는 38편의 극을 썼지만 무엇보다 비극 장르에서 최고의 걸작들을 남겼다. 셰익스피어 비극에서는 주인공의 중대한 과실에 의해 사회 질서가 무너지고, 사람들 삶은 극심한 혼란에 빠지며, 결국 주요 등장인물들이 거의 다 파멸하면서 극이 끝난다. 셰익스피어는 주인공들이 사회 질서를 무너뜨리는 원인으로 인간의 격정, 감정, 본능, 제어되지 않는 욕망 등을 제시하며 그것들에 대한 치밀한 탐구를 한다. 즉, 탐욕과 격정의 제물이 되는 나약하고 어리석은 인간들의 성격과 그로 인한 행동 양식을 탐구한 것이다. 그리고 이를 통해 인간 본성에 대해 근본적인 의문을 제기한다.

희극에서도 인간의 그런 속성을 그리고는 있지만 등장인물들이 그로 인해 죽음에 이르지는 않는다. 하지만 비극 속에서는 그 결과가 훨씬 파괴적이고, 그것들이 불러오는 혼돈과 무질서도 극단적이다. 후대 비평가들은 그중 가장 훌륭한 극 네 편을 골라 4대 비극(The greatest tragedy)이라 불렀다. 흔히 『햄릿』, 『맥베스』, 『오셀로』, 『리어 왕』을 4대 비극이라 한다. 거기에 『로미오와 줄리엣』을 포함하여 5대 비극이라고도 한다.

2. 르네상스 시대정신을 담은 『햄릿』

셰익스피어는 중세 봉건주의 시대에서 근대 자본주의 시대로 넘어가는 과도기에 살았다. 그래서 당시는 중세의 기독교 사상이나 질서관이 흔들렸고, 그로 인해 사회가 아주 혼란스러웠다. 앞에 셰익스피어 시대에 대한 설명에서도 말했듯이 이 시대는 그동안 절대 진리라고 여겨지던 중세의 여러 사상들을 의심하고, 다시 생각하고, 뒤집는 주장들이 많이 나왔다. 보편적 진리를 단순히 받아들이기보다는 개인적 사유를 통해 그 진리를 따져보는 시대가 된 것이다. 유명한 철학자 데카르트가 『방법 서설』(1634년)에서 "나는 생각한다. 그러므로 나는 존재한다."라고 썼던 명제가 그런 당시의 시대정신을 잘 대변한다.

셰익스피어는 갈등, 모순, 회의, 의심, 불확실성 등의 어휘들로 대변될 수 있는 혼돈스런 시대상을 극에 담아냈다. 그중에서도 끊임없이 생각하고, 의심하고, 확인하는 햄릿은 그런 시대정신을 가장 잘 보여주는 인물이다. 셰익스피어 극 중 가장 긴 『햄릿』은 다른 어떤 극보다 햄릿의 마음속 생각, 즉 심리적 갈등을 독자에게 전달하는 독백이 많다. 형을 독살한 숙부와 그렇게 남편을 살해한 시동생과 재혼한 어머니를 보며 생각이 깊고 철학적인 젊은 왕자 햄릿은 많은 고뇌에 빠져든다. 그리고 비이성적인 본능과 욕망이 지배하는 이 세상에 대해 환멸하고 자살 충동까지 느낀다. 그런 햄릿에게 죽은 아버지의 유령은 복수를 해달라는 무거운 짐을 지운다. 하지만 햄릿은 끊임없이 복수를 다짐하면서도, 실제 복수는 하지 못하고 자꾸 미룬다.

자신에게 복수를 부탁한 아버지 유령이 진짜 자기 아버지의 유령이 맞는지, 아니면 자신을 살인으로 몰아넣으려는 악령은 아닌지를 의심한다. 혼자 기도하는 숙부를 보았을 때는 복수할 수 있는 절호의 기회였지만 그 순간 숙부를 죽이는 것이 과연 복수인지, 참회한 숙부가 천당으로 갈 수 있게 도와주는 것은 아닌지 고민한다. 그래서 유령이 말한 숙부의 살해 행위를 확인하기 위해 극중극을 준비한다. 이렇게 생각하고, 의심하고, 확인하는 햄릿은 르네상스의 시대정신이 잘 구현된 인물이다.

3. 셰익스피어 시대에 유행했던 복수극

고대 그리스, 로마 시대의 고전들이 많이 번역되었던 셰익스피어 시대에 특히 로마의 비극작가 세네카가 영국 극작가들에게 많은 영향을 끼쳤다. 세네카는 잔인하고 유혈적인 복수극을 많이 썼는데 영국에서도 그런 복수극 장르가 유행했다. 예를 들어 크리스토퍼 말로의 『몰타의 유대인』, 셰익스피어의 초기 비극인 『타이터스 앤드로니쿠스』, 존 웹스터의 『말피의 공작부인』 등은 모두 복수극이다. 이러한 복수극의 특징은 잔인한 음모가 넘치고, 유혈이 낭자하고, 등장인물 대부분이 죽는다는 것이다.

아버지의 죽음에 대한 복수를 수행하는 이야기인 『햄릿』도 플롯 상으로는 복수극으로 분류된다. 그런데 셰익스피어는 당대 유행하던 복수극의 패턴에서 완전히 벗어나 전혀 새로운 유형의 복수극을 만들어 냈다. 복수를 하는 대신 햄릿의 정신적 고뇌와 갈등으로 극을 가득 메운 것이다. 온갖 잔인하고 처절한 방식으로 복수를 추구하던 것이 기존 복수극의 일반적인 스타일이라면 햄릿은 그 반대로 행동한다. 그는 이 핑계 저 핑계를 대며 자꾸 복수를 지연시키면서 생각하고 또 생각한다. 이렇게 이 극은 당대의 복수극 패턴을 오히려 깨고 있다고 볼 수 있다. 이런 점에 셰익스피어의 신선함과 독특함이 있다.

그래서 이 극은 겉으로는 엘리자베스 시대에 유행했던 복수극 같지만, 햄릿의 끝없는 사유와 의심과 명상을 통해 인간과 세상, 삶과 죽음 등 인간의 근본적 질문들을 논하고, 진지하게 성찰하는 철학극이라고 할 수 있다. 그런데 이런 성찰이 주로 햄릿의 독백을 통해 이루어진다. 독백은 등장인물의 마음속 생각 또는 심리적 갈등을 독자에게 전하는 연극기법이다. 셰익스피어 극 중에서 이 극이 가장 긴 이유는 햄릿이 끊임없이 복수를 지연하면서 너무 많은 생각을 하기 때문이다. 그만큼 이 극은 심오한 내면세계를 치열하게 탐구하는 심리극이기도 하다. 뿐만 아니라 미치광이 행세를 하는 햄릿의 입을 통해 권력, 법률, 계급 문제, 연극계 등을 마음껏 비판한다. 하지만 이러한 비판은 사실 햄릿의 입을 빌려 셰익스피어가 당대의 정치현실, 문화, 사회상을 날카롭게 비판한 것이다. 그런 점에서 볼 때는 세태를 조롱하고 비판하는 풍자극이기도 하다.

4. 『햄릿』의 여러 원전들

셰익스피어는 흔히 최고의 표절 작가라고 불린다. 왜냐하면 그의 극들은 대부분 기존 역사책이나 성경, 신화에서 소재를 빌려다 썼기 때문이다. 하지만 셰익스피어는 단순히 한 이야기를 빌려와 극으로 만들지 않았다. 수없이 많은 원전에서 일부분을 가져와 자신이 원하는 주제에 맞게 조합하여 전혀 새로운 작품으로 탄생시켰다. 여기에 셰익스피어의 위대성이 있다.

『햄릿』도 중세 때부터 덴마크 사람들에게 전해 내려오던 암렛(Amleth) 왕자의 전설을 빌려와서 쓴 극이다. 1200년경에 문법가인 삭소 그라마티쿠스(Saxo Gramaticus)가 쓴 『덴마크의 역사』(Historae Danicae)에도 암렛(Amleth) 왕자의 전설이 수록되어 있었고, 1570년 프랑스의 벨포레(Francois de Belleforest)가 쓴 『비극 설화집』(Histoires Tragiques)에도 이 이야기가 수록되어 있었다. 햄릿은 이런 책들에서 이 극의 소재를 빌려왔을 것으로 추측된다.

그리고 셰익스피어가 이 극을 쓰기 전인 1590년대 말에 이미 이 전설을 소재로 한 극이 런던에서 공연되었다는 기록이 남아있다. 이 극은 셰익스피어보다 먼저 극작 활동을 하고, 『스페인의 비극 *The Spanish Tragedy*』이라는 복수극을 썼던 토머스 키드(Thomas Kyd)가 쓴 것으로 추정되고, 『원 햄릿 *Ur-Hamlet*』이라 불린다. 셰익스피어는 이 극도 참조했을 것이다.

또 작품 속에서 숙부의 손에 죽은 선왕의 유령이 등장하여 햄릿에게 자신이 겪고 있는 사후 세계를 설명한다. 그런데 그 내용은 중세 이탈리아 시인인 단테가 쓴 『신곡 The Divine Comedy』 중 제2부 연옥편 묘사와 거의 흡사하다. 단테는 『신곡』에서 사후 세계를 지옥, 연옥, 천국으로 나누어 묘사하는데, 중세 기독교의 내세관을 작가의 상상력으로 집대성한 이 대서사시는 이후 수많은 작가에게 영향을 주었다. 그중 속세에서 지은 죄가 다 정화될 때까지 머무는 곳이 연옥이다. 햄릿의 선왕의 유령이 묘사하고 있는 곳이 바로 이 연옥의 모습이다.

다음으로 이 극의 주인공인 햄릿은 심한 우울증과 세상에 대한 혐오에 시달리고 있다. 이런 햄릿의 염세주의[6]는 당시 유명한 사상가이자 작가였던 몽테뉴의 『수상록』에서 많은 영향을 받은 것으로 알려져 있다. 몽테뉴의 비극적 사상은 『햄릿』뿐 아니라 셰익스피어의 4대 비극을 관통하고 있는 회의주의와 염세주의에 큰 영향을 주었다. 특히 『햄릿』에서는 햄릿의 대사에서 몽테뉴의 문장들을 직접 차용한 부분이 많이 나온다. 학자들의 분석에 의하면 50여 개 구절에 이른다고 한다.

뿐만 아니라 극 속에서 배우들이 햄릿의 요청으로 베르길리우스의 서사시인 『아이네이드 The Aenaid』의 한 소절을 읊는다. 고대 로마 작가의 유명 작품의 일부분을 통째로 빌려온 것이다. 셰익스피어의 거의 모든 작품이 그렇듯이 이 극도 소재와 내용뿐만 아니라 대사도 이전 작가의 여러 작품에서 빌려와 놀랄 정도로 창의적으로 새로 엮어냈다.

---

6 염세주의 : 세계나 인생을 불행하고 비참한 것으로 보며, 개혁이나 진보는 불가능하다고 생각하는 비관적 성향이나 태도.

햄릿

HAMLET

등장인물

햄릿 덴마크 왕자

클로디어스 덴마크 왕, 햄릿의 숙부

선왕의 유령 햄릿의 아버지

거트루드 덴마크 왕비, 햄릿의 어머니, 클로디어스의 아내

폴로니어스 재상

레어티즈 폴로니어스의 아들

오필리어 폴로니어스의 딸

호레이쇼 햄릿의 절친

로젠크랜츠
길덴스턴 ┐ 조신들, 햄릿의 옛 학교 동창들

포틴브라스 노르웨이의 왕자

볼티먼드
코넬리우스 ┐ 덴마크의 중신들, 노르웨이에 파견된 사절들

마셀러스
바나도 ┐ 왕의 근위병들
프란시스코

오즈릭 멋쟁이 궁정 신하

레어날도 폴로니어스의 하인

배우들

궁정 신사

신부(神父)

무덤파기꾼

무덤파기꾼의 동료

포틴브라스 군의 부대장

영국 사절들

귀족들, 귀부인들, 병사들, 선원들, 사자(使者)들, 시종들

제1막

〈햄릿, 아버지의 유령을 보다〉, 외젠 들라크루아, 1825, 크라쿠프, 야기엘론스키 대학교 박물관

제1장

두 보초병 바나도와 프란시스코 등장

바나도 게 누구냐!

프란시스코 먼저 대답해라. 멈춰서 신분을 밝혀라.

바나도 덴마크 왕 만세!

프란시스코 바나도 님이세요?

바나도 그래.   5

프란시스코 시간에 딱 맞춰 오셨군요.

바나도 지금 막 열두 시를 쳤네. 가서 자게, 프란시스코.

프란시스코 교대해주셔서 감사합니다. 어찌나 추운지 가슴이
  시립니다.

바나도 별일 없었나?   10

프란시스코 쥐새끼 한 마리 얼씬거리지 않았습니다.

바나도 좋아. 잘 가게.

호레이쇼와 마셀러스를 만나거든

빨리 오라고 하게. 같이 망을 서게 돼 있으니.

프란시스코 오는 소리가 들리는 것 같은데요.

호레이쇼와 마셀러스 등장

15   게 서라! 누구냐?

호레이쇼 이 나라 편이네.

마셀러스   덴마크 왕의 충신들.

프란시스코 수고들 하십시오.

마셀러스 아, 잘 가게, 충직한 병사 나리. 누가 교대해줬나?

프란시스코 바나도님이요. 그럼 수고들 하세요.   (퇴장)

20 **마셀러스** 어이, 바나도!

바나도 어, 근데 호레이쇼도 같이 왔나?

호레이쇼 그렇다네.

바나도 어서 오게, 호레이쇼. 마셀러스, 자네도.

호레이쇼 그래, 그것이 오늘 밤에도 나타났는가?

25 **바나도** 아직 아무것도 못 봤네.

마셀러스 호레이쇼는 우리가 헛것을 본 거라며

　　우리가 두 번이나 본 그 무서운 몰골을

　　도무지 믿으려 하질 않네.

　　그래서 오늘 밤 같은 시각에

우리랑 같이 보초를 서자고 졸랐네.   30

그 망령이 다시 나타나면

우리말도 믿고 유령한테 말을 걸어 볼 수도 있겠지.

호레이쇼 쳇, 나오긴 뭐가 나와?

바나도   앉게,

한 번 더 얘기해 볼 테니.

우리가 이틀 밤이나 보고 하는 얘기를   35

전혀 믿으려 하지 않으니.

호레이쇼 좋아. 앉아서 바나도 얘길 들어보세.

바나도 바로 어젯밤에

서쪽 하늘에 있는 바로 저 별이

지금 빛나고 있는 바로 저쯤에서 빛나고 있을 때   40

마셀러스와 내가,

한 시를 알리는 종소리를 들으면서—

유령 등장

마셀러스 쉿. 저것 봐, 또 나타났어.

바나도 돌아가신 선왕 폐하와 똑같은 모습으로.

마셀러스 호레이쇼, 자넨 학자이니 말 좀 걸어 보게.[1]   45

---

1 자넨 학자이니 ~ 걸어 보게. : 당시엔 혼령과는 라틴어로만 대화할 수 있다고 믿었다.
  여기서 '학자'라는 말은 라틴어를 할 수 있다는 의미이다.

바나도 선왕 폐하와 똑같지 않나? 잘 보게, 호레이쇼.

호레이쇼 정말 똑같군. 두렵기도 하고 놀랍기도 해.

바나도 말을 걸어줬으면 하는 것 같은데.

마셀러스   물어 봐, 호레이쇼.

호레이쇼 땅에 묻힌 덴마크 선왕 폐하께서

50   행진하실 때처럼 위풍당당한 모습을 하고

이런 야밤에 나타난 너는 대체 무엇이냐?

명령이니 썩 말하라.

마셀러스 기분이 상했나 봐.

바나도   저것 봐. 성큼성큼 가버리네.

호레이쇼 서라. 말하란 말이다, 말을. 명령이다.

                                        (유령 퇴장)

55   **마셀러스** 가버렸어. 대답하지 않는군.

바나도 아니, 호레이쇼? 자네 새파랗게 질려 떨고 있군.

우리가 헛것을 본 게 아니지?

자넨 어떻게 생각하나?

호레이쇼 정말, 이 두 눈으로

60   똑똑히 보지 않았다면

믿지 않았을 걸세.

마셀러스   선왕 폐하와 똑같지 않던가?

호레이쇼 자네가 자네와 똑같은 것처럼 똑같군.

야심 찬 노르웨이 왕과 싸울 때

선왕 폐하께서 입으셨던 바로 그 갑옷일세.

협상에서 화가 나서 썰매 탄 폴란드 놈들을   65

얼음 위에 패대기칠 때처럼 얼굴을 찌푸리시고.

정말 해괴한 일이군.

마셀러스 벌써 두 번이나 이런 야밤에

보초 서고 있는 우리 앞을 저렇게 걸어갔네.

호레이쇼 어떻게 생각해야 할지 잘 모르겠지만   70

내 어림짐작으로는 이건

이 나라에 뭔가 이상한 일이 벌어질 징조인 것 같네.

마셀러스 자. 잠시 앉아 누구 아는 사람 말 좀 해 주게.

도대체 이렇게 밤마다 삼엄한 경비를 세워

이 땅의 백성을 힘들게 하는 이유가 뭔지,   75

또 왜 날마다 쇳물을 부어 대포를 만들고

외국에서 전쟁 물자를 사들이는 건지,

그리고 무엇 때문에 조선공들을 징발해서

주중은 물론 일요일까지 힘든 노역을 시키는 건지,

대체 무슨 절박한 일이 있기에 이렇게 밤낮없이   80

땀을 흘리며 일하게 하는 건지,

누가 좀 말해 주게.

호레이쇼 　　　　　내가 말해 주지.

적어도 소문은 이렇네. 방금 우리 앞에

나타나신 선왕 폐하에게

85 노르웨이의 포틴브라스 왕이

시기에 찬 오만함에 사로잡혀

감히 도전을 해왔지. 하지만 우리가 알고 있는

세상에선 누구나 용맹성을 인정하는

햄릿 선왕께서 그의 목을 베셨네.

90 그래서 그자는 법과 결투 규칙을 근거로 만든

협약에 따라 자기 목숨과 함께

그가 소유한 땅 전부를

승자이신 햄릿 왕에게 빼앗기고 말았네.

물론 햄릿 왕도 그에 못지않은 땅을

95 걸었으니 만약 포틴브라스 왕이 이겼다면

그 땅은 그의 차지가 되었을 테지.

바로 그 협약과 조약 사항에 따라

포틴브라스 왕의 땅은 햄릿 선왕의 것이 되었네.

그런데 최근 젊은 혈기로 가득 찬

100 그의 풋내기 아들 포틴브라스가

무슨 꿍꿍인지 노르웨이 변경 여기저기에서

배만 채우면 무슨 짓도 할 무법자들을

끌어모았네. 그 꿍꿍이야

우리나라 사람이면 뻔히 아는바,

105 무력과 우격다짐으로 자기 아버지가 잃은

아까 그 땅을 되찾으려는 것 말고 무엇이겠는가?

내 생각엔 우리가 이렇게 보초를 서고,

이런저런 준비를 하고,

온 나라가 황급히 서두르고 수색하는 게

다 그것 때문일 걸세.   110

바나도   내 생각에도 그것 말고 딴 이유는 없는 것 같네.

그 예언적 존재가 예나 지금이나 전쟁의 원인인

선왕 폐하와 똑같이 무장하고 우리가

보초 서는 동안 나타날 만하군.

호레이쇼   아주 작은 일도 마음을 동요시키지.   115

옛날 최고로 번성했던 로마에서도

가장 강력했던 시저가 쓰러지기 직전에

무덤들이 텅 비고, 수의를 걸친 사자(死者)들이

소리 지르며 로마 거리를 삐걱거리고 다녔다고 하더군.

불꼬리가 달리고 피 이슬 머금은 별들이   120

태양의 재앙을 예고하고, 넵튠의 제국인 바다에

영향을 주는 달도 월식으로 가려져

최후의 심판일이라도 된 듯했다지.

그것처럼 무서운 일들의 전조처럼

숙명적인 사건 전에 늘 나타나는 전령이나   125

다가올 재앙을 알려주는 서막처럼

하늘과 땅이 함께

이 나라 백성들에게 보여주는 것이네.

유령 등장

가만, 저것 보게나, 또 나타났어!

저것이 날 날려버리더라도 가로막아 보겠네.

(유령이 팔을 벌린다)

130 멈춰라, 환영아!

소리를 내거나 목소리를 낼 줄 알거든

내게 말하라.

네 마음의 원을 풀어주고, 내게는 복이 될 만한

그런 좋은 수가 있거든

135 내게 말하라.

미리 알아서 다행히 피할 수 있는

이 나라 운명과 관계있는 비밀을 안다면

오, 말 해 다오.

혹시 생전에 갈취한 재물을 땅속에 묻어두었다면

140 너희 귀신들은 그런 것 때문에 죽어서도

지상을 떠돈다고 하던데

그런 얘기도 좋다. 멈춰서 말하라.　　　(수탉이 운다)

마셀러스, 막아!

마셀러스　창으로 찔러 볼까?

호레이쇼　서지 않으면 찌르게.

145　**바나도**　옛다!

호레이쇼 여기도! (유령 퇴장)

마셀러스 사라졌어.

저렇게 위엄 있는 존재에게

폭력을 가하다니 우리가 잘못한 것 같네.

상처도 입힐 수 없는 공기 같은 존재한테 150

헛되이 창을 휘둘러 조롱받을 못된 짓만 한 것 같군.

바나도 말하려는 찰나에 수탉이 울었어.

호레이쇼 그러자 무서운 소환장이라도 받은

죄인처럼 깜짝 놀라더군. 아침을 알리는

나팔수인 수탉은 높고 날카로운 목청으로 155

태양을 깨우고, 그 소리를 들으면

바다나 불, 땅, 공기 중의

귀신들이 모두 자기 자리로

서둘러 돌아간다는 말을 들은 적이 있네.

방금 여기 있던 그것이 160

그 말이 진실임을 입증해 주었군.

마셀러스 정말 수탉이 울자마자 사라졌어.

어떤 이는 구세주의 탄생을

축하하는 철이 다가오면

새벽을 알리는 수탉이 밤새 노래한다더군. 165

그래서 그때는 귀신들이 감히 나다니지를 못해서

밤에도 안전하고 행성들도 해를 끼치지 않고,

요정도, 마녀도 마법의 힘을 잃는다고 하더군.

그 정도로 성스럽고 경건한 때라는 말이지.

170 **호레이쇼** 나도 그리 들었고 그 말을 어느 정도 믿고 있네.

그런데 보게나. 적갈색 외투를 걸친 아침이

저 높이 동쪽 언덕의 이슬을 밟으면서 다가오는군.

이제 보초는 그만 서고. 내가 말한 대로

우리가 오늘 밤 본 것을 햄릿 왕자님께

175 아뢰세. 필시 그 유령이 우리에게는

말을 안 했지만, 왕자님께는 말을 할 걸세.

우리의 애정으로 보나 의무로 보나

왕자님께 말씀드려야 한다는 데 동의들 하는가?

마셀러스 그러세. 오늘 아침 왕자님이

180 계실만한 장소를 내가 알고 있네.   (모두 퇴장)

제2장

나팔 소리. 덴마크 왕 클로디어스, 거트루드 왕비,

볼티먼드, 코넬리우스, 폴로니어스, 그의 아들 레어티즈,

검은 상복을 입은 햄릿 왕자 및 기타 등장

왕 아직 사랑하는 형님 햄릿 왕의 죽음에 대한

기억이 생생하여, 짐이 비탄에 잠기고

온 나라가 슬픈 표정으로

찡그리는 것이 마땅하나

그런 인정을 신중함으로 이겨내고 5

짐은 선왕의 죽음을 깊이 슬퍼하면서도

짐의 본분을 잊지 않았소.

그래서 한때 형수고, 지금은 왕비요,

이 강한 나라의 동반자를

소위 이지러진 기쁨 속에, 10

한 눈엔 기쁨의 웃음을, 또 한 눈엔 슬픔의 눈물을 담고

장례식에선 축가를, 결혼식에선 만가(輓歌)를 부르며

기쁨과 슬픔을 똑같이 느끼며

아내로 맞았소. 이 문제에 대해

경들의 고견을 막지 않고 허심탄회하게 들었소. 15

모두에게 감사하오.

다음은 다들 알다시피 저 어린 포틴브라스가

짐의 능력을 얕보아서인지,

아니면 형님의 승하로 우리나라 질서가

해이해지고 어수선해졌다고 생각해서인지, 20

유리한 기회를 얻었다는 헛된 꿈을 꾸고,

제 아비가 합의된 협약에 의해

용맹하신 형님께 빼앗겼던

영토를 반환하라고 재촉하는 메시지를 보내

25   과인을 성가시게 해왔소. 그자 이야기는 그만하고.

이제 짐의 입장과 경들을 모이게 한

요건을 말하자면 이러하오. 짐은

노르웨이 왕에게 보내는 칙서를 썼소.

그는 포틴브라스의 숙부인데, 병들어

30   누워 있어서 조카의 속셈에 대해 듣지 못했소.

그래서 포틴브라스가 자기 백성을 징집해서

군사를 조직하니 그가 더 이상 그런 처사를

진행하지 못하도록 저지하라고 말이오.

코넬리어스 경과 볼티먼드 경을 노르웨이 노왕에게

35   이 칙서를 전할 전달자로 파견하는 바요.

노르웨이 왕과 교섭할 때

여기 명기되어 있는 이상의

사적 권한은 허락하지 않소.

잘 다녀오시오. 서둘러 임무를 완수해 주시오.

코넬리어스 ⎤ 이 일뿐만 아니라 모든 면에서 소임을 다 하

40   **볼티먼드** ⎦ 겠습니다.

왕   믿어 의심치 않소. 잘 다녀오시오.

(볼티먼드, 코넬리어스 퇴장)

자 이제, 레어티즈, 그대는 무슨 일인가?

소청이 있다고 했는데 그게 무엇이냐?

덴마크 왕에게 순리에 맞는 일을 요청하면

안 들어줄 리 없지. 그대 청이 무엇이냐, 레어티즈?　　　45

그대가 청하지 않아도 내가 먼저 들어줄 것이다.

머리와 심장이 서로 긴밀하고,

손이 입에 유용하다 한들

이 덴마크 왕실과 그대 부친 사이만 하겠느냐?

그래, 그대 청이 무엇이냐, 레어티즈?

레어티즈　　　　　　　　　　폐하,　　　　50

프랑스로 돌아가는 걸 윤허해 주십시오.

폐하의 대관식에 참여하여 신하 된 도리를

다하고자 기꺼이 귀국하였으나

이제 그 사명도 다했으니

마음은 이미 프랑스로 돌아가 있사옵니다.　　　55

부디 윤허하여 주시길 머리 숙여 청하옵니다.

왕　부친의 허락은 받았느냐? 경의 생각은 어떠하오?

폴로니어스　폐하. 자식 놈이 제 허락을 얻어내려고

어찌나 끈질기게 졸라대는지

어쩔 수 없이 허락해주었습니다.　　　60

부디 떠나도록 윤허하여 주시옵소서.

왕　원하는 때에 떠나도록 하거라.

그대 출중한 자질을 그대 뜻대로 펼쳐보거라.

자 이제, 내 조카이자 아들인 햄릿아―

햄릿 (혼잣말로) 친족관계로는 아주 가까우나 인간 종류로는

65   아주 멀지.

왕 늘 구름이 덮여 있으니 어떻게 된 일이냐?

햄릿 아닙니다, 폐하. 오히려 태양 빛이 지나치옵니다.[2]

왕비 햄릿아. 그 어두운 상복은 벗어버리고,

폐하를 좀 더 다정한 눈길로 바라보려무나.

70   더 이상 눈을 내리깔고 땅속에 묻힌

고결한 아버지를 찾지 말아라.

너도 알다시피 살아있는 건 모두 죽기 마련 아니냐?

누구나 이 세상 살다가 영원의 세계로 가는 거고.

햄릿 네, 그렇죠, 마마.

왕비   그렇다면

75   어째서 너에게만 그렇게 유별나 보이느냐?

햄릿 보이다뇨, 마마! 실제 제겐 유별납니다. 저는

'보이는 것' 따위는 모릅니다. 이 검은 외투도,

전통적으로 장례식에 입는 검은 상복도,

억지로 내쉬는 거짓 한숨도,

---

2 아닙니다, 폐하. ~ 빛이 지나치옵니다. : 이 대답은 여러 의미를 담고 있다. 이 말은
선왕의 죽음으로 조의를 표해야 할 궁정의 너무 밝은 분위기를 조롱하는 것일 수도
있고, sun이 흔히 왕의 상징물임을 감안할 때 숙부의 찬탈로 왕위를 주장하는 사람이
너무 많다는 비아냥일 수도 있다. 또한 왕의 감시의 눈길이 너무 강하다는 뜻으로 해
석할 수도 있다.

강물처럼 흐르는 눈물도,   80

비애를 나타내는 표정뿐만 아니라

슬픔을 나타내는 온갖 형태, 분위기, 모습도

제 마음을 제대로 보여주지 못합니다. 이것들이야말로

'보이는 것'들이죠. 그것들은 누구나 연기할 수 있으니까요.

그러나 제 가슴속에는 슬픔을 나타내는 온갖 것들로   85

표현할 수 없는 것이 있습니다.

왕 햄릿, 그토록 부친을 애도하는 것은

참 아름답고 가상하다.

하나 네 부친도 아버지를 여의셨고,

네 조부도 아버지를 여의셨음을 알아야 한다.   90

남은 자는 일정 기간 자식 된 도리로

슬픔을 표현해야 한다. 그러나

지나치게 비탄에 잠기는 것은

불경스러운 고집이고, 사내답지 못한 슬픔이요.

하늘의 뜻에 아주 어긋나는 완고함,   95

유약한 정신과 참을성 없는 마음이요,

단순하고 미숙한 판단력을 드러내는 것이다.

누구나 알 수 있는 아주 흔한 일처럼

죽음은 피할 수 없고 으레 일어나는 일임을

잘 알면서도 왜 고집스레 그것을 받아들이기를   100

거부해야 하느냐? 아서라. 그건 하나님께 죄짓는 것이요,

망자에게도 옳지 못하고, 자연의 이치에도 어긋나고
이성에 지극히 반하는 짓이다. 부친의 죽음은
가장 평범한 자연의 이치이고 인류 최초의 주검부터
105 오늘 죽은 자에 이르기까지 "이것만은 피할 수 없다"고
소리쳐 말하지 않느냐? 제발
부질없는 슬픔일랑 땅에 내던지고,
짐을 아버지라 생각해다오. 너는 이 왕좌의
최우선 계승자임을 내 천하에 알리고
110 부성이 지극한 아비가 자식에게 품었던
지극한 애정을 너에게 베풀 터이니
비텐베르크 대학으로 돌아가려는
너의 뜻은 짐의 바람에
너무 어긋나는 것이다.
115 제발 마음을 돌려 짐의 슬하에서
기쁨과 안락을 누리며
나의 중신, 조카, 아들로 이곳에 머물러 다오.

왕비 어미의 기도를 헛되게 하지 마라, 햄릿.
부디 비텐베르크로 가지 말고 우리와 함께 있어다오.

120 **햄릿** 마마, 분부대로 따르겠습니다.

왕 참으로 기특하고 갸륵한 대답이구나.
이 덴마크에서 짐의 권세를 누려라. 왕비, 갑시다.
햄릿이 이렇게 선선히 응하니

기분이 좋구려. 이를 축하하기 위해

오늘 덴마크 왕이 축배를 들 때마다   125

커다란 축포를 터뜨려 구름까지 울리도록 합시다.

그래서 하늘이 천둥소리로 왕의 주연에 대한 소문을

지상에 되울리도록 합시다. 자, 갑시다.

(나팔 소리. 햄릿만 남기고 모두 퇴장)

햄릿 아, 이 더럽고 더러운 몸뚱이가

녹고 녹아서 이슬이나 되어 버렸으면,   130

아니면 하나님이 자살을 금지하는 계율을

정하지 않으셨더라면! 아, 하나님. 하나님.

내게는 세상만사가 다 지겹고, 진부하고,

시시하며 부질없게 느껴지는구나!

역겹다, 역겨워. 이 세상은 잡초가   135

무성히 자란 정원. 온갖 저속하고 속된 것들이

세상을 장악하는구나. 이렇게 되고 말다니!

돌아가신 지 두 달 만에…… 아니 두 달도 안 됐지.

참으로 훌륭하신 왕이셔서 지금 왕과 비교하면

히페리온3과 사티로스4지. 어머니를   140

너무 아끼시어 하늘의 바람이 어머니의 얼굴에

---

3 히페리온 : 히페리온은 그리스 신화에 나오는 태양신이다.

4 사티로스 : 사티로스는 디오니소스의 종으로 반인반수의 괴물이다.

거칠게 부는 것도 허락지 않으셨지. 세상에,

그런 거까지 기억해야 하나? 어머니는

먹을수록 더 탐이 나듯이 아바마마에게

145 매달리곤 하셨지, 그런데 겨우 한 달 만에……

생각을 말자. 약한 자여, 그대 이름은 여자로다.

겨우 한 달 만에, 니오베5처럼 울며불며

불쌍한 아바마마의 시신을 따라가던

신발이 채 닳기도 전에, 어째서, 어마마마는—

150 오 신이시여, 사리 분별 못하는 짐승도 그보다는

더 슬퍼했으련만. 숙부와 결혼하다니.

내 아버지의 동생과. 하나 아버지하고는

나와 헤라클레스만큼 차이 나는 자하고 한 달도 못 되어,

거짓 눈물의 소금기로 충혈된 눈에서

155 핏발이 가시기도 전에

결혼하다니—. 어찌 그리도 빨리! 근친상간의

이부자리로 그리도 재빠르게 달려간단 말인가!

이건 옳지 않아, 절대 좋지 못할 거다.

---

5 니오베 : 그리스 신화에 나오는 탄탈로스(리디아의 시필루스의 왕)의 딸이자 테베 암
피온 왕의 부인으로서 니오베는 7명의 아들과 7명의 딸을 두었다. 그녀는 아폴론과
아르테미스 쌍둥이밖에 자녀가 없는 레토 여신보다 아이를 많이 낳은 자신이 다복하
다고 자랑하고 다녔다. 그 자만심에 대한 벌로 레토 여신은 아들 아폴론은 니오베의
아들들을 모두 죽이고, 아르테미스는 그녀의 딸들을 모두 죽이게 한다. 자식을 잃은
고통으로 울다 바위가 된 니오베는 자식을 잃고 우는 어머니의 원형이 되었다.

하나 입을 다물고 있어야 하니, 내 가슴아 터져라.

호레이쇼, 마셀러스, 바나도 등장

호레이쇼 왕자님, 안녕하십니까.

햄릿   자넬 보니 반갑군.   160

　　호레이쇼 아닌가. 아니면 내 정신이 어떻게 됐나?

호레이쇼 호레이쇼 맞습니다, 왕자님의 영원한 종.

햄릿 이보게, 종이 아니라 친구지. 난 그리 부르겠네.

　　그런데 비텐베르크에서 무슨 일로 돌아왔나, 호레이쇼?

　　아, 마셀러스.   165

마셀러스 네, 왕자님.

햄릿 정말 반갑네. (바나도에게) 자네도 잘 있었나?

　　그런데 정말 왜 비텐베르크에서 돌아왔나?

호레이쇼 땡땡이 기질이죠, 왕자님.

햄릿 자네 원수들이 그렇게 말해도 곧이듣지 않을 텐데.   170

　　자네 스스로 하는 험담을 믿게 하려고

　　내 귀에 그런 몹쓸 짓을 해서는 안 되지.

　　자네가 땡땡이꾼이 아님을 내 알고 있는데.

　　대체 무슨 일로 엘시노어에 왔나?

　　떠나기 전에 술고래로 만들어 주지.   175

호레이쇼 왕자님, 왕자님 선친의 장례식을 보려고 왔습니다.

햄릿 제발 날 놀리지 말게, 친구.

내 어머니 결혼식을 보러왔겠지.

호레이쇼 정말 연달아 있기는 했습니다.

180 **햄릿** 절약이라는 걸세, 절약. 제사상 올랐던

식은 고기를 결혼식 잔칫상에 올린 게지.

그 꼴을 보느니 차라리 하늘나라에서

철천지원수를 만나는 게 나았을 걸세, 호레이쇼.

아바마마를― 아바마마를 본 듯하네.

호레이쇼 어디서요, 왕자님?

185 **햄릿** 　　　　　　　　내 마음의 눈으로 말일세.

호레이쇼 저도 한 번 뵈었는데 정말 훌륭한 왕이셨습니다.

햄릿 어느 모로 보나 대장부셨지.

다시는 그런 분을 못 볼 것이네.

호레이쇼 왕자님, 어젯밤에 그분을 뵌 것 같습니다.

햄릿 보다니? 누굴 말인가?

190 **호레이쇼** 　　　　　　　왕자님의 부친이신 선왕 폐하요.

햄릿 아바마마를?

호레이쇼 잠시 진정하시고

제 얘기를 잘 들어보십시오.

여기 이자들이 제가 하려는

놀라운 이야기의 증인입니다.

195 **햄릿** 　　　　　　　　어서 얘기해 보게!

호레이쇼   마셀러스와 바나도 이 두 사람이

이틀 밤 같이 보초를 섰는데

모든 것이 잠든 한밤중에

겪은 일입니다. 선왕과 똑같은 형체가

그야말로 머리 꼭대기부터 발끝까지 무장하고   200

두 사람 앞에 나타나 당당한 걸음걸이로

천천히 근엄하게 걸어갔답니다. 손에 쥔

단장만큼 거리를 두고 겁에 질려 꼼짝도 못 하는

두 사람 눈앞을 세 번이나 지나갔답니다. 그동안

이 두 사람은 어찌나 무섭던지 진이 다 빠져   205

꿀 먹은 벙어리처럼 감히 말도 걸어보지 못했답니다.

이들이 이 사실을 제게 비밀리에 얘기해 주었습니다.

그래서 저도 사흘째 밤에는 같이 보초를 섰습니다.

그랬더니 이들이 말했던 바로 그 시간에,

똑같은 모습으로 혼령이 나타났습니다.   210

제가 선왕 폐하를 알고 있는데

이 두 손도 그렇게 똑같지는 않습니다.

햄릿   그게 어딘가?

마셀러스   저희들이 보초를 섰던 망대 위입니다, 왕자님.

햄릿   말을 걸어 보지는 않았나?

호레이쇼   걸어 보았습니다, 왕자님.

그러나 아무 대답 없었습니다. 다만 한 번은   215

고개를 들고, 뭔가 말하려는 듯

행동하는 것 같았습니다.

그런데 바로 그때 새벽닭이 울어대자

그 소리에 놀란 듯이 황급히

저희 눈앞에서 사라졌습니다.

220 **햄릿**   참 괴이한 일이군.

호레이쇼 맹세코 사실입니다, 왕자님.

저희들은 이 일을 왕자님께 아뢰는 것이

마땅한 의무라고 생각했습니다.

햄릿 당연하지. 그런데 내 마음이 몹시 심란하네.

오늘 밤에도 보초를 서는가?

225 **모두**   그러하옵니다, 왕자님.

햄릿 무장을 했다 했는가?

모두   그렇습니다, 왕자님.

햄릿 머리 꼭대기부터 발끝까지?

모두   네, 머리부터 발끝까지.

햄릿 그럼 얼굴은 보지 못했는가?

호레이쇼 아, 보았습니다. 투구면갑이 들려 있었습니다.

230 **햄릿** 어때 보이던가, 찌푸리고 계시던가?

호레이쇼 화난 얼굴이라기보다는 슬픈 얼굴이었습니다.

햄릿 창백하던가, 혈색이 좋던가?

호레이쇼 아주 창백했습니다.

햄릿   자네를 쳐다보던가?

호레이쇼 한참 보셨습니다.

햄릿   나도 그 자리에 있었더라면 좋았을걸.

호레이쇼 계셨더라면 무척 놀라셨을 겁니다.

햄릿   그랬겠지.   235

  오래 머물러 있었나?

호레이쇼 보통 속도로 백을 셀 정도 동안 계셨습니다.

마셀러서, 바나도 더 오래 계셨습니다. 더 오래요.

호레이쇼 내가 봤을 때는 그렇게 오랫동안은 아니었어.

햄릿 수염은 회백색이던가, 어떻던가?   240

호레이쇼 예, 생전에 뵈었던 것처럼

  희끗희끗했습니다.

햄릿   오늘 밤 나도 보초를 서겠네.

  아마 또 나타나겠지.

호레이쇼   분명 또 나타날 겁니다.

햄릿 정말 선친의 모습이라면

  지옥이 아가리를 벌리고 내게 입을 다물라고   245

  명령해도 말을 걸어 보겠네. 다들 부탁이니

  지금까지 이 일을 숨겨온 이상,

  앞으로도 이 일에 대해 침묵해 주게나.

  그리고 오늘 밤 무슨 일이 벌어지더라도

  알고만 있고 입 밖에 내지 말아주게.   250

내 그대들의 호의엔 보답하겠네. 그럼 다들 잘 가게.

열한 시와 열두 시 사이 망대에서

만나세.

모두   충성을 다하겠습니다.

햄릿 내 자네들에게 그렇듯 우애를 지켜주게. 잘 가게.

(호레이쇼, 마셀러스, 바나도 퇴장)

255   아버님 혼령이 무장을 하고! 모든 게 심상치 않구나.

무슨 흉계가 있는 것만 같다. 어서 밤이 왔으면.

하지만 내 영혼아, 그때까지는 가만있어라. 악행은 온 대

지가 숨긴다 해도 사람들 눈에 반드시 드러나는 법.

(퇴장)

제3장

레어티즈와 그의 누이동생 오필리어 등장

레어티즈   필요한 것들은 다 실었다. 잘 있어라.

동생아, 순풍을 타고 오는

배편이 있거든 잠만 자지 말고

소식 좀 전해 줘라.

오필리어   그걸 의심하세요?

레어티즈 햄릿 왕자님이 네게 보이는 사소한 호의는   5

한 때의 기분이요, 젊은 혈기의 장난으로 여겨라.

이른 봄에 피는 제비꽃은 일찍 피지만

영원하지 않고 향기로우나 오래 가지 못하니

한순간의 향기요, 일시적인 위안일 뿐,

그뿐이다.   10

오필리어 정말 그뿐일까요?

레어티즈   그뿐이라고 생각해라.

인간은 자라면서 근육과 몸집만

커지는 것이 아니라 육체가 커지면

그 속에 깃든 마음과 정신도 함께

자란단다. 지금은 햄릿 왕자님이 널 사랑하겠지.   15

그리고 지금은 그 어떤 흑심이나 흉계가

그의 진심을 더럽히지 않을 거야. 그러나 그분의

막중한 지위와 그의 의지가 그 자신의 것이

아님을 유념해야 한다.

타고난 신분의 지배를 받을 수밖에 없는 분이니까.   20

그분은 하찮은 사람들처럼 원하는 대로

할 수 없단다. 온 나라의 안녕이

그분의 선택에 달려 있으니.

그래서 우두머리인 그가 어떤 선택을 하던

몸통이라 할 백성들의 목소리와 동의에   25

얽매일 수밖에 없다. 그러니 그분이 널 사랑한다
말하더라도 특별한 상황과 제한 안에서
자기 말을 행동으로 옮길 수 있다는 걸 믿는 게
현명할 거야. 즉 덴마크 백성들의 동의가 있어야
30 실행에 옮길 수 있다는 걸 말이다.
그러니 그분의 사랑 타령을 너무 믿어
마음을 빼앗기거나 그가 자신을 주체하지 못하고
조른다고 해서 네 순결한 보석을 내어주게 되면,
네 명예가 얼마나 손상될지 잘 생각해 봐라.
35 그걸 조심해라, 오필리어. 조심해. 내 소중한 동생아.
애정의 뒤로 숨어 위험한 정욕의 화살을 피해라.
아주 조신한 처녀는 달님 앞에 자신의 미모를
드러내는 것조차 헤픈 짓이라고 여긴다더라.
정숙해도 세상의 험담을 피하기 힘든 법이다.
40 봄철의 새싹은 미처 피기도 전에
벌레한테 먹힐 때가 많고
인생의 이슬 머금은 아침인 청춘기에
심한 독기의 피해를 입기 쉽다.
그러니 조심해라. 조심하는 게 상책이야.
45 젊음은 누가 부추기지 않아도 반란을 일으킨단다.

오필리어 오라버니의 좋은 충고
제 마음의 파수꾼으로 삼을게요. 하지만 오라버니,

은총이 부족한 목사들이 그러듯 내게는

험한 가시밭길을 천당 길이라 알려주고

자신은 오만하고 타락한 난봉꾼처럼   50

환락의 꽃길 걸으며 자신의 충고를 무시하는

행동은 하지 마세요.

레어티즈   내 걱정은 마라.

너무 오래 지체했구나.

폴로니어스 등장

저기 아버님이 오신다.

축복이 곱절이면 복도 곱절이 되겠지.

다시 한번 작별 인사를 드릴 수 있으니 잘 됐다.   55

폴로니어스 아직 여기 있냐, 레어티즈? 어서 배에 타라.

어서. 돛이 바람을 가득 안고,

다들 기다리고 있다. 자, 축복을 빈다.

그리고 몇 가지 가르침을 줄 테니, 단단히

새겨들어라. 생각을 함부로 입 밖에 내지 말고,   60

섣부른 생각을 행동에 옮기지 마라.

사람들에게 다정하되 값싸게 굴지 말고,

친구가 생기면 일단 겪어보고 친구로 삼았으면

쇠사슬로 꽁꽁 마음에 묶어 두어라.

65 하지만 깃털도 안 난 풋내기들을 환대하느라

손바닥을 무디게 하지는 마라. 시비에

휩쓸리지 말되, 부득이하게 싸우게 되면

상대방이 널 알아 모시도록 해라.

누구의 말에나 귀를 기울이되 네 의견은 삼가라.

70 남의 비판은 받아들이고, 네 판단은 발설하지 마라.

옷은 지갑이 허락하는 한 비싼 것을 입어도 좋지만

괴상하게 입지 말고, 고급지되 천박해서는 안 된다.

옷은 사람의 인품을 보여주니

지체 높은 프랑스 사람들은

75 이런 방면에 안목이 탁월하고 아끼지 않는다.

돈은 빌리지도 말고 빌려주지도 말아라.

돈을 빌려주면 돈과 친구를 모두 잃고,

빚을 지면 살림살이의 알뜰함이 무뎌진다.

무엇보다도 너 자신에게 충실해라.

80 그러면 밤이 낮을 따르듯,

다른 사람에게도 충실한 사람이 될 수 있다.

잘 가거라. 내 훈계에 축복을 얹어주마.

레어티즈 아버님, 이만 떠나겠습니다.

폴로니어스 시간이 없다. 어서 가라. 하인들이 기다린다.

85 **레어티즈** 오필리어, 잘 있어. 오라비가 한 말

잊지 말고.

오필리어　　마음속에 담고 자물쇠를 잠갔으니,

　　열쇠는 오라버니가 갖고 계셔요.

레어티즈　　안녕.　　　　　　　　　　　　　　　(퇴장)

폴로니어스　　아니, 오필리어야, 오라비가 무슨 말을 하더냐?　　90

오필리어　　햄릿 왕자님에 대한 얘기였어요.

폴로니어스　　그래, 마침 잘 상기시켜 줬다.

　　듣자 하니 근래 햄릿 왕자님이 아주 자주

　　널 사사로이 찾고 너도

　　선선히 그분 이야기에 귀를 기울인다더구나.　　95

　　누가 조심하라면서 그리 귀띔하더라만

　　만약 그게 사실이라면

　　넌 내 딸이자 네 명예에 어울리는

　　분별력이 없는 것 같구나.

　　도대체 둘이 어떤 사이냐? 사실대로 말해 봐라.　　100

오필리어　　아버님, 왕자님이 근래 여러 번 제게

　　애정 표시를 하셨어요.

폴로니어스　　애정이라고! 허, 참, 위험한 상황을

　　겪어보지 못한 철부지 같은 말을 하는구나.

　　그래, 네가 말한 애정인가 뭔가를 믿느냐?　　105

오필리어　　어떻게 생각해야 할지 모르겠어요, 아버님.

폴로니어스　　그럼 내가 가르쳐 주마. 순수하지 않은

　　그 애정 표현을 진실로 받아들인다면

너 철부지 어린애다. 자신을 좀 비싸게 취급해라.

110   그렇지 않으면, 좀 돌려 말하자면

이 아비는 너 때문에 바보 취급을 받을 거다.

오필리어   아버님, 왕자님은 아주 점잖은 태도로

구애하셨어요.

폴로니어스   점잖은 태도? 허, 참!

115   **오필리어**   말씀하실 때마다 신성한 하늘에 걸고

맹세하셨어요.

폴로니어스   그래, 그게 바로 바보새6를 잡는 덫이야.

피가 끓어오르면 방탕한 영혼은 혀가

온갖 맹세를 하게 하지. 딸아, 그런 불꽃은

120   열은 없고 휘황찬란하기만 하여 심지어 맹세를

지껄이는 순간에 열도, 광채도 다 사라진다.

그걸 불이라고 착각하지 마라. 이제부터

규중처녀답게 쉽게 모습을 드러내지 말고

명령하시는 대로 따르지 말고

125   좀 더 도도하게 굴어라. 햄릿 왕자님에 대해서는

나이도 젊고, 여자인 너에게 허락된 것보다

행동반경이 더 넓다는 것을 명심해라.

---

6 바보새 : 원문에는 woodcock(누른도요새)라고 되어 있다. 이 새는 쉽게 잡히는 어리
  석은 새로 알려져 있다. 의미 전달을 위해 바보새라고 의역한다.

간단히 말해, 오필리어야,

그분의 맹세를 믿지 마라. 남자들의 맹세는

겉으로 보이는 옷 빛깔과는 달리　　　　　　　　　130

그저 불경한 속셈을 채우려고 신성한 체,

거룩한 체해서 더 잘 속이려는

뚜쟁이 같은 거니까. 그게 다야.

딱 잘라 말해 이 시간 이후로 절대

햄릿 왕자님과 이야기를 주고받는 등　　　　　　135

노닥거리는 걸 금한다.

아비의 명령이니 명심해라. 그만 가봐라.

오필리어 분부대로 하겠습니다, 아버님.

　　　　　　　　　　　　　　　　　　　　(퇴장)

제4장

햄릿, 호레이쇼, 마셀러스 등장

햄릿 공기가 몹시 차구나. 아주 춥네 그려.

호레이쇼 공기가 살을 에는 듯이 매섭습니다.

햄릿 몇 시쯤 됐을까?

호레이쇼 　　　　　　자정은 안 된 것 같습니다.

마셀러스　아니, 열두 시를 쳤습니다.

호레이쇼　　　　　　　　　그래? 난 못 들었는데.

5　　그럼, 이제 유령이 나타나던

시간이 다 됐습니다.　　　　(나팔 소리와 두 방의 대포 소리)

저건 무슨 소립니까, 왕자님?

햄릿　왕이 오늘 밤 잠자리에 들지 않고

술판과 춤판을 벌이고 있는 거지.

10　　그리고 왕이 라인 산 포도주잔을 들이킬 때마다

북을 치고 나팔을 불어서

왕의 건승을 요란하게 기원하는 걸세.

호레이쇼　　　　　　　　　저게 관례입니까?

햄릿　어 그렇다네.

하나 내 생각에는, 나도 여기서 태어나고

15　　이런 풍습에 젖어 있지만, 이건 지키기보다

깨는 게 더 명예가 될 만한 관습이지.

이 나라 여기저기서 벌어진 저런 어리석은 술판 때문에

다른 나라들로부터 비방과 책망을 받으니ㅡ.

그들은 우리를 주정뱅이니, 돼지 새끼니 하는

20　　더러운 별명으로 붙여 부른다네. 사실 이런 관습 때문에

아무리 훌륭한 업적을 세워도

우리나라 사람의 명성의 정수를 다 빼앗기지.

마찬가지로 개인들도 종종 세상에 날 때부터

타고나는 나쁜 천성 같은 것이 있지.

인간이 제 천성을 선택하는 것이 아니니   25

물론 당사자의 잘못이라고 할 수는 없지만

어떤 성질이 좀 지나쳐서

이성의 방벽과 보루를 허물기도 하고,

혹은 어떤 습관이 너무 지나쳐

정도에서 벗어나게 되지. 이런 사람들은   30

자연이 입혀준 옷이든, 타고난 별자리 탓이든

이런 결점을 지니고 있기에

아무리 그들이 은혜로운 만큼 순수하고

그 밖의 미덕을 무한히 지니고 있다 해도

그 특별한 결점 때문에 타락한 존재라는   35

세상의 비평을 받게 되지. 그 티끌만 한 결점 때문에

다른 모든 고귀한 성품이 의심받고

추문에 휩쓸리게 되지.

유령 등장

호레이쇼   보세요, 왕자님, 나타났습니다.

햄릿 천지신명이여, 우리를 보호하소서!

  그대가 좋은 영령이든 저주받은 악령이든,   40

  천상의 영기를 가져왔든 지옥의 독기를 가져왔든,

사악한 의도로 왔든 자비를 베풀러 왔든,

그렇게 이상한 형상으로 나타났으니

내 그대에게 말을 걸겠소. 내 그대를

45 덴마크 왕이자 아버님이라고 부르겠소. 오 대답하시오!

답답해서 이 가슴속이 터지게 하지 말고

어찌하여 교회의 신성한 장례 절차대로 관에 묻힌

그대 해골이 수의를 찢고 나타났고

어찌하여 그대를 편히 모신 무덤이

50 그 육중한 대리석 뚜껑을 열어

그대를 다시 뱉어 놓았는지 말해 주시오.

그대 죽은 몸이 이렇게 다시 갑옷을 입고

어스름한 달빛 아래 나타나서,

이 밤을 이렇게 끔찍하게 만들고 자연의 노리개인

55 우리 인간의 지혜로서는 상상할 수 없는 생각으로

우리의 간담을 서늘하게 하는 곡절이 무엇이오?

이유가 뭔지 말해 보시오, 도대체 왜? 어쩌란 말이오?

(유령이 햄릿에게 손짓한다)

호레이쇼 따라오라고 손짓하는데요.

왕자님께만 알리고 싶은 뭔가가

있나 봅니다.

60 **마셀러스**   아주 정중한 태도로

좀 더 외진 곳으로 가자고 손짓하는 걸 보십시오.

하지만 따라가지 마십시오.

호레이쇼   아니, 절대 안 됩니다.

햄릿 여기선 말하지 않을 것이다. 그러니 따라가야겠다.

호레이쇼 안됩니다, 왕자님.

햄릿   왜? 무서워할 게 뭐 있나?

난 이 목숨을 바늘만큼도 소중히 여기지 않고   65

내 영혼이야 영원한 것이거늘

저것이 그것에 무슨 해를 입힐 수 있겠는가?

또 손짓한다. 따라가겠다.

호레이쇼 왕자님, 격류가 있는 곳이나

바다에 불쑥 튀어나온 무서운 절벽 꼭대기로   70

데려가면 어쩌시려고요?

거기서 끔찍한 괴물로 변해

왕자님의 이성의 힘을 빼앗고

미치게 만들면 어쩌시려고요? 생각해 보십시오.

천길만길 아래 바다가 내려다보이고   75

성난 파도 소리가 들리는 그런 곳에 있으면

누구나 아무 이유도 없이

절망의 노예가 되는 법입니다.

햄릿   계속 손짓을 하는구나.

앞장서시오. 따라갈 테니.

마셀러스 가시면 안됩니다, 왕자님.

햄릿   놓아라.

호레이쇼 진정하십시오. 가시면 안 됩니다.

햄릿   내 운명이

소리치며 내 몸의 핏줄이란 핏줄을

네메아 사자7의 힘줄처럼 굳세게 만들고 있다.

저렇게 부르지 않는가. 이보게들, 놓게나.

85 맹세코 나를 막는 자는 혼귀로 만들어 버릴 테다.

비키라고 했다. (유령에게) 어서 가시오. 따라갈 테니.

                                    (유령과 햄릿 퇴장)

호레이쇼 헛것에 홀려서 넋이 나가셨어.

마셀러스 따라가 보세. 왕자님이 시키는 대로 할 수는 없네.

호레이쇼 따라가 보세. 도대체 일이 어떻게 되려나?

90 **마셀러스** 이 덴마크에 뭔가 썩어 있어.

호레이쇼 하늘이 인도해 주시겠지.

마셀러스   자, 따라가 보세.

                                    (모두 퇴장)

---

7 네메아 사자 : 그리스 신화에서 네메아 골짜기에 출몰하는 괴물로 헤라클레스가 수행한 첫 번째 과업이 이것을 죽이는 것이었다.

제5장

유령과 햄릿 등장

햄릿 어디로 데려가는 거요? 말하시오, 더 가지 않겠소.

유령 내 말을 잘 들어라.

햄릿   그러리다.

유령   고통스런

유황불 화염으로 돌아갈 시간이

다 돼간다.

햄릿   아, 불쌍한 영혼!

유령 가엽다고 생각하는 대신 내가 밝히는 바를   5

귀 기울여 들어라.

햄릿   말하시오, 잘 들을 테니.

유령 다 듣고는 복수를 해주어야 하느니라.

햄릿 뭐라고요?

유령 난 네 아비의 원혼이다.

한동안 밤이 되면 걸어 다니다가   10

낮에는 살아생전에 저지른 온갖 사악한 죄악이

불에 타서 정화될 때까지 불길에

갇혀 있어야 하는. 하지만 저승의 비밀을

말하는 것이 금지되지만 않았다면

　　　　그곳에 관해 아주 사소한 이야기 한마디만 해도

　　　　네 얼은 나가고, 젊은 피는 얼어붙고

　　　　두 눈알은 궤도에서 벗어난 유성처럼 눈에서

　　　　튀어나오고, 묶였던 네 머리 타래도 풀려

　　　　성난 고슴도치의 가시처럼

20　　　　한 올 한 올 곤두설 것이다.

　　　　그러나 저승의 비밀은 산 자의 귀에는

　　　　들려줄 수 없다. 들어라, 제발 내 말을 들어다오!

　　　　네 아비를 사랑했다면―.

햄릿　아, 하나님!

25　**유령**　비열하고 패륜적인 살인에 대해 복수해다오.

햄릿　살인이요!

유령　흉악하지 않은 살인이 있겠냐마는

　　　　이건 가장 비열하고, 기괴하고, 패륜적인 살인이다.

햄릿　어서 말하시오. 생각이나 사랑하는 마음만큼

30　　　빠르게 원수를 갚으러

　　　　날아갈 테니.

유령　　　　그럴 테지.

　　　　내 얘기를 듣고도 분개하지 않는다면

　　　　레테8의 강변에 편히 뿌리를 내리고 있는

---

8 레테 : 그리스 신화에서 망자가 저승으로 가려면 건너야 하는 강. 이 강물을 마시면
　이승의 일을 전부 잊는다고 해서 '망각의 강'이라고 한다.

무성한 잡초보다도 둔한 것이다. 자, 들어보아라, 햄릿.

내가 정원에서 잠을 자다가 독사에게 35

물려 죽었다고 알려져 있다. 그렇게 온 백성들은

내 죽음에 대해 거짓으로 꾸민 말에

감쪽같이 속고 있다. 하지만 햄릿,

사실은 네 아비를 문 그 독사가

지금 아비의 왕관을 쓰고 있다. 40

햄릿 아, 내 예감이 맞았군! 역시 숙부가!

유령 그렇다. 근친상간의 간음을 저지른 그 짐승 같은 놈이

마법 같은 꾀와 간악한 재주로,

아, 얼마나 사악한 꾀요, 유혹하는 힘을 지닌 재주냐!

더없이 정숙해 보이던 왕비의 마음을 꾀어 45

수치스러운 그의 음욕을 채웠다.

아, 햄릿아, 어찌 그리도 타락할 수 있는지,

결혼식에서 손에 손을 맞잡고 했던

백년가약의 맹세대로 고결한 사랑을

지켜온 나를 배신하고, 그 천성이 50

나와 비교해보면 그토록 천박한 놈의

품에 안기다니.

정숙한 자는 음탕함이 천사의 모습을 하고

유혹해도 흔들리지 않지만, 음탕한 자는

천사처럼 빛나는 남자와 짝이 되어 55

천상의 잠자리에서 실컷 누리고도

쓰레기를 탐하는 법이다.

그런데 가만, 벌써 새벽 공기가 느껴지는구나.

간단히 이야기하마. 그날 오후에

60 늘 하던 대로 왕궁 정원에서 잠을 자고 있는데

그렇게 무방비 상태에 네 숙부가

흉악한 독약이 든 병을 들고 몰래 다가와

그 문둥병 독약을 내 귀에 쏟아부었다.

그 독약의 효능은

65 사람의 피와는 상극이라

수은과 같이 삽시간에

사람의 몸 구석구석으로 퍼져

우유 속에 산성 한 방울을 떨어뜨릴 때처럼

맑고 건강한 피를 순식간에 응고시킨다.

70 내 피도 그리되어

매끈하기만 하던 온몸에

징그럽고 소름 끼치는 부스럼들이

문둥병자처럼 솟아났다.

그렇게 나는 잠을 자다가 아우의 손에

75 내 목숨과 왕관과 왕비를 한꺼번에 빼앗겼다.

내 죄업의 꽃이 무성한 때에 목숨이 끊겨

성체 성사도, 고해성사도 하지 못하고 업보에 대한

준비도 못 한 채, 온갖 죄상을 이마에 붙인 채
저승의 심판대로 끌려갔다.
아, 끔찍하다! 끔찍해! 정말 끔찍하다!   80
네게 천륜의 정이 있거든 참아선 안 된다.
덴마크 왕실의 침상을 음욕과 저주받은
근친상간의 자리로 버려두지 마라.
그러나 복수를 추구하더라도
네 어머니를 어떻게 할 생각으로   85
네 마음을 더럽히지 마라, 네 어미는
하늘과 자기 양심의 가시에
찔리도록 놔두어라. 그럼 잘 있어라.
반딧불의 빛이 희미해지는 걸 보니
날이 새는 것 같다.   90
잘 있거라. 잘 있어. 이 아비를 기억해라.

햄릿 아, 천지신명이여! 또 무엇이 있나?
지옥까지 불러낼까? 아니, 내 마음아 정신 차려라, 정신.
내 몸의 힘줄들아, 순식간에 약해져선 안 된다.
나를 꼿꼿이 지탱해다오. 기억하라고요?   95
네, 불쌍한 원혼이여, 이 어수선한 머릿속에
기억이란 게 남아 있는 한 그러지요. 기억하라고요?
네, 내 기억의 목차에서
어리석은 하찮은 기억들, 책에서 읽은 금언,

100 젊은 시절 관찰하여 머릿속에 새겨두었던

모든 형상과 과거 인상일랑 싹 지워버리고

오직 당신의 명령만을

이 머릿속 수첩에 간직해

하찮은 것들과 섞이지 않게 하겠습니다. 맹세코 그리하죠!

105 오 참으로 사악한 여자!

오 천하의 악당, 악당, 미소 띤 저주받을 악당.

그래, 수첩에 적어 둬야겠다.

아무리 미소를 짓고, 또 짓더라도 악당일 수 있다고.

적어도 덴마크에서는 분명히 그렇다고.

110 그래, 숙부, 그대가 바로 그런 자요. 내 좌우명은 이제

'잘 있거라, 잘 있어, 부디 나를 기억해다오'다.

내 그리 맹세했다.

호레이쇼와 마셀러스, 햄릿을 부르며 등장

호레이쇼 왕자님, 왕자님.

마셀러스 햄릿 왕자님.

115 **호레이쇼** 하나님, 왕자님을 보호해 주소서.

햄릿 (방백으로) 아무렴, 그래야지!

마셀러스 여어, 왕자님, 어디 계십니까?

햄릿 어이, 어이, 여길세, 여보게들, 여기야!

마셀러스 왕자님, 괜찮으십니까?

호레이쇼 도대체 무슨 일입니까, 왕자님? 120

햄릿 아, 엄청난 일일세!

호레이쇼 왕자님, 말씀해 보세요.

햄릿 안 되지. 폭로하면 어쩌려구?

호레이쇼 절대 입을 열지 않겠습니다, 왕자님.

마셀러스 저도요, 왕자님. 125

햄릿 정 그렇다면, 도대체 사람이 그런 일을 상상이나 할 수

있을까? 그런데, 비밀을 지킬 테지?

두 사람 네, 하늘에 두고 맹세합니다.

햄릿 덴마크에 사는 악당들은 하나같이

극악무도한 악당이라네! 130

호레이쇼 그런 말을 하려고 유령이 무덤에서

나왔단 말씀입니까?

햄릿 하긴 그렇지, 자네 말이 맞네.

그러니까 더 이상 주절주절 말할 필요 없이

서로 악수나 하고 헤어지는 게 좋을 것 같네.

자네들도 각자 할 일과 하고 싶은 일에나 신경 쓰고— 135

누구나 각자 할 일과 하고 싶은 일이 있는 법이니.

변변찮은 나도 그렇고.

가서 기도나 드리겠네.

호레이쇼 갈팡질팡 갈피를 못 잡을 말만 하십니다, 왕자님.

햄릿   자네 기분을 상하게 해서 정말 미안하네.

140

   진심으로.

호레이쇼   기분 상할 건 없습니다.

햄릿   아니 맹세코 기분 상할 일이 있네, 호레이쇼.

   그것도 아주 심히 말일세. 아까 그 유령은

   진실된 유령이네. 그것만은 분명히 해 두지.

145

   유령과 무슨 얘기를 했는지에 대해서는

   묻지 말아 주게. 이제 두 사람,

   친구로서, 학자이자 군인으로서

   내 자네들에게 부탁 하나 하세.

호레이쇼   무슨 부탁이신데요? 들어드리고말고요.

햄릿   오늘 밤 본 것에 대해 절대 아는 척하지 말아 주게.

150

두 사람   절대 그러지 않겠습니다, 왕자님.

햄릿   아니, 맹세하게.

호레이쇼   맹세코 그러지 않겠습니다, 왕자님.

마셀러스   저도 맹세하겠습니다, 왕자님.

햄릿   이 칼에 대고 맹세하게.

155

마셀러스   이미 맹세했습니다, 왕자님.

햄릿   자, 이 칼에 대고, 제대로.

유령   (무대 아래에서 유령이 소리친다) 맹세하라.

햄릿   허 허, 이보시오! 그대도 그리 말하오? 거기 계시오, 정
직한 양반? 자, 자네들 유령이 땅속에서 하는 소리 들었지?

어서 맹세하게나.

호레이쇼   맹세할 문구를 알려 주십시오, 왕자님.   160

햄릿 오늘 밤 본 것을 절대로 발설하지 않는다고

이 칼에 대고 맹세하게.

유령 맹세하라.   (호레이쇼와 마셀러스 맹세한다)

햄릿 신출귀몰하는군! 어디 자리를 한번 옮겨볼까?

자네들 이리 와서   165

내 칼자루에 손을 대게.

내 칼자루에 대고 맹세하게.

자네들이 본 것을 절대 누설하지 않겠다고.

유령 그 칼에 대고 맹세하라. (호레이쇼와 마셀러스 맹세한다)

햄릿 잘 말씀하셨소, 두더지 영감! 땅속을 그리도 빨리 뚫고   170

다니시오? 대단한 땅꾼이시네! 다시 한번 자리를 옮겨보세.

호레이쇼   오 일월성신이여, 참으로 괴이하군요.

햄릿 그러니까, 그를 낯선 손님으로 환대해주게.

호레이쇼, 하늘과 땅 사이에는 우리네 철학으로는

상상도 못 할 일들이 많다네.   175

그건 그렇고,

여기서, 아까처럼 맹세하게, 절대 말하지 않겠다고.

그래야 하늘이 자네들을 보살펴줄 테니.

난 지금부터 미친 척하는 게

좋겠다고 생각하니   180

앞으로 내가 아무리 이상한 행동을 할지라도

그럴 때 자네들이 날 보더라도

이렇게 팔짱을 끼거나, 이렇게 머리를 저으면서

아주 의심스러운 말투로 '우리가

185 좀 알지.'라든가, '물론 원하면 말해 줄 수도 있지',

아니면 '말해 줄 만한 사람을 들자면', '있긴 있지'라고

말하며, 나에 대해 뭔가 알고 있는

척하지 않겠다고 맹세하게.

하나님의 은총과 자비가 자네들을 도울 걸세.   (맹세한다)

190 **유령** 맹세하라.   (호레이쇼와 마셀러스 맹세한다)

햄릿 진정하시오, 진정해, 원귀여! 그럼, 두 사람,

그대들에 대한 내 애정으로 부탁하네.

비록 햄릿이 가련한 처지이긴 하지만,

하나님이 날 저버리지 않는다면

195 자네들의 애정과 우정에 보답하겠네. 자, 이제 가세.

다시 한번 부탁하지만, 입을 봉해주게!

이 세상은 나사가 풀려 엉망진창이네. 아, 이 무슨

저주받은 운명인가! 하필 내가 그걸 바로잡아야 한다니!

아무튼 자, 가세.   (모두 퇴장)

제2막

〈햄릿 역의 켐블〉, 토머스 로렌스 경, 1801, 런던 테이트 미술관

제1장

폴로니어스, 하인 레이날도와 함께 등장

폴로니어스 이 돈과 편지를 그 애에게 전하거라, 레이날도.

레이날도 네, 나리.

폴로니어스 가서 아주 잘해야 한다.

레어티즈를 만나보기 전에 그 애의 행실을

먼저 알아봐라.

레이날도   네, 나리. 그럴 생각이었습니다.   5

폴로니어스 그래, 잘 생각했다. 잘 생각했어. 자, 들어 봐라.

우선 지금 파리에 어떤 덴마크 사람들이 있는지

누가, 어떻게 생활하고, 수입은 어떻고, 어디서 사는지,

어떤 이들과 얼마나 돈을 쓰며 어울리는지 알아봐.

이렇게 빙빙 돌려 물어보다가   10

내 아들을 안다고 하면, 좀 더 세세한 질문들로

깊게 캐물어 보거라.

예를 들어 '그 사람 아버지와 친구들을 알고, 당사자도 좀

알죠.'처럼 그 애를 좀 아는 척하라고.

15   무슨 말인지 알아들었느냐, 레이날도?

레이날도   네, 잘 알겠습니다, 나리.

폴로니어스   '그 사람 좀 알기는 하지만', '잘은 모릅니다.

그런데 내가 아는 사람이 맞다면 이러저러한데

빠져있죠'와 같은 식으로 내키는 대로 그 애에

20   대해 말해 보거라. 근데 그 애 체면을 해칠 만큼

너무 천박한 말은 말고. 이 점 명심해라.

하지만 자유분방한 젊은이에게 으레 따라다니는

방탕이나 거친 행동과 같은

흔한 과실은 괜찮다.

레이날도   노름 같은 거요, 나리?

25   **폴로니어스**   그렇지! 아님 음주, 검투, 욕질,

말다툼, 계집질 같은 거는 괜찮아.

레이날도   나리. 계집질은 좀 체면이 깎입니다.

폴로니어스   아냐, 어떻게 말하냐에 따라 다르지.

하지만 그 애를 자제심 없는 자로 만드는

30   험담을 해선 안 된다.

그건 내 의도에서 벗어나니. 하여튼 그 애 험담을

교묘하게 해서 누구나 저지르는 자유분방함,

문득문득 터져 나오는 불같은 성격,

억제되지 않는 혈기로 인한 거친 행동 정도로
말하라고.

레이날도 그런데, 나리― 35

폴로니어스 　　　　　도대체 왜 그래야 하냐고?

레이날도 네 나리, 그 이유를 알고 싶습니다.

폴로니어스 좋아. 내 취지를 설명해주마.
내 생각에 이건 근거 있는 묘안 같은데
자라면서 생겨난 작은 오점처럼 40
내 아들에 대해 사소한 흠을 잡으면
잘 들어라.
네 얘기 상대가 자네가 앞에서 말한
그런 짓을 내 아들놈이 하는 걸 본 적이 있다면
아마 네 말끝에 이렇게 맞장구칠 거다. 45
'맞습니다, 나리!'라든가, '자네 말이 맞네.'라든가
'신사 양반 말씀이 맞습니다'하고 말이야.
그 사람의 신분이나 출신 지방의 표현이나 호칭에
따라 말이야.

레이날도 　　분명 그럴 테지요, 나리.

폴로니어스 그러면 그 상대는 말이야…… 그자는 말이야…… 50
내가 무슨 말을 하려 했지? 분명 뭔가 말하려고 했는데.
내가 어디까지 말했냐?

레이날도 '말끝에 이렇게 맞장구칠 거다'까지요.

폴로니어스 '말끝에 맞장구칠 거다' ……아, 그렇지.

55   상대는 이렇게 맞장구칠 거야. '그 양반 아는데요.

어제도 봤어요' 아니면 '전에 봤어요.'라든가

이러이러한 때에, 이런저런 사람과 '댁의 말대로

노름을 하고 있었어요', '술독에 빠져 있더군요',

'테니스를 치다가 말다툼을 하더군요', 혹은

60   '영업집에 들어가는 걸 봤습니다.'

색싯집 말이야. 아무튼 그런 얘기를 할 게다.

자, 이게 바로

거짓 미끼를 던져서 진실이라는 잉어를 낚는 거야,

이렇게 지혜와 이해력을 갖춘 우리네는

65   살짝 옆길로 에둘러서

간접적으로 진실을 알아내는 거야.

이렇게 내가 가르쳐 준 방법으로 내 아들에 대해

알아낼 수 있을 게다. 알아들었느냐 못 알아들었느냐?

레이날도 알아들었습니다, 나리.

폴로니어스   그럼, 댕겨오너라.

70   **레이날도** 네, 나리.

폴로니어스 눈으로 직접 아들의 행태를 살펴보기도 하고!

레이날도 그러겠습니다, 나리.

폴로니어스   제멋대로 놀아나게 하고서 말이야.

레이날도 잘 알겠습니다, 나리.   (퇴장)

오필리어 등장

폴로니어스 잘 다녀와라. 얘, 오필리어야, 무슨 일이냐?

오필리어 아, 아버님. 아버님, 너무 무서웠어요.　　　　　　　75

폴로니어스 도대체 뭐가 말이냐?

오필리어 아버님, 제 방에서 바느질을 하고 있는데,

　　　햄릿 왕자님이 윗도리 앞섶을 다 풀어 헤치고,

　　　모자도 쓰지 않은 채, 더러운 양말은

　　　대님이 풀어져서 발목에 차꼬처럼 차고,　　　　　　80

　　　입고 계신 셔츠처럼 창백한 얼굴로 두 무릎을 덜덜

　　　떨면서 마치 내게 뭔가 무서운 얘기를 들려주려고

　　　지옥에서 방금 풀려나온 것처럼

　　　가련한 표정으로 나타나셨어요.

폴로니어스 사랑 때문에 미친 게냐?

오필리어　　　　　　　　　　모르겠어요. 아버님.

　　　하나 혹여 그럴까 두렵습니다.　　　　　　　　　　85

폴로니어스　　　　　　　　뭐라 하시더냐?

오필리어 제 손목을 꽉 잡고는

　　　한 팔쯤 뒤로 물러서서

　　　다른 한 손은 이마에 올리시고 제 얼굴을

　　　그림이라도 그리시려는 듯 뚫어져라　　　　　　90

　　　들여다보셨습니다. 한참 그러고 계시더니

이윽고 제 팔을 조금 흔들고,

머리를 세 번 끄덕이시더니

어찌나 가엽게 깊은 한숨을 쉬시던지

95   그분의 온몸이 부서져 숨이 끊길 것

같았습니다. 그러고는 절 놓아주시고

어깨 너머로 고개를 돌려

절 쳐다보시면서 눈의 도움도 받지 않고

문밖으로 나가셨습니다.

100   끝까지 제 얼굴에서 눈을 떼지 않으시고요.

폴로니어스   자, 나랑 같이 국왕 폐하를 뵈러 가자.

그게 바로 사랑의 열병이라는 거다.

우리의 천성을 괴롭히는

하늘 아래 온갖 열정이 다 그렇지만,

105   이 병이 심해지면 스스로 극단적인 일을 저지르게 된다.

아, 안타깝구나. 근래에 왕자님께 무슨 심한 말이라도 했느냐?

오필리어   아뇨, 다만 아버님 분부대로

왕자님 편지를 받지 않고, 찾아오시지 못하게

했습니다.

110   **폴로니어스**   그래서 실성한 게로구나.

내가 좀 더 주의 깊게 분별해서 그분을 평가하지

않은 것이 유감이다. 왕자님이 장난삼아

널 망칠까 봐 걱정했는데. 내 의심 탓이다!

우리 늙은이들은 이렇게 지나치게 걱정하는

법이다. 젊은이들이 대체로 신중하지 못한 것처럼.　　　115

어서, 국왕 폐하께 가자.

폐하께 이 사실을 알려야 한다. 이 사랑 얘기를

감췄다간 아뢰어서 노여움을 사는 것보다

나중에 더 큰 화가 닥칠지도 모른다.

가자.　　　　　　　　　　　　　　　　(모두 퇴장)　　120

제2장

나팔 소리. 왕과 왕비, 로젠크랜츠, 길덴스턴, 시종들 등장

왕　어서 오너라, 로젠크랜츠, 길덴스턴.

안 그래도 그대들을 몹시 보고 싶었는데

그대들이 수고할 일이 있어 이렇게

급히 불렀다. 그대들도 왕자가

완전히 딴사람이 되었다는 얘기는 들었겠지.　　　5

겉모습도, 생각하는 것도 이전과는 완전히

딴판이라 내 이리 말하는 게다.

선친을 여읜 것 말고 무슨 연유 때문에

그렇게까지 정신이 이상해진 것인지

10   도무지 모르겠구나. 그대들은

        어려서부터 왕자와 함께 자라고

        젊은 시절 그의 품행을 가까이서 보았으니

        부디 한동안 이 궁궐에 머물면서

        왕자에게 즐거운 놀이도 권하고,

15   기회가 닿는 대로 우리가 모르는

        무엇이 그를 그토록 괴롭히고 있는지

        좀 알아봐다오. 그걸 알아내면

        치료 방도도 생길 테니.

왕비   이보게들, 햄릿이 두 사람 얘기를 많이 했네.

20   두 사람만큼 햄릿이 아끼는 친구가

        어디 있겠나? 그러니 부디

        잠시 이곳에서 우리와 함께 지내는

        호의를 보여 주게.

        우리 바람대로 해주면

25   국왕께서 잊지 않고 그에 합당한

        보답을 해주실 것이니.

로젠크랜츠   두 분 폐하께서는

        지엄하신 권한으로 바라 마지않는 바를

        명령하심이 마땅한데, 이리 부탁하시니

        황송하옵니다.

길덴스턴   소신들은 물론

기꺼이 이곳에 머물면서

두 분의 분부대로 소임을

다 하겠사옵니다.

왕 고맙네. 로젠크랜츠, 길덴스턴.

왕비 고맙소, 길덴스턴, 로젠크랜츠.

그럼 두 사람은 당장 너무도 변해버린 내 아들을

만나 보게. 여봐라, 누가

이 두 사람을 햄릿 왕자 있는 데로 모셔라.

길덴스턴 저희들이 이곳에 머무르며 하는 일이 왕자님께 위

로와 도움이 되길 바랍니다.

왕비   아무렴, 아멘.

(로젠크랜츠와 길덴스턴, 시종과 함께 퇴장)

폴로니어스 등장

폴로니어스 노르웨이 사신들이 좋은 소식을 갖고 돌아왔습니

다. 폐하.

왕 경은 언제나 기쁜 소식만 전하는구려.

폴로니어스 그렇습니까, 폐하? 진정 소신은

하나님과 폐하께 전심전력

의무를 다하고 있습니다.

그런데 소신이 햄릿 왕자님 광기의

진짜 원인을 알아낸 것 같습니다.

혹시 소신의 짐작이 틀렸다면 소신의 머리가

이제 전처럼 국정의 흐름을 제대로 좇지 못할 것입니다.

50 **왕** 오, 어서 말해 보시오. 참으로 궁금하니.

폴로니어스 먼저 사신들을 들라 하십시오.

소신 얘기는 대향연 뒤의 후식이 될 것이옵니다.

왕 그럼 경이 가서 사신들을 데려오시오.

(폴로니어스 퇴장)

사랑하는 왕비, 폴로니어스 경이

55 그대 아들이 실성한 진짜 원인을 알아냈다는구려.

왕비 선친의 죽음과 우리의 성급한 결혼 외에

무슨 다른 원인이 있겠습니까?

왕 어쨌든 한번 들어봅시다.

폴로니어스, 볼티먼드, 코넬리우스 등장

어서 오시오, 경들.

볼티먼드, 우방 노르웨이 왕의 회답은 뭐요?

60 **볼티먼드** 폐하의 친서와 요구에 대하여 아주 우호적인

답변을 보냈습니다. 우리들의 첫 번째 제안에

대해서는 즉시 사람을 보내 조카의 모병을

중단시켰습니다. 노르웨이 왕께서는 그것이

폴란드 공격을 위한 준비로 아셨으나
조사 결과 전하를 공격하려는 것이었음이   65
드러났습니다. 이에 노르웨이 왕은 자신이 병들어
노쇠하고 무력하여 감쪽같이 속았다고 원통해하며
포틴브라스를 체포하라는 명령을 내렸습니다.
이에 그는 즉각 복종하여 노르웨이 왕에게
질책을 들은 뒤, 결국 숙부 앞에서 차후 다시는   70
폐하에게 무력도발을 하지 않겠노라고 맹세했습니다.
이에 연로한 노르웨이 왕은 아주 흡족해하며
연금 삼천 크라운을 포틴브라스에게 내렸고,
이미 모병한 군사들은 폴란드 원정에 써도 좋다고
허락했습니다. 이와 관련한 노르웨이 왕의 청이   75
여기 적혀 있습니다.   (칙서를 전한다)
앞서 말한 원정을 위해 덴마크 영토를 무사히
지나갈 수 있도록 윤허해 주시길 바라셨습니다.
안전 보장과 허용 범위 등에 대해서는
이 칙서에 씌어 있습니다.

왕   아주 흡족하오.   80
이건 한가할 때 읽어보고
신중하게 고려해본 뒤 회답하겠소.
경들의 노고에 감사하오. 그만
물러가서 쉬시오. 밤에 환영 잔치를 열겠소.

귀국을 진심으로 환영하오!　　(볼티먼드와 코넬리어스 퇴장)

85　**폴로니어스**　　　　　　이 일은 잘 마무리됐습니다.

국왕 폐하, 그리고 왕비 전하, 대체

왕권이란 무엇이며, 신하의 의무란 무엇이며,

낮은 왜 낮이고, 밤은 왜 밤, 시간은 왜 시간인지

따지는 것은 밤, 낮, 시간을 허비할 뿐입니다.

90　따라서 간결은 지혜의 정수요, 장황함은

팔다리요, 겉치레에 불과하니 간단히

아뢰겠습니다. 두 분 아드님은 실성하셨습니다.

실성했다는 표현 말고는 진정 실성한 것에 대해

달리 정의할 방법이 없어 그렇게 부르겠습니다.

그건 그렇다 치고.

95　**왕비**　　　　　기교는 빼고 핵심만 말하세요.

폴로니어스　왕비마마, 절대 기교는 부리지 않습니다.

왕자님이 실성한 건 사실입니다. 그게 사실이라 유감이지

만, 유감스럽게도 그건 사실입니다. 어리석은 말장난 그만

두고 기교는 부리지 않겠습니다.

100　그렇다면 왕자님이 실성했다는 것을 인정하며

이제 남은 문제는 이런 결과의 원인,

아니 이런 결함의 원인을 찾는 겁니다.

이런 결함에는 반드시 이유가 있으니까요.

이것이 남은 문제요, 남은 문제는 이렇습니다.

잘 생각해 보십시오.   105

소신에겐 출가 전까지는 소신의 것인 딸이 있는데 그 애가

자식 된 도리와 순종심에서, 보십시오, 이걸 제게 주었습

니다. 잘 듣고 판단해 보십시오.   (편지를 읽는다)

천사 같은 내 영혼의 우상, 더없이 미화(美化)된 오필리어……

좋지 못한 표현이군. 어설프기 짝이 없어. '미화된'이라   110

니…… 어설픈 문구야. 하여튼 계속 들어 보십시오.

당신의 아름답고 흰 가슴 속에 이 사연을 운운…….

왕비   이걸 햄릿이 오필리어에게 보냈다구요?

폴로니어스   왕비마마, 잠시 기다리시면 보여 드리겠습니다

별들이 타오르는 걸 의심해도   115
태양이 움직이는 걸 의심해도
진리를 거짓이라 의심해도
내 그대 사랑하는 것만은 의심치 마오.

오 사랑하는 오필리어, 난 이런 시구에 서툴다오. 그래서 고뇌를
전할 재간이 없소. 하나 그댈 정녕 사랑하오. 정녕코. 그것만은 믿   120
어 주오. 그럼 안녕.

                    이 육신이 내 것인 동안은 변함없이 그지없이
                              그대 것인 햄릿으로부터

이 편지를 딸애가 순종심에서 보여 주었습니다.

125 뿐만 아니라 햄릿 왕자님께서 어느 때, 어디에서

어떤 방법으로 사랑을 속삭였는지도

죄다 이 아비에게 실토하였습니다.

왕 경의 딸은 햄릿의 사랑을 어떻게 대했소?

폴로니어스 신을 어떻게 생각하십니까?

130 **왕** 그대는 아주 충직하고 정직한 사람이지.

폴로니어스 그렇다는 걸 정말 증명하고 싶습니다.

하오나 폐하께서 어떻게 생각하실지 모르겠지만

소신이 이 뜨거운 사랑의 날갯짓을 보았을 때,

사실 딸애가 말하기 전부터 눈치채고

135 있었습니다요, 폐하, 그리고 왕비마마,

만약 소신이 중매쟁이 노릇을 했다거나

벙어리나 귀머거리처럼 모른 척했다거나,

아니면 그 사랑을 강 건너 불 보듯 방관했다면—

소신을 어떻게 생각하셨겠습니까? 아니,

140 소신은 곧바로 손을 써 딸애를 타일렀습니다.

'햄릿 왕자님은 너하고는 맺어질 수 없는 분이시니

이 사랑은 안 된다.'라고. 그리고 딸에게

왕자님이 출입하는 곳을 피하고, 심부름 온 사람도

들이지 말고, 사랑의 징표도 받아서는 안 된다고.

145 그러자 제 딸애는 제 훈계에 따랐습니다.

이렇게 거절당한 왕자님은 간단히 말씀드리자면,

슬픔에 잠겨 식음을 전폐하시더니

잠을 못 이루시다 심신이 쇠약해지고,

기가 허해지는 등 이렇게 점점 쇠약해지시더니

우리가 지금 다 같이 슬퍼하는 것처럼 저렇게   150

실성하시게 되셨습니다.

왕   왕비는 어떻게 생각하오?

왕비 아주 그럴 법합니다.

폴로니어스 지금까지 소신이 '이렇습니다.'라고 단언한 것이

사실 그렇지 않았던 적이 단 한 번이라도 있었는지 알고

싶습니다.

왕   없었던 것 같소.   155

폴로니어스 소신 말이 사실이 아니면 이걸 여기서 떼십시오.

(목을 자르는 시늉을 하면서)

기회가 있으면 소신이 진실을

밝혀내겠습니다. 설령 지구 한가운데

숨어 있다 해도 말입니다.

왕   더 알아볼 방법이 있겠소?

폴로니어스 아시다시피 왕자님은 이따금 이 회랑을   160

몇 시간씩 거니시곤 합니다.

왕비   정말 그러합니다.

폴로니어스 그런 때에 제 딸아이를 데려다 놓겠습니다.

그때 폐하와 제가 휘장 뒤에 숨어서 두 사람이

만나는 걸 지켜보는 겁니다. 만약 왕자님이

165 소신의 딸을 사랑하는 게 아니고, 그게 왕자님

실성의 원인이 아니면 소신을 국정 보필을

관두고 농사짓고 수레나 끌게 하십시오.

왕   그리 해봅시다.

햄릿, 책을 읽으며 등장

왕비 저 가엾은 것이 슬픈 표정으로 뭔가 읽으며 오네요.

폴로니어스 자리를 비켜 주십시오. 황공하오나 어서. 소신이

170 왕자님께 말을 걸어 보겠습니다. 어서요.

(왕과 왕비, 시종들 퇴장)

왕자님, 안녕하십니까?

햄릿 잘 있소, 신의 가호가 있기를.

폴로니어스 왕자님, 소신을 알아보시겠습니까?

햄릿 잘 알다마다, 생선 장수 아닌가?

175 **폴로니어스** 아닙니다, 왕자님.

햄릿 그럼 정직한 인간이 되었으면 좋겠소.

폴로니어스 정직한 인간이요, 왕자님?

햄릿 그렇소. 요즘 세상에 정직한 사람이

만에 하나나 되려나?

폴로니어스 정말 그렇습니다, 왕자님.

햄릿 햇볕이 죽은 고기에 입맞춤하여 개의 사체에다 구더기를 끓게 하면 그건 햇빛이— (폴로니어스에게) 그대 딸이 있소?

폴로니어스 예, 있습니다, 왕자님.

햄릿 태양볕에 너무 나다니지 않게 하시오. 생각을 품는 건 좋은 일이지만 그대 딸이 품는 건 큰일이니 말이요.1 그걸 185 조심하시오, 친구.

폴로니어스 (방백) 도대체 뭔 소리람? 아무튼 여전히 내 딸 타령이군. 그런데 처음엔 날 몰라보고 생선 장수라 하지 않았나? 완전히 맛이 갔어. 사실 나도 젊어서 사랑에 빠져 심한 상사병을 앓았을 때 아주 비슷했지. 다시 말을 걸어 190 보자. 왕자님, 뭘 읽으십니까?

햄릿 글을 읽고 있네, 글, 글.

폴로니어스 내용이 어떤 문제에 관한 것입니까, 왕자님?

햄릿 누구 사이의 문제?2

---

1 생각을 품는 ~ 큰일이니 말이요 : 햄릿의 이 대사도 일종의 말장난이다. 햄릿은 conceive라는 단어의 이중 의미를 이용하여 말장난한다. 이 단어에는 '생각이나 아이디어를 고안해 내다'라는 뜻과 '아이를 배다'라는 뜻이 있다. 이때 태양 빛에 나다니지 못하게 하라는 대목에서 태양은 흔히 왕을 상징하는 이미지이다. 따라서 색욕이 강한 왕을 조심시키라는 경고를 담고 있을 수도 있다.
2 누구 사이의 문제? : 햄릿은 유령을 만난 뒤 광기를 가장하기로 결심한다. 그래서 일부러 상대의 말을 못 알아들은 척 횡설수설 대답을 많이 한다. 이 장면에서 폴로니어스가 "내용이 무엇입니까?"(What is the matter?) 하고 묻지만, 햄릿은 그 문장을 고의로 상대의 질문 의도에서 벗어나 엉뚱한 질문을 되묻는다.

폴로니어스 　195　그게 아니고, 읽고 계신 책의 내용 말입니다.

햄릿 　험담이오. 풍자가가 늙은이들은 수염이 회색이고, 얼굴은 주름투성이인 데다, 눈에서는 누리끼리한 송진이 흘러나오고, 노망이 들어 지혜가 부족하고, 허벅지는 약해 빠졌다고 썼소. 그 말들이 다 지당하다고 믿지만 이렇게 책에 써놓는 것은 옳지 않다고 생각하오. 경도 바닷가재처럼 뒤로 길 수 있으면 내 나이가 될 것 아니오.

폴로니어스 　(방백) 돌기는 돌았는데. 조리가 있단 말이야. 왕자님, 찬 공기를 피하여 안으로 드시지요.

햄릿 　무덤으로 가란 말이요?3

폴로니어스 　하긴 공기를 피하면 그곳으로 가게 되겠군요. (방백) 이 얼마나 의미심장한 대답인가. 미치광이가 하는 말이 딱 맞을 경우가 있단 말이야. 제정신인 사람들은 절대 할 수 없는 말을 한다니까. 이만 헤어지고, 서둘러 딸애와 만나게 할 방법을 궁리해야겠다. (햄릿에게) 왕자님. 소신 물러가게 해주십시오.

햄릿 　그것만큼 내가 기꺼이 해 줄 일은 없소. 내 목숨 내주는 것만 빼고 말이야—4 내 목숨, 내 목숨 말이오!

---

3 무덤으로 가란 말이요? : 폴로니어스는 "안으로 드시겠습니까?"라는 뜻으로 "Will you out of air?"라는 표현을 사용한다. 그런데 햄릿은 "out of air"를 문자 그대로 "공기 밖으로"라고 해석하고 무덤으로 가라는 소리냐고 되묻는다.
4 내 목숨 ~ 빼고 말이야— : 이때 폴로니어스는 "물러가겠습니다(I will take my

폴로니어스 그럼 물러갑니다, 왕자님.

햄릿 지겨운 늙은 멍청이들!

로젠크랜츠와 길덴스턴 등장

폴로니어스 햄릿 왕자님을 찾으시오? 저기 계시오.　　220

로젠크랜츠 안녕히 가십시오, 나리　　　　(폴로니어스 퇴장)

길덴스턴 존경하는 왕자님.

로젠크랜츠 경애하는 왕자님.

햄릿 내 반가운 친구들. 그래, 요즘 어떻게 지내나, 길덴스

턴. 아, 로젠크랜츠! 두 사람 어찌들 지내나?　　225

로젠크랜츠 그럭저럭 지내고 있습니다.

길덴스턴 지나치게 행복하지 않아 다행입니다. 운명의 여신

의 모자 꼭대기에 달린 단추5는 아닙니다.

햄릿 여신의 발바닥도 아니지 않은가?　　230

로젠크랜츠 네, 그렇습니다, 왕자님.

햄릿 그렇다면 운명의 여신의 허리춤에 있는가, 아니면 소중

---

leave of you)"라고 말한다. 햄릿은 폴로니어스의 문장의 take A of B(B에서 A를
가져가다)를 자의적으로 사용하여 "자기 목숨을 가져가다"라는 의미로 사용한다. 결국
본인이 가장 바라는 것은 누군가가 자기 목숨을 앗아가는 것, 즉 죽음을 가장 원하고
있다고 말하는 것이다
5 운명의 여신 ~ 달린 단추 : 행운의 최고 절정기를 가리킨다.

한 곳 한가운데쯤?

길덴스턴 딱 그 은밀한 곳쯤입니다.

235 **햄릿** 운명의 여신의 은밀한 부분이라? 하긴 그럴 만도 하지. 그녀는 창녀6니까. 무슨 새로운 소식이라도 있는가?

로젠크랜츠 아니요, 왕자님. 세상이 정직해진 거 빼고는요.

햄릿 그럼 말세가 가까워졌군. 그런데 자네 얘기는 사실이

240 아니야. 좀 더 구체적으로 물어보지. 도대체 자네들 무슨 짓을 했기에 행운의 여신이 이 감옥으로 보냈나?

길덴스턴 감옥이라뇨, 왕자님?

햄릿 덴마크는 감옥이야.

로젠크랜츠 그렇다면 온 세상이 감옥이게요.

245 **햄릿** 이 세상이야말로 훌륭한 감옥이지. 그 안에 구치소도, 감방도, 지하 감방도 다 있지만 덴마크가 가장 지독한 감옥이지.

로젠크랜츠 저흰 그렇게 생각하지 않습니다, 왕자님.

햄릿 그럼 자네들에겐 그렇지 않은가 보지. 하긴 원래 좋고

250 나쁜 게 따로 있는 것이 아니라 다 생각하기 나름이니. 하지만 내겐 덴마크는 감옥이야.

로젠크랜츠 그렇다면 그건 왕자님의 야망 때문일 겁니다. 큰

---

6 그녀는 창녀 : 사람들의 운이 아무 이유 없이 급변하는 것이 운명의 여신의 변덕 때문이라고 생각하여 운명의 여신은 흔히 '창부'에 비유되어 왔다.

꿈을 품으신 분께는 이 나라가 몹시 좁겠죠.

햄릿 오 세상에, 난 호두 껍데기 속에 갇혀 있어도 무한한 우주의 왕이라고 생각할 수 있어! 나쁜 꿈만 꾸지 않는다면 말이야. 255

길덴스턴 그 꿈이 바로 전하의 야망이십니다. 야망의 실체는 그저 꿈의 그림자일 뿐이니까요.

햄릿 아니, 꿈이야말로 그림자지. 260

로젠크랜츠 맞습니다. 저는 야망이 공기처럼 가벼워서 그림자의 그림자에 지나지 않는다고 생각합니다.

햄릿 그럼 거지야말로 실체이고, 제왕들이랑 야심을 펼친 영웅들이야말로 거지의 그림자에 불과한 셈이게. 우리 궁전으로나 가세. 이 문제는 내 머리로는 따지지 못하겠네. 265

로젠크랜츠, 길덴스턴 저희들이 모시겠습니다.

햄릿 무슨 소린가. 자네들을 시종 다루듯이 할 수야 없지. 솔직히 말해서 시중을 든답시고 따라다니는 자들이 너무 많네. 그건 그렇고, 옛날 방식의 우정을 믿고 묻네만, 도대체 엘시노어에 왜 왔는가? 270

로젠크랜츠 왕자님 뵈러 왔습니다. 다른 용건은 없습니다.

햄릿 난 거지꼴이라, 감사하는 데도 인색하지만 아무튼 고맙네. 내가 고맙다고 해도 자네들에겐 십 원 한 푼 가치밖에 되지 않겠지만. 그런데 자네들 누가 불러서 온 것 아닌가? 자진해서 온 건가? 그냥 온 거냐고? 자, 자, 솔직하게 말해 275

보게. 어서 말해 보라고.

길덴스턴 글쎄, 뭐라고 아뢰어야 좋을지 모르겠습니다.

햄릿 사실대로만 얘기하면 되네. 불러서 온 것이라고 자네들 얼굴에 다 쓰여 있네. 자네들은 그걸 감출 만큼 교활하지 못하지. 왕과 왕비 전하가 불러서 왔다는 거 다 알고 있네.

로젠크랜츠 뭣 때문에요, 왕자님?

햄릿 내가 그걸 묻는 게 아닌가. 우리의 우정으로 보나, 어린 시절 어울려 놀던 정으로 보나, 늘 변치 않겠다고 맹세한 사랑으로 보나, 그 밖에 말재주가 좋은 자라면 보탰을 그보다 더 중요한 어떤 것을 걸고 자네들에게 간청하니 솔직히 말해주게, 불러서 왔는지 아닌지 말이야.

로젠크랜츠 (길덴스턴에게 방백) 뭐라고 하지?

햄릿 그럼 안 되지. 내가 이렇게 지켜보고 있는데. 그대들이 나를 사랑한다면 숨김없이 말해주게.

길덴스턴 왕자님, 실은 부름을 받고 왔습니다.

햄릿 그 이유는 내가 말해주지. 그래야 자네들이 나를 캐낼 필요도 없고, 폐하나 왕비 전하께 한 비밀 맹세를 털끝만큼도 깨지 않아도 될 테니. 난 요즘 무슨 까닭인지 모르지만 만사에 흥미를 잃고, 늘 해오던 운동도 그만뒀네. 이런 증세가 너무 심하다 보니 이 멋진 산천도 황량한 곳처럼 느껴지고, 이 멋진 공기 닫집, 저것 보게, 우리 머리 위에 펼쳐진 저 찬란한 창공, 금빛 별들이 아로새겨진 장엄한

저 하늘 지붕이 내게는 다만 음란하고 유해한 독기가 서린 　　300
수증기 덩어리로만 보인단 말일세. 인간은 얼마나 멋진 걸
작인가. 그 이성은 얼마나 고귀하며, 그 능력은 또 얼마나
무한한가. 그 자태와 거동은 또 얼마나 반듯하고 찬양할
만한가. 그 행동은 천사와 같고 지혜는 신과 닮았으니. 이 　　305
세상의 아름다움이요, 만물의 영장 아닌가. 하지만 내겐
이런 인간이 한갓 먼지로밖에 안 보이네. 난 사람이 싫어.
아니, 여자도 마찬가지네.7 자네들 웃는 걸 보니 그렇게 말
하는 거 같은데. 　　310

로젠크랜츠　왕자님, 절대 그런 생각 하지 않았습니다.

햄릿　그럼 '사람이 싫다'고 말할 때 왜 웃었나?

로젠크랜츠　그렇게 사람이 싫으시면 배우들이 왕자님으로부
터 어떤 섭섭한 대접을 받을까 하는 생각에 웃었습니다. 　　315
저희가 배우 일행을 앞질러 왔습니다. 그들은 왕자님께 연
극을 보여 드리려고 오고 있었습니다.

햄릿　국왕 역을 하는 배우라면 대환영일세. 왕 역은 나의 찬
사를 받을 것이고, 용감한 기사 역에게는 칼과 방패를 실
컷 휘두르게 하고, 연인 역도 대가 없이 탄식하지 않게 대 　　320
접할 것이고, 성질 나쁜 친구는 방해받지 않고 끝까지 자

---

7 여자도 마찬가지네 : 햄릿이 인간을 통칭하는 man을 사용하여 'Man delights not me.'라고 말할 때 두 사람이 웃자 햄릿은 그들이 man을 남자라고 해석한 줄 알고 여자도 싫다는 말을 덧붙인 것이다.

기 역을 하도록 해주겠어. 어릿광대는 웃기 좋아하는 사람들 허파를 터뜨리게 할 거고. 숙녀 역은 마음속 생각을 자유롭게 말하게 할 테다. 안 그러면 대사가 끊길 테니까. 그

325 런데, 그 배우들은 어떤 친구들인가?

로젠크랜츠 전에 왕자님이 좋아하시던 도시의 비극단입니다.

햄릿 그들이 어째서 순회공연을 하게 됐나? 도시에 있는 편이 명성이나 수입 면에서 훨씬 나을 텐데.

330 **로젠크랜츠** 최근 연극 개혁 때문에 공연 금지 처분을 받은 탓일 것 같습니다.

햄릿 내가 그 도시에 있을 때처럼 지금도 인기가 여전한가? 지금도 사람들이 그렇게 따라다니는가?

로젠크랜츠 아뇨, 요즘은 예전 같지 않습니다.

335 **햄릿** 어째서? 연기가 녹슬었나?

로젠크랜츠 아니요. 예전처럼 열심히 하고 있지만, 요즘 새끼매 같은 어린 배우들이 출현해서 핫 이슈들에 대해 소리를 꽥꽥 지르면서 논하는데 이게 박수갈채를 받고 있습니다.

340 그런 게 유행하면서 그 애들이 일반 극장이라고 부르는 극장을 얼마나 비난하는지, 칼 찬 신사들은 작가들의 펜이 무서워서 그쪽으로는 얼씬도 하지 못합니다.

햄릿 뭐라고? 소년 배우들이라고? 누가 그런 극단을 운영하는가? 누가 후원을 하지? 그 애들은 변성기가 오기 전까지

345 만 배우를 할 건가? 그 애들이 자라면 일반 배우가 될 텐

데. 먹고 살 다른 직업을 마련하지 못한다면 당연히 그렇지. 그 극단의 작가가 그 애들의 장래를 자기 입으로 비판하게 하는 셈 아닌가?

로젠크랜츠 정말 양쪽 모두 대단했습니다. 그리고 온 나라 사 350람들이 이 싸움을 부채질하면서도 부끄러운 줄 모릅니다. 그래서 한동안 극단 극작가와 배우 사이에 말다툼 장면을 넣지 않으면 아무도 투자하지 않았습니다.

햄릿 어떻게 그런 일이 있을 수 있담? 355

길덴스턴 아, 서로 엄청나게 머리싸움들을 했습니다.

햄릿 그래서 소년 극단들이 이겼는가?

로젠크랜츠 예 그렇습니다, 왕자님. 글로브 극장[8]까지 그들이 차지했습니다.

햄릿 그리 이상할 것도 없지, 내 숙부가 지금 덴마크 국왕이니. 아버님이 살아계실 땐 숙부에게 얼굴을 찡그리던 사람 360들이 지금은 숙부의 작은 초상화 한 장에 이십, 사십, 오십, 백 더컷[9]을 내니 말일세. 제기랄, 여기엔 뭔가 자연스럽지 못한 구석이 있어. 철학자라면 이런 꼬락서니를 설명할 수 있으려나?　　　　　　　　　　　　　　　　　(나팔 소리)

---

8 글로브 극장 : 셰익스피어 극단의 전용 극장이었던 글로브 극장의 현판에 헤라클레스가 지구를 떠받치고 있는 그림이 그려져 있다. 원문에는 '헤라클레스와 그의 짐 (Hercules and his load)'이라고 되어 있는데 이해하기 쉽게 의역하였다.
9 더컷 : 중세부터 유럽에서 사용된 금화와 은화이다.

길덴스턴 배우들이 도착했습니다.

햄릿 자네들, 엘시노어에 잘 왔네. 자 악수하게. 환영할 때 이렇게 하는 것이 유행하는 예법이니. 이런 식으로 환영 의례를 해야 내가 자네들보다 배우들을 더 환영한다고 오해받지 않지. 배우들에게는 겉으로 드러나게 친절을 보여 줘야 할 것 같아서 말일세. 아무튼 잘 왔네. 그런데 내 숙부 겸 아버지와 숙모 겸 어머니는 속고 있네.

길덴스턴 속다니요, 무엇을요, 왕자님?

햄릿 난 북북서풍이 불 때만 미친다네. 남풍이 불면 적어도 매와 왜가리쯤은 구별하지.

폴로니어스 등장

폴로니어스 아 두 분, 안녕하시오.

햄릿 여보게 길덴스턴, 그리고 자네도 귀 좀 빌리세나. 저기 저 큰 아기는 아직도 기저귀를 차고 있다네.

로젠크랜츠 아마 두 번째 기저귀 신세를 지나 보죠. 늙으면 다시 어린애가 된다고 하니.

햄릿 아마 틀림없이 배우들이 왔다고 말하러 왔을 거야. 두고 보게나. (다른 얘기 하던 척하며) 자네 말이 맞았어. 월요일 아침이었지, 틀림없이 그때였어.

폴로니어스 왕자님, 알려드릴 소식이 있사옵니다.

햄릿 왕자님, 알려드릴 소식이 있사옵니다.10 로스키우스11

가 로마의 배우였을 때—

폴로니어스 배우들이 도착했습니다, 왕자님.

햄릿 어떤가, 어때!

폴로니어스 제 명예에 걸고— 390

햄릿 '그때 배우들은 당나귀를 타고—'

폴로니어스 이 배우들은 천하의 명배우들로 비극, 희극, 역사

극, 목가극, 목가적 희극, 역사적 목가극, 비극적 역사극,

비극적 희극적 역사적 목가극, 장소의 일치 원칙12을 지키

는 극이든, 그렇지 않은 극이든 다 최고입니다. 세네카13 395

의 비극을 해도 너무 무겁지 않고 플라우투스14의 희극을

해도 경박하지 않습니다. 대본 연기든 즉흥 연기든 모두에

능한 유일한 극단이옵니다.

---

10 왕자님 알려드릴 소식이 있사옵니다. : 폴로니어스를 흉내 내고 있다.

11 로스키우스 : 고대 로마 최고의 배우. 연극에 뛰어난 재능을 보여 노예 신분에서 벗
어났다고 한다. 키케로가 그의 연기에 찬사를 보냈다고 하며 이후 명배우의 대명사
가 되었다.

12 장소의 일치 원칙 : 아리스토텔레스가 『시학』에서 했던 여러 주장들에 근거해서 극
이 개연성을 지니려면 극작이 지켜야 한다고 여겨졌던 세 가지 일치의 원칙이 있다.
이 세 원칙은 시간, 상소, 행동의 일치인데 시간은 하루 24시간 동안의 사건이어야
하고, 장소는 하나의 장소에서 벌어진 사건이어야 하며, 행동은 단일사건이어야 한다
는 것이다. 그중 장소의 원칙을 지킨 극을 뜻한다.

13 세네카 : 로마 최고의 비극 작가. 셰익스피어를 비롯하여 동시대 극작가들에게 엄청
난 영향을 끼쳤다.

14 플라우투스 : 로마 최고의 희극 작가.

햄릿 '아, 이스라엘의 명판사 입다15여.

그대 참으로 훌륭한 보배 지녔도다!'

폴로니어스 그자가 어떤 보배를 지녔는데요, 왕자님?

햄릿 뭐냐면,

애지중지 사랑한

아름다운 외동딸.

폴로니어스 (방백) 여전히 내 딸 타령이군.

햄릿 내 말이 틀렸소? 입다 영감.

폴로니어스 신을 입다라 하시면, 하긴 신에게도 애지중지 사

랑하는 딸이 하나 있긴 합니다.

햄릿 아니, 그렇게 이어지지 않아.

폴로니어스 그럼 어떻게 이어집니까, 왕자님?

햄릿 뭐냐면,

'하나님이 정한 운명 때문에'

그다음은

'일어날 일이 일어나고야 말았네.'

이 찬송가의 첫 소절을 보면 더 자세히 알 수 있을 거

---

15 입다 : 구약성경 사사기에 나오는 판사 '입다'를 말한다. 입다는 이스라엘 주위 이방
족인 암몬 족속과 싸울 때 여호와께 '적을 무찌르게 해주시면 돌아올 때 가장 먼저
나를 맞이하는 것을 제물로 바치겠다'고 서원한다. 하지만 전쟁에서 승리한 그를 맞
이한 것은 사랑하는 무남독녀였다. 입다는 여호와께 한 서원 때문에 그 딸을 제물로
바친다. 햄릿은 여기서 자신의 딸인 오필리어를 정략의 제물로 이용하려는 폴로니어
스를 비꼬기 위해 입다의 얘기를 인용하고 있다.

요. 저기 내 말을 자르는 사람들이 오니.

배우들 등장

햄릿 어서들 오시게. 다들 잘 왔네. 다들 좋아 보여 기쁘군.
어서 오시게, 친구들. 어, 옛 친구, 뭐야 이 친구 못 본 사
이 얼굴에 턱수염 휘장을 둘렀군. 그래 그 수염으로 나와
대적하려고 덴마크에 온 건가? 아니, 젊은 아가씨와 부인   420
역16 아닌가! 숙녀께서는 마지막 봤을 때보다 구두 뒤축만
큼 하늘에 더 가까워졌군. 내 그대 목소리를 위해 기도드
리지. 자네 목소리가 쓰이지 않는 금화처럼 고음을 낼 때
갈라지는 일이 없도록 해달라고. 그나저나 모두 잘 왔네.   425
우린 프랑스 매사냥꾼처럼 봤다 하면 무작정 달려들거든.
당장 한 대목 해볼까? 자, 자네들 실력 좀 보여주게나. 자,
격정적인 대사로.

배우 1 어떤 대사를 할까요, 왕자님?

햄릿 언젠가 한 번 자네가 읊는 것을 들은 적이 있는데 무대   430
에 올린 적은 없었던 거 같네. 있었다 해도 한 번뿐이었을
거야. 내 기억으론 그 연극은 일반 관객에게는 인기가 없

---

16 젊은 아가씨와 ~ 부인 역 : 셰익스피어 시대에는 여자들이 무대에 오르는 것이 허용
되지 않아서 미소년들이 여자 역을 하였다.

었지. 일반 대중에게는 '돼지 목에 진주'라고나 할까. 그러나 나나 나보다 안목이 뛰어난 사람들에게는 아주 훌륭한

435 연극이었지. 장면 구성도 잘됐고, 문체도 교묘할 정도로 절제된 언어로 씌어졌고. 내용을 돋보이게 하려고 대사에 양념을 치지도 않았고, 작가의 허세를 탓할 만한 문구도 없고, 성실한 태도로 극을 써서 인위적이기보다는 자연스

440 러워 아름답고 건전한 연극이라고 누군가 말했지. 특히 그 작품에서 내가 좋아하는 구절이 있었어. 아에네아스[17]가 디도[18]에게 해주는 이야기인데 그중에서도 프리아모스 왕[19]이 학살당하는 대목이야! 내가 기억하는 바로는 이렇

445 게 시작하지.― 가만있자, 어떻게 시작하더라?―

산발한 필로스[20], 히르카니아의 호랑이처럼⋯⋯

아니 이게 아니지, 필로스로 시작은 하지만⋯⋯

산발한 필로스, 검은 속셈만큼이나 시커먼

그의 갑옷은 어두운 밤을 닮았도다.

---

17 아에네아스 : 트로이 장군이자 로마 건국의 시조. 트로이 전쟁 패망 후 신들의 명령으로 새로운 나라를 건립하러 가던 중 디도가 카르타고를 건설하는 것을 돕다 둘이 사랑에 빠진다. 디도 여왕은 아에네아스로부터 트로이 전쟁 이야기를 듣기를 좋아했다.
18 디도 : 아에네아스의 도움을 받아 카르타고를 건설한 여왕이나 나중에 신들이 아에네아스에게 로마 건국의 소임을 경각시켜 그가 카르타고를 떠나자 배신감에 자살한다.
19 프리아모스 왕 : 트로이 전쟁 당시 트로이의 노왕.
20 필로스 : 트로이 전쟁의 영웅 아킬레스의 아들이다. 아버지 원수를 갚으려 트로이 목마에 숨어 트로이에 와서 트로이의 노왕 프리아모스를 죽인다. 아킬레스처럼 붉은 머리를 해서 필로스(붉은 머리의 남자)라고 불렸다.

그가 불길한 목마[21] 속에 숨어있을 때.   450

그 검고 무서운 얼굴이 더욱 무서운 빛깔로

물들었으니, 머리끝에서 발끝까지

아비 어미 딸 아들들의 피 칠로

이제 그는 온통 붉은 빛이다.

타오르는 거리의 불길에 그들은 타서 서로 엉키도다   455

그 불길은 그들 국왕 살해자에게

포악한 지옥의 등불이 되어 주는구나. 분노와 불길에 달구어진 채

응고된 피들이 온몸에 엉겨 붙어 더욱 커진 몸집으로

악마 같은 필로스는 핏발 선 두 눈으로

트로이의 노왕 프리아모스를 찾는다."   460

자, 다음은 자네가 계속하게나.

폴로니어스 참으로 잘하십니다. 억양도 좋으시고

해석도 잘하신 것 같습니다.

배우 1   이윽고 그는 찾았다.

그리스 군에게 미치지도 못하는 보검을 휘두르고 있는   465

프리아모스를. 그의 낡은 칼은 팔의 뜻 거역하며 명령에

따르지 않고 떨어져 나뒹군다. 상대가 되지 않는

필로스가 프리아모스를 향해 분노의 칼 내리친다.

헛쳤으나 획 하는 칼바람에 무기력한 왕

---

21 불길한 목마 : 트로이 목마.

470 쓰러진다. 무감각한 트로이 성도

이 공격을 느낀 듯 타오르는 꼭대기가

허물어진다. 그 무시무시한 굉음에

필로스가 멈칫한다. 보라!

프리아모스 노왕의 백발 향하여 내리치던

475 그의 칼은 허공에 얼어붙은 듯

그렇게 필로스는 그림 속 폭군처럼

뜻과 실행 사이에서 아무것도 하지 못하고

서 있다.

하나 폭풍이 오기 전

480 하늘이 고요하고, 구름도 멎고,

광풍도 잠잠해지고, 아래 대지는 죽은 듯 고요하나

이내 무서운 천둥이 터져

대기를 치는 것을 자주 보듯

잠시 멈췄던 필로스도 복수심에 분발하여

485 전쟁의 신 마르스의 불멸의 투구를 단련하던

키클롭스의 철퇴보다 더 인정사정없이

필로스의 붉은 피 흐르는 칼은

프리아모스의 머리를 내리친다.

꺼져라, 꺼져. 창녀 같은 운명의 여신이여!

490 하늘의 신들은 회의를 열어 운명의 여신의 권능 빼앗고

여신의 수레바퀴에서 살과 테를 모조리 부숴 버리고

둥근 바퀴통일랑 하늘의 언덕에서 굴려

지옥 악귀들에게 떨어지게 하라.

폴로니어스 너무 길구먼.

햄릿 그럼 경의 수염과 함께 이발사에게 보내시오. 계속하   495

게. 이 양반은 농담이나 음담패설 아니면 잠들어 버리지.

자 이제 헤카베[22] 부분을 읽어보게.

배우1 *그런데, 아, 슬프도다! 누가 머플러 두른 왕비를 보았는가?*

햄릿 머플러를 두른 왕비?

폴로니어스 거 좋다.   500

배우1 *쏟아지는 눈물로 불길을 위협하며*

맨발로 이리저리 뛰어다니며 왕관이 얹혀 있던 머리엔

보자기를 쓰고 수많은 자식 낳은 여윈 허리엔

왕복 대신 두려움에 사로잡혀 주워 걸친

누더기 담요를 걸친 왕비의 이런 모습을   505

본 사람이면 누군들 운명의 여신에게

저주의 독설로 반역을 선포하지 않으랴.

그러나 신들이 그때 그녀를 보았다면

필로스가 자기 남편의 사지를 저미면서

악의에 찬 장난치는 것을 왕비가 본 순간   510

---

22 헤카베 : 프리아모스 왕의 아내이자 트로이 영웅 헥토르의 어머니. 그녀는 헥토르
외 파리스, 카산드라 등 프리아모스와의 사이에서 19명의 자녀를 두었다.

터뜨린 울부짖음을 하늘의 신들이 봤다면

그들이 인간사에 전혀 무심하지 않는한

하늘의 별들도 눈물 흘리게 할 것이고

신들의 격정도 불러일으켰으리라.

폴로니어스 얼굴색 하나 변하지 않고 눈물이 글썽이는 것 좀 보십시오. 이제 그만하여라.

햄릿 잘했다. 나머지 대목은 곧 듣기로 하지. 경이 배우들이 잘 머물도록 돌봐주시겠소? 융숭하게 대접을 해주시오. 자고로 배우들은 시대의 축도요, 짧은 연대기니까. 살아생전에 저들의 구설에 오르는 것보다 죽은 후에 험악한 묘비명이 쓰이는 게 나을 거요.

폴로니어스 왕자님. 그들 신분에 맞게 대접하겠습니다.

햄릿 이 답답한 양반아. 더 잘 대접하란 말이오. 모든 사람을 그의 가치에 맞게 대접한다면 회초리질을 피할 사람이 어디 있겠소? 경의 명예와 지위에 어울리게 대접하라는 얘기요. 대접받는 사람의 가치가 덜할수록 대접하는 사람의 선심이 빛나는 법이오. 자, 안으로 안내하시오.

폴로니어스 따라들 오게나.

햄릿 친구들, 저 양반을 따라가게. 내일 연극을 볼 걸세. (배우1에게) 친구, 잠깐 얘기 좀 하지. '곤자고의 암살'을 공연할 수 있겠나?

배우1 네, 왕자님.

햄릿 그럼 내일 밤 그걸 공연해주게. 혹 12행이나 16행쯤 되
는 대사를 써서 삽입할까 하는데 그것들을 외울 수 있겠나?　535

배우1 할 수 있습니다, 왕자님.

햄릿 아주 좋아. (배우들에게) 저 양반을 따라가게, 놀리지는
말고.　　　　　　　　　　　　　　(폴로니어스와 배우들 퇴장)

(로젠크랜츠와 길덴스턴에게) 친구들, 밤에나 다시 만나세. 엘
시노어에 잘 왔네.　540

로젠크랜츠 네. 왕자님.

햄릿 아, 그럼 잘들 가게!　　　(로젠크랜츠와 길덴스턴 퇴장)

이제 혼자구나.

아 어쩜 나는 이리 못나고 천박한 노예 같은가?

지금 여기 있던 배우는 정말 대단하지 않은가?　545

꾸며낸 이야기요, 상상 속의 격정에도

그의 온 정신을 상상력에 주입시켜

안색이 창백해지고, 눈에는 눈물이 고이고,

광기 어린 시선에, 목은 메고,

온몸의 기능이 상상력에 맞춰 움직이지 않는가!　550

아무것도 아닌 것에!

헤카베 때문에!

도대체 헤카베가 그와 무슨 상관이며 그는 헤카베와

무슨 상관이어서 그녀 때문에 운단 말인가? 만약 나처럼

격정을 일으켜야 할 동기와 명분이 있다면　555

저 배우는 어땠을까? 그는 무대를 눈물로 적시고,

무시무시한 대사로 관객들의 귀청을 찢고

죄지은 자는 미치게, 죄 없는 자는 두렵게 할 것이며,

무지한 자는 혼란스럽게 하고, 관객들을 놀래켜

560 눈과 귀를 멀게 할 것이다.

그런데 나는,

이 둔하고 미련한 놈은 몽유병자처럼 야위어만 가고

명분의 결실을 보지 못하고 한 마디도 못하고

있지 않은가? 왕권과 가장 소중한 목숨을

565 무참히 빼앗긴 선왕을 위해 아무것도

못 하다니! 난 겁쟁이인가?

누가 날 나쁜 놈이라 부르고, 내 머리통을 부수고,

수염을 잡아 뽑아서 내 낯짝에 던지고,

내 코를 비틀고, 목청껏 날 허풍선이라고

570 불러 다오.— 누가 이리 해주려나?

하!

그런 자가 있다면 맹세코 달게 받겠다.

난 비둘기 간처럼 마음이 약해 억압에 대항해

쓴맛을 보여줄 용기가 부족하니, 만약 그렇지 않았다면

575 벌써 난 그 노예 놈의 살덩이로 이 지역의 솔개 떼를

배불렸을 것이다. 잔인하고 음탕한 악당!

무도하고, 간악하고, 음탕하고, 잔인한 악당!

아, 나는 얼마나 못난 자인가? 참 장하기도 하지!

사랑하는 아버님이 무참하게 살해당해

하늘과 지옥이 그 복수를 재촉하건만　　　　　　　　580

창녀처럼 입으로만 나불대며

매춘부처럼 입으로만 저주를 옹알대고 있으니.

미련한 놈! 에잇, 제기랄!

잠깐! 머리 좀 굴려보자. 내 언젠가

죄를 저지른 자가 연극을 구경하다가　　　　　　　585

잘 짜인 장면에 감동해 그 자리에서

자신의 죄를 깡그리 털어놓았다고 들은 적이 있다.

살인죄는 입이 없어도 너무도 신비롭게

스스로 죄를 실토한다고 하지 않았던가? 아까 저 배우들을

시켜 아버지 살해와 비슷한 장면을　　　　　　　590

공연케 하자. 그때 숙부의 안색을 지켜보며

급소를 한 번 찔러보리라. 만약 그가 움찔한다면

그다음 해야 할 일은 뻔하다. 전에 보았던 혼령은

악마일지도 모른다. 악마는 마음대로 둔갑할 수

있다지 않던가. 그래, 어쩌면　　　　　　　595

내가 심약해지고 울적한 틈을 타서

날 파멸시키려는 건지도 모른다.

악마는 그런 정신 상태를 잘 이용하지.

그러니 망령보다 더 확실한 증거가 필요하다.

그러자면 연극이 좋은 방법이다.

그걸로 왕의 본심을 캐내고야 말겠다.   (퇴장)

제3막

〈극중극 장면〉, 대니얼 매클리스, 1842, 워싱턴,
폴저 셰익스피어 도서관

제1장

왕, 왕비, 플로니어스, 오필리어, 로젠크랜츠, 길덴스턴 등장

왕 그래 아무리 얘기를 나누어 보아도

왜 햄릿이 난폭하고 위험한 광기로

평온한 날들을 저리도 격하게 만드는지

알아내지 못했단 말이냐?

로젠크랜츠 왕자님 자신도 정신이 이상하다고 인정하시지만   5

그런 연유가 무엇인지는 절대 말하지 않사옵니다.

길덴스턴 게다가 그 말을 꺼내는 것도 싫으신 눈치셨습니다.

저희들이 왕자님의 진짜 상태에 대해 말씀하시도록

유도하면 실성하신 척하며 교묘하게

빠져나가셨습니다.

왕비   그대들을 잘 대해주기는 하던가?   10

로젠크랜츠 점잖게 대해 주셨습니다.

길덴스턴   그런데 억지로 그러시는 것 같았습니다.

로젠크랜츠   질문은 별로 안 하셨지만, 저희가 여쭙는 말에는

선선히 대답해 주셨습니다.

왕비   무슨 유흥이라도

15   권해보았는가?

로젠크랜츠   왕비마마, 저희가 이곳으로 오는 길에 마침

배우 일행을 앞질러 왔습니다. 이들에 대해

아뢰었더니 무척 좋아하시는 것 같았습니다.

그들은 지금 궁에 와 있습니다.

20   오늘 밤 공연하라는 분부를 왕자님으로부터

이미 받은 것으로 알고 있사옵니다.

폴로니어스   사실이옵니다.

두 분 폐하께서도 연극 관람을 해 주십사

청하라고 제게 말씀하셨습니다.

왕   기꺼이 보고말고. 햄릿이 연극에 관심을 보였다니

25   아주 기쁘군.

그대들은 좀 더 박차를 가해서

그의 관심을 그런 즐거움에 돌리도록 해 주게나.

로젠크랜츠   그리 하겠사옵니다, 폐하.

                              (로젠크랜츠와 길덴스턴 퇴장)

왕   왕비, 자리 좀 비켜 주시오.

은밀히 햄릿을 이리로 불렀소.

햄릿이 여기서 우연인 것처럼 오필리어를   30
만나도록 말이오.

오필리어의 부친과 나는 합법적인 염탐꾼으로

숨어서 두 사람의 만남을 지켜보고.

또 햄릿의 행동을 살펴보고

왕자를 그토록 고통스럽게 하는 것이   35

사랑 때문인지 아닌지 허심탄회하게

판단해 보려 하오.

왕비   분부대로 하겠습니다.

오필리어야, 햄릿이 실성한 것이

네 아름다움이라는 행복한 이유 때문이길 바란다.

그래서 네 미덕 덕에 햄릿이 다시 예전으로   40

되돌아와 두 사람의 명예를 되찾았으면

좋겠구나.

오필리어   왕비마마, 저도 그리 바라옵니다.   (왕비 퇴장)

폴로니어스   오필리어야. 여기서 거닐고 있어라.— 폐하,

폐하와 소신은 어서 몸을 숨겨야겠습니다.

이 책을 읽고 있어라. 그러면 혼자 있어도 이상해   45

보이지 않을 게다. 이런 속임수는 종종 비난받지만

경건한 표정과 신성한 태도로 악마의 본성을

감추는 건 아주 많이 입증된

방법이다.

왕 (방백) 지극히 옳은 말이다.

저 말이 내 양심을 날카롭게 채찍질하는구나.

분을 발라 단장한 창녀의 얼굴도

번지르르한 내 말 뒤에 숨어있는

내 행실보다는 추하지 않겠지.

아, 이 무거운 업보!

폴로니어스 오시는 소리가 납니다. 폐하, 몸을 숨기시옵소서.

(왕과 폴로니어스 퇴장)

햄릿 등장

햄릿 사느냐 죽느냐, 그것이 문제로다.

가혹한 운명의 돌팔매와 화살을

참고 견디는 것이 장한 일인가.

아니면 고통의 바다에 맞서 무기를 들고

싸우는 것이 옳은 일인가. 죽는 건― 잠자는 것.

그뿐 아닌가. 잠이 들면 마음의 상심도,

육신이 물려받는 수천 가지 고통도 끝난다고들 하지.

그것이 모두가 바라 마지않는

마무리 아닌가. 죽는 건 잠자는 것.

잠이 들면 꿈을 꿀 테지. 아, 그것이 문제구나.

우리가 이승의 고통을 버리고

죽음이란 잠을 잘 때, 어떤 꿈이 찾아올지 모르니
주저할 수밖에. 바로 그것 때문에
이리 오래 사는 재앙을 겪는 게지.
그런 주저가 없다면 누가 세상의 채찍과 모욕,　　　　　70
폭군의 횡포와 거만한 자의 오만불손함,
무시당한 사랑의 고통, 법의 지연,
관료들의 오만방자함, 인내심 갖춘 자가
하찮은 이들에게 받는 멸시를 참겠는가.
그저 칼 한 자루로 모든 것을 끝장낼 수　　　　　　75
있는데? 그 누가 무거운 짐을 지고
이 지겨운 삶을 신음하며 진땀 흘리며 살겠는가.
죽은 뒤의 세상에 대한 두려움,
한번 가면 두 번 다시 돌아올 수 없는
미지의 나라가 우리의 결심을 혼란스럽게 해서　　　80
알지 못하는 저세상으로 가느니
우리가 겪고 있는 이 환란을 견디게 하는 거지.
그렇게 분별심이 우리 모두를 겁쟁이로 만들어
결단이 지닌 생생한 혈색은
사색의 창백함으로 그늘져서　　　　　　　　　　85
아주 뜨겁게 타올라 실행하던 계획이
이 때문에 방향을 바꿔
실천력을 잃는 거지. 가만,

아름다운 오필리어가. 그대 숲의 요정이여,

기도할 때 내 죄도 빌어주오.

오필리어   왕자님,

오랜만입니다. 어떻게 지내셨는지요?

햄릿 고맙게도 잘 지내오.

오필리어 왕자님, 그동안 제게 보내주신 선물들을

오래전부터 돌려 드린다고 별러왔습니다.

지금 받아주십시오.

햄릿   아니, 그럴 수 없소.

난 그대에게 아무것도 선물한 게 없소.

오필리어 전하, 잘 아시면서 그러십니다.

그때 선물에다 다정한 말씀까지 보태주셔서

그것들이 더욱 값졌습니다. 이제 그 향기 사라졌으니

도로 받아주세요. 고결한 사람에게는

값진 선물도 보낸 사람의 마음이 변하면

별거 아닌 것이 됩니다. 여기 있습니다, 왕자님.

햄릿 하하! 그대는 정숙하오?

오필리어 네?

햄릿 그대는 아름답소?

오필리어 무슨 말씀이신지요?

햄릿 만약 그대가 정숙하고 아름답다면 그대 정조가 그대 미

모와 가까이하지 못하게 하시오.

오필리어 미모처럼 여자의 정조와 잘 어울리는 것이

있겠습니까?   110

햄릿 아니, 천만의 말씀. 정조의 힘이 미모를 정숙하게 만들

기보다 미모의 힘이 정조를 타락시켜 음란하게 만들기 쉽

거든. 전에는 이게 이따금 벌어지는 역설로 여겨졌지만,

요즘엔 그게 진리임이 입증되었소. 나도 한때는 그댈 사랑

했소.   115

오필리어 정말 제가 그리 믿도록 하셨습니다, 왕자님.

햄릿 그대는 내 말을 믿지 말았어야 했소. 우리 천성의 그루

터기에 아무리 미덕의 새 가지를 접목해도 우리 본바탕은

바뀌지 않소. 난 그댈 사랑하지 않았소.

오필리어 그렇다면 저는 더 속은 것입니다.   120

햄릿 수녀원으로 가시오. 왜 그대는 죄인의 종자를 낳으려고

하시오? 내 자신이 꽤나 정직한 인간이라 생각하지만 그런

데도 어머니가 날 낳지 않았더라면 하고 생각할 만큼 비난

할 점이 많소. 나는 아주 오만하고, 복수심이 강하고, 야망   125

이 크고, 머릿속에서 상상하고, 상상 속에서 형상화하고,

그것들을 행동에 옮길 수많은 죄를 손만 까딱하면 저지를

수 있는 사람이오. 나 같은 자가 뭐 하러 이 천지를 기어

다녀야겠소? 우리 인간은 모조리 순 악당들이니 아무도 믿

지 말고 수녀원으로 가시오. 그대 아버지는 어디 계시오?   130

오필리어 집에 계십니다, 왕자님.

햄릿 그럼 문을 걸어 잠그고 단단히 가둬 두시오. 제집 외에 다른 곳에서 바보짓 못하게 말이오. 잘 가시오.

135 **오필리어** 아 하늘이시여, 왕자님을 구원해 주소서.

햄릿 그대가 굳이 결혼한다면 내 이 저주를 지참금으로 주겠소. 그대가 얼음처럼 정숙하고 눈처럼 순결해도 구설을 피하지는 못할 거라는. 수녀원으로 가시오, 그럼 안녕히. 그

140 래도 굳이 결혼해야 한다면 바보와 하시오. 똑똑한 사내들은 그대가 자기를 괴물[1]로 만들 거라는 걸 잘 아니까. 수녀원으로 가시오, 어서. 잘 가시오.

오필리어 천신들이시여, 왕자님 정신이 돌아오게 해 주소서!

햄릿 난 당신네 여자들의 화장에 대해 많이 들었소. 여자들

145 은 하나님이 주신 얼굴을 완전히 딴판으로 만들어버리지. 엉덩이를 흔들며 살랑살랑 걷고, 혀 짧은 소리로 신의 창조물에 엉뚱한 별명을 붙이고, 음탕한 짓을 하고도 모른척하지. 젠장, 그만하자. 그런 게 날 미치게 만들었어. 더이상 결혼은 없게 해야 돼. 이미 결혼한 자들은 한 쌍[2]만

150 빼고 그냥 살게 해야겠지만 결혼 안 한 자들은 그냥 살아야 해. 수녀원으로 가시오.   (퇴장)

---

1 괴물 : 뿔난 짐승을 이르는 말이다. 서양에서는 아내가 바람을 피우면 남편 이마에
뿔이 돋는다고 생각했다. 이 대사를 통해 햄릿이 어머니의 변절 이후 모든 여성을 부
정한 존재로 바라보고 있음을 알 수 있다.
2 한 쌍 : 클로디어스와 거트루드 부부를 말한다.

오필리어 오, 그리 고상하던 정신이 저렇게 바뀌시다니!

조신들의, 군인의, 학자의 눈이요, 혀요, 검이셨던 분,

아름다운 이 나라의 희망이요 장미이며

풍속의 거울이요, 예의범절의 본보기요   155

만인이 우러러보던 분이 저리 완전히 무너지시다니!

그러니 나는 이 세상에서 가장 비참하고 불쌍한

여인이구나. 왕자님의 음악처럼 달콤한 사랑의 맹세를

듣던 내가 청아한 종소리처럼 고귀하고 지고한

이성이 어긋난 음정으로 시끄럽게 울리는 소리를 듣다니.   160

비할 바 없던 용모와 활짝 핀 청춘의 자태가 광란으로

시든 모습을 보다니. 아, 그 아름다운 모습을 보았던

이 눈이 지금 저 모습을 보아야 한다니, 비통하구나.

왕과 폴로니어스 등장

왕 사랑이라고? 왕자 마음은 그쪽으로 기운 게 아니오.

그 애가 한 말들도 횡설수설하긴 하지만   165

미친 사람 소리 같진 않소. 분명 심중에 뭔가 있어

저렇게 우울한 게 분명한데.

그것이 알을 까고 나오면

뭔가 위험할 거 같아. 그걸 막으려면

빨리 결단을 내려야겠소.   170

이렇게 합시다. 왕자를 서둘러 영국으로

파견합시다. 밀린 조공을 요구한다는 명분으로 말이오.

바다나 타국에서 색다른 풍물을 보면

다행히 왕자의 마음속에 자리 잡고 있는 것을

175 　몰아내 줄지도 모르오.

밤낮 그 생각에만 골몰하니, 저렇게

실성한 것이오. 경의 생각은 어떻소?

폴로니어스 묘안이십니다. 그러나 소신은 여전히

왕자님께서 수심에 빠진 원인과 시초가

180 　실연 때문으로 사료되옵니다. 괜찮냐, 오필리어?

햄릿 왕자님 말씀은 전하지 않아도 된다.

다 들었다. 폐하, 뜻대로 하십시오.

하지만 괜찮다고 생각하시면 연극이 끝난 뒤에

왕비마마께서 왜 수심에 찬 건지 왕자님과 터놓고

185 　얘기하게 하시지요. 폐하께서 허락하시면 신이 몰래 숨어서

두 분 대화를 들어 볼까 하옵니다. 그렇게 해서도

이유를 알아내지 못하면

왕자님을 영국으로 보내시든가 폐하께서 적당하다고

생각하시는 곳에 감금하든가 하십시오.

왕 　　　　　　　　　　　　　그럽시다.

190 　지체 높은 자의 광증을 방관해서는 안 되오. (모두 퇴장)

제2장

햄릿과 세 명의 배우 등장

햄릿 대사는 내가 읊은 것처럼 듣기 좋게 해주게. 만약 여느 배우들처럼 소리나 고래고래 지른다면 차라리 포고문 외치는 자를 데려다 내 대사를 읊게 하겠네. 또 손으로 허공을 너무 휘젓지도 말고, 모든 걸 부드럽게 하게. 감정의 격류 나 소용돌이 속에서도 그것을 부드럽게 표현하는 절제술을 연마해야 한다 할까. 아, 가발 쓴 시끄러운 자가 격정을 너 덜너덜하게 만들고, 이해할 수 없는 무언극이나 시끄러운 대사만 좋아하는 싸구려 관객의 고막이나 찢는 짓거리는 너무 화가 나. 난폭한 회교도 터머건트3나, 폭군 헤롯왕4을 능가하는 과장된 연기를 하는 놈은 채찍질하고 싶네.

배우 1 절대 그런 일 없다고 장담하겠사옵니다.

햄릿 그렇다고 너무 맥없이 연기해서도 안 되네. 그러니 분별력을 스승으로 삼아 따르게. 특히 자연의 절도를 벗어나지 말아야 한다는 걸 명심하고 연기는 대사에, 대사는 연기에 어울리게 해주게. 무엇이든 지나치면 연극의 원래 목

---

3 터머건트 : 기독교인들이 이슬람교도들이 숭배하는 신이라고 잘못 알고 있었던 존재로 중세 극에서 난폭하고 거만한 인물로 등장한다.
4 헤롯왕 : 고대 유대의 폭군으로 중세 극에서 흔히 고함을 지르는 인물로 등장한다.

적에서 벗어나거든. 태초부터 지금까지 연극의 목적은 소
위 자연에 거울을 비추는 일이요, 미덕이든 비난받을 것이
든 있는 그대로 비추어, 시대의 양상을 고스란히 보여주는
것이지. 너무 지나치거나 너무 맥없거나 하면 분별력 없는
관객은 웃길지 몰라도 안목 있는 관객은 불쾌하지. 그들의
판단을 수많은 다른 관객들의 의견보다 중요하게 여겨야
하네. 아, 나도 다른 이들이 극찬하는 배우들을 본 적이 있
는데, 좀 불경한 말일지 모르지만, 말투도 기독교도답지
않고, 걸음걸이는 기독교도도 이교도도 아니고 도대체 인
간 같지 않더군. 그치들이 무대 위에서 어찌나 활보하고
고함을 지르던지, 마치 자연의 신의 견습공이 제대로 만들
지 못하여 혐오스럽게 인간 흉내만 내는 것 같았다네.

배우 1 저희 극단은 그런 점을 꽤 바로잡았길 바랍니다.

햄릿 아, 철저히 바로 잡게. 그리고 어릿광대 역도 대본에
없는 대사는 하지 못하도록 하게. 그들 가운데는 일부 멍
청한 관객들을 웃기려고 자기가 먼저 웃어대는 자들도 있
지. 그러는 바람에 연극의 중요 요점은 뒷전이 된단 말이
야. 아주 못된 짓인데 어릿광대에게서는 그런 수작을 부리
는 가련한 야심이 보이지. 가서 준비하게. (배우들 퇴장)

폴로니어스, 로젠크랜츠, 길덴스턴 등장

햄릿 어찌 됐소, 경? 왕이 연극 공연을 보러

오신답니까?

폴로니어스 예, 왕비마마도요. 곧 오실 겁니다.

햄릿 그럼 가서 배우들에게 서두르라 전하시오.

(폴로니어스 퇴장)   50

자네들도 가서 그들이 서두르도록 도와주게나.

로젠크랜츠 예, 왕자님.   (로젠크랜츠와 길덴스턴 퇴장)

햄릿 어이, 호레이쇼!

호레이쇼 등장

호레이쇼 분부 받들고자 왔습니다, 왕자님.

햄릿 호레이쇼, 내 그동안 만나 대화를 나눠 본 사람 중 자

네만큼 반듯한 사람은 못 보았네.   55

호레이쇼 별말씀을요, 왕자님.

햄릿   아니, 아첨이라 생각 말게.

먹고 입기 위한 수입이라고는 선한 성품밖에 없는

자네에게 내가 무슨 이득을 바라고

아첨하겠는가? 가난뱅이에게 누가 아첨을 해?

사탕발림 잘하는 자는 어리석은 세도가나 핥으라 하고   60

무릎 관절이 잘 움직이는 자들은 이득이 생기는 데 가서

알랑거리라지. 여보게,

내 소중한 영혼이 판단력의 주체가 되어

사람들 가운데 훌륭한 사람을 알아볼 수 있게 된 뒤부터

65 내 영혼이 자넬 벗으로 정했네. 자넨 사람들처럼

온갖 역경을 겪으면서도 고통스러워하지 않았고

운명의 여신이 안겨주는 비운이나 은총을

한결같이 고맙게 받아들인 사람이네.

감정과 이성이 아주 잘 어우러져

70 운명의 여신의 손끝에 놀아나서 그녀가 부는 대로

소리를 내거나 멈추지 않는 자는 축복받은 사람이지.

감정의 노예가 아닌 사람을 내게 소개시켜 주게.

그럼 내 자네를 그랬듯이

그자를 가슴속 깊이 간직하겠네. 이 이야길 너무 했군.

75 오늘 밤 어전에서 연극을 공연하네.

그중 한 장면은 내가 자네에게 얘기했던

아바마마 살해 장면과 비슷하다네.

연극이 시작되거든

정신 바싹 차려 숙부를

80 관찰해 주게. 만약 어떤 대사에서

숙부의 숨은 죄가 드러나지 않는다면

전에 우리가 봤던 망령은 악귀이고,

내 상상력은 불카누스의 모루5처럼

형편없는 것이네. 숙부를 유심히 살펴 주게.

나도 두 눈을 그 얼굴에서 떼지 않을 걸세.

나중에 우리 둘의 의견을 모아

왕의 태도를 판단해 보세.

호레이쇼　　　　　　　　잘 알겠습니다, 왕자님.

연극 도중 제가 잠시라도 한눈을 팔아

감시를 소홀히 하면 그 벌을 달게 받겠습니다.

햄릿　그들이 연극을 보러 오는군. 미친 척해야겠네. 자네도　　90

자리를 잡게.

왕, 왕비, 폴로니어스, 오필리어, 로젠크란츠, 길덴스턴,

그 밖의 대신들 횃불을 든 왕의 경비병과 함께 등장

왕　요즘 어찌 지내느냐, 내 조카 햄릿?

햄릿　카멜레온 요리는 정말 훌륭합니다. 저는 약속으로 꽉 찬

공기를 먹고 삽니다. 식용 닭도 이렇게 먹이진 않을 겁니다.6

---

5 불카누스의 모루 : 불카누스는 신화에 나오는 대장장이 신이다. 그가 각종 무기를 벼
　르는 데 사용한 도구인 모루는 오래 사용하여 낡고 시커멓게 묘사된다.

6 카멜레온 요리는 ~ 않을 겁니다. : 왕은 햄릿에게 "요새 어찌 지내느냐, 햄릿?(How
　fares our cousin Hamlet?)"이라는 안부 인사를 건넨다. 그런데 fare라는 단어는
　"지내다"라는 뜻과 "먹다"라는 뜻을 지니고 있다. 햄릿은 왕의 질문의 의도에서 벗어
　나 "어찌 먹고 지내느냐?"라는 뜻으로 해석하고 대답한다. 이때 "카멜레온 요리"는
　자신을 왕위계승자로 선포했지만 얼마든지 카멜레온처럼 변덕스럽게 그 마음이 변할
　수 있음을 지적하는 것이다. 또한 "약속으로 꽉 찬 공기를 먹고 산다"는 말은 왕이
　자신을 그런 허황된 약속으로 사육하고 있음을 비판하는 것이다.

왕 동문서답이구나, 햄릿. 그건 내 질문에 대한 대답이
아니잖느냐.

햄릿 네, 이젠 제 말도 아니지요. (폴로니어스에게) 경, 대학 시
절에 연극을 했다 했죠?

폴로니어스 네, 왕자님. 그렇습니다. 연기 잘한다는 소리를
100 들었습니다.

햄릿 무슨 역을 했었소?

폴로니어스 율리우스 카이사르 역이었습니다. 카피탈7에서
죽임을 당했죠. 브루투스의 손에 말입니다.

햄릿 브루투스란 자가 카피탈에서 카이사르를 죽이다니 잔
105 인한 역이군. 배우들은 준비가 다 되었소?

로젠크랜츠 네 왕자님, 왕자님 분부를 기다리고 있습니다.

왕비 햄릿, 이리 와서 어미 곁에 앉거라.

햄릿 아뇨, 어마마마. 이쪽에 더 강한 자석이 있어서요.

(오필리어 쪽으로 향한다)

폴로니어스 (왕에게 방백으로) 오호! 저 말 들으셨사옵니까?

110 **햄릿** (오필리어의 발아래 누우면서) 아가씨, 그대 다리 사이에 누
워도 되겠소?

오필리어 안됩니다, 왕자님.

---

7 카피탈 : 로마의 의사당. '카이사르'와 '카피탈' 두음 맞추기를 통해 원전의 말장난을
살리기 위해 음차하였다.

햄릿 그대 무릎 좀 베자고요.

오필리어 그럼 그리 하십시오, 왕자님.

햄릿 내가 무슨 상스러운 짓을 하려 했다고 생각했소? 115

오필리어 아무 생각 안 했습니다, 왕자님.

햄릿 처녀 다리 사이에 눕는다, 그거 멋진 생각이군.

오필리어 뭐라고요, 왕자님?

햄릿 아무것도 아니오.

오필리어 기분이 좋으신가 봅니다, 왕자님. 120

햄릿 누가? 내가?

오필리어 네, 왕자님.

햄릿 이런. 나야 그대의 어릿광대 아니오. 인간이 어찌 유쾌
하지 않을 수 있겠소? 아버님이 돌아가신 지 두 시간도 안
됐는데 우리 어머니가 얼마나 즐거워 보이는지 보시오. 125

오필리어 아니, 두 달의 곱절이 지났습니다.

햄릿 그리 오래됐소? 아니 그럼 검은 옷은 악마나 입으라 하
고 난 수달피 옷을 입어야겠군. 오, 세상에! 두 달 전에 돌
아가셨는데 아직 잊지 않았다니! 이러다가는 위인에 대한
기억이 반년은 살아 있을 수도 있겠는걸. 그러자면 교회를 130
세워야지. 안 그러면 모리스 댄스의 말8처럼 금세 잊혀지

---

8 모리스 댄스의 말 : hobbyhorse는 오월제(the May Day)의 가장무도회인 모리스
댄스(morris dance)에서 일부 댄서가 허리에 다는 말의 상(像)이다. 왜 이것이 잊혀
진 것을 나타내는 상징이 되었는지는 불분명하다. (Arden 295쪽 주석 참조)

고 말 테니까. 그 말의 묘비명은 '오! 오! 흔들 목마는 잊혀졌네.'라오.

나팔 소리. 이어 무언극이 시작된다.

왕과 왕비가 등장하여 서로 포옹한다. 왕비는 무릎을 꿇고 왕에게 사랑을 항변하는 듯하다. 왕은 왕비를 일으켜 세우고 머리를 왕비의 어깨에 기댄다. 그러고는 꽃이 만발한 언덕에 눕는다. 왕비는 왕이 잠든 것을 보고 자리를 뜬다. 곧 다른 사내가 등장하여, 왕의 왕관을 벗기고 왕관에 입을 맞춘 뒤, 잠든 왕의 귀에 독약을 붓고 퇴장한다. 왕비가 돌아와서 왕이 죽은 것을 보고 격정적인 몸짓을 한다. 독살자가 서너 명과 함께 다시 등장한다. 왕비를 위로하는 척한다. 왕의 시체가 들려 나간다. 독살자는 선물을 바치며 왕비에게 구애한다. 왕비는 잠시 매정하게 구는 체하다가 결국 그의 사랑을 받아들인다. (모두 퇴장)

오필리어 이게 무슨 뜻일까요, 왕자님?

135 **햄릿** 아, 이건 은밀한 악행이요.

오필리어 이 무언극이 연극의 줄거리인 것 같습니다.

서사역 배우 등장

햄릿 이 자가 알려줄 거요. 배우들이란 비밀을 숨기지 못하

　　고 죄다 털어놓거든.

오필리어 이자가 무언극의 의미도 가르쳐 줄까요?

햄릿 암, 그뿐만 아니라 그대가 뭘 보여주든 다 해설해줄 거　　140

　　요. 그대가 부끄러워 않고 보여주면 저 배우도 주저 없이

　　그 의미를 해설해줄 거요.

오필리어 망측하십니다. 망측해. 연극이나 보겠습니다.

배우 *저희 극단과 저희 비극을 위해*

　　여러분의 자비를 부탁드립니다.　　　　　　　　　　　　145

　　끝까지 참고 봐주시길 간청드립니다.　　　　　　(퇴장)

햄릿 원 저게 프롤로그야, 반지에 새긴 글귀야?

오필리어 정말 짧네요.

햄릿 여자 사랑처럼 짧군.

왕과 왕비 역의 배우들 등장

극 중 왕 *태양신의 수레가 바다 신의 바닷길과*　　　　　　150

　　대지 여신의 둥근 땅을 꼬박 서른 번 돌았소.

　　그 빛을 빌린 달님이 1년에 열두 번씩

　　서른 해 동안 지구를 돌았소.

　　우리 사랑의 마음과 혼례의 신 히멘이

　　성혼으로 우리 손 맞잡게 하여 서로를 맺어준 이후로.　　155

극 중 왕비   우리의 사랑이 끝나기 전에 해님과 달님이

또 그만큼 여행하게 해 주소서!

하지만 근래 폐하가 편찮으시어 슬프옵니다.

활기도 사라진 지 오래고 옛 모습을 찾을 수 없어

160   염려되옵니다. 하오나 제가 염려한다 해서

언짢게 생각지 마옵소서, 폐하, 아무것도 아니오니.

여자의 근심과 애정은 함께 하는 법이니,

애정이 없이는 근심도 없고 애정이 크면

근심도 큽니다. 제 애정이 어느 정도인지는

165   그동안 보셔서 아실 터 그만큼 제 염려도 크답니다.

사랑이 크면 사소한 근심 걱정이 두려움 되고

사소한 두려움이 커지면 사랑도 깊어지는 법입니다.

극 중 왕   내 사랑, 머지않아 당신 곁을 떠날 것 같소.

내 몸을 움직이는 힘들이 그 기능을 다하고 있소.

170   당신은 이 아름다운 세상에 남아

섬김과 사랑을 누리시오. 그리고 다행히 나같이

다정한 배필을 만나면—.

극 중 왕비   아, 그만하시옵소서.

가슴에 반역을 담지 않고 어찌 그런 사랑 하리오.

제가 재가를 하면 저주를 받게 하소서.

175   남편을 죽인 여자 아니고야 어찌 재가하리까?

햄릿   (방백) 쓰디쓰구나.

극 중 왕비 재가를 하는 이유는 천박한 타산 때문일 뿐,

절대 애정 때문이 아닙니다.

두 번째 남편이 잠자리에서 제 입을 맞추면

그건 고인이 된 남편을 두 번 죽이는 것이옵니다.   180

극 중 왕 왕비의 말이 진심임을 절대 의심치 않소.

하지만 인간은 결심한 것을 깨기 일쑤지.

의지는 기억의 노예일 뿐,

처음 다짐할 때의 기세는 강해도 오래 버티지 못한다오.

설익은 과실은 가지에 매달려 있지만   185

익으면 흔들지 않아도 땅에 떨어지는 것이오.

스스로 걸머진 빚은 갚는 것을

잊는 것이 인지상정.

격정에 쌓여 스스로에게 맹세한 것은

그 격정이 식으면 그 의지도 사라지는 법이오.   190

슬픈 것도 기쁜 것도 그 격렬함이 사라지면

실행 의지도 사라지고 만다오.

기쁨이 가장 넘치는 곳에서 슬픔이 가장 탄식하는 법.

사소한 일로 기쁨과 슬픔이 자리를 바꾸지.

세상은 영원하지 않으니, 우리의 사랑이   195

운명과 더불어 변한다 해도 전혀 이상할 것 없소.

사랑이 운명을 이끄느냐, 운명이 사랑을 이끄느냐,

이는 아직도 증명되지 않은 문제요.

권력자가 몰락하면 측근들이 떠나가고, 천한 자가

200 　출세하면 원수도 친구 되는 걸 보아 오지 않았소?

우는 사랑이 운명의 종이라는 증거이지.

도움이 필요 없는 자는 친구가 부족한 일 없지만

도움이 필요한 자는 진실치 못한 친구를 시험하려다

바로 원수로 만들고 말지.

205 　다시 처음으로 돌아가 정리해보면

우리의 의지와 운명은 상반되게 움직여

우리의 의지는 항상 뒤집히고 만다오.

생각은 우리 것이지만, 결과는 우리 것이 아니오.

그러니 지금은 그대가 재혼할 생각이 없겠지만,

210 　내가 죽으면 그대 그런 생각도 따라 죽을 거요.

극 중 왕비　대지가 양식을, 하늘이 빛을 베풀지 않고

낮의 즐거움과 밤의 휴식 빼앗기고,

믿음과 희망이 절망으로 변하고,

옥에 갇혀 그곳이 내 거처가 되고,

215 　기쁨을 덮치는 온갖 재앙이

내 소망을 덮쳐 부수고, 영겁의 고뇌가

이승뿐 아니라 저승까지 날 쫓아오게 하세요.

한번 과부 된 이 몸이 다시 재가하면.

햄릿　저렇게 굳은 맹세를 깨뜨린다면.

220 　**극 중 왕**　굳은 맹세로군! 사랑하는 왕비, 잠시 날 혼자 있게 해주오.

기력이 떨어지는구려. 이 지루한 날을

달래기 위해 한숨 자고 싶소.

극 중 왕비   *잠이 폐하 기운을 북돋고*

재앙이 우리 사이를 갈라놓지 않기를 바라옵니다!

(극 중 왕비 퇴장하고 극 중 왕은 잠든다)

햄릿 어마마마, 연극이 맘에 드십니까?

왕비 왕비의 맹세가 좀 과한 것 같구나.   225

햄릿 아, 하지만 맹세는 지킬 겁니다.

왕 왕자는 연극 내용을 들었느냐? 무슨 불쾌한 내용은
없겠지?

햄릿 아뇨, 전혀 없습니다. 장난일 뿐입니다.

장난으로 독살을 하죠. 불쾌한 내용은 없습니다.   230

왕 연극 제목이 무어냐?

햄릿 〈쥐덫〉입니다. 뭐라 할까, 기가 막힌 비유죠. 이 연극은
비엔나에서 일어난 살인을 그린 겁니다. 곤자고는 공작의
이름이고, 그의 아내는 뱁티스타입니다. 이제 곧 보시겠지
만 이건 아주 나쁜 놈 이야기입니다. 하지만 그게 무슨 상   235
관있겠사옵니까? 폐하와 저처럼 양심에 거리낄 게 없는 사
람들에겐 아무 영향도 없습니다. 찔리는 게 있는 자들은
마음이 쓰리겠지만, 우리는 끄떡없습니다.

루시어너스 등장

햄릿 저건 왕의 조카인 루시어너스입니다.9

240 **오필리어** 왕자님은 코러스처럼 해설을 잘하십니다.

햄릿 난 그대와 그대 애인이 서로 희롱하는 것만 보아도 두 사람 사이에 무슨 일이 있었는지 설명할 수 있소.

오필리어 왕자님, 말씀에 날이 서 있습니다. 날카롭게.

햄릿 내 물건의 날을 없애려면 앓는 소리 좀 내야 할 걸.10

245 **오필리어** 점점 더 심하십니다.11

햄릿 여자들이 남편을 그렇게 거짓으로 맞이하지.12—이제 시작해라. 살인자야! 끔찍한 인상 그만 쓰고 어서 시작하라고! 까마귀가 까악까악 복수하라고 울부짖는다.

루시어너스 *사악한 생각, 날렵한 손. 강한 독약, 무르익은 때*

250 *아무도 보는 이 없으니 하늘이 날 돕는다.*

한밤중에 캔 독초들로 만든 흉악한 혼합물이여.

헤카테13의 주문 외며 세 번 말리고, 세 번 독기

---

9 저건 왕의 조카인 루시어너스입니다. : 햄릿은 숙부의 아버지 살해를 살짝 바꾸어 조카가 숙부를 독살하는 것으로 설정하였다.

10 내 물건의 ~ 할 걸 : 오필리어가 앞 대사에서 날이 선(keen)이란 단어를 사용하자 그것을 받아 자기의 물건이 날카롭게 서면(keen), 그것의 날카로움을 없애기 위해 (take off my edge) 신음소리를 내야 할 거라는 뜻으로 성적인 말장난이다.

11 점점 ~ 심하십니다. : 오필리어는 햄릿의 말이 더 날카로워져서 더 나쁘다(Still better, and worse)는 뜻으로 말했는데 가독성을 위해 의역하였다.

12 여자들이 남편을 그렇게 거짓으로 맞이하지 : 바로 앞에서 오필리어가 Still better, and worse.라고 한 말을 목사님들이 혼인 선서를 할 때 언급하는 말인 For better for worse(좋을 때나 나쁠 때나)로 받아들여 맞받아치고 있다. 이런 혼인 서약과 달리 여자들이 변심하는 것을 공격하는 것이다.

쐰 그대 천연의 마력과 무서운 효력을 발휘하여

저 멀쩡한 목숨을 당장 앗아다오.

(독약을 잠든 이의 귀에 붓는다)　　**255**

햄릿 저자는 재산을 빼앗기 위해 정원에서 독살하는 겁니다. 살해당한 자의 이름은 곤자고입니다. 이 얘긴 수려한 이탈리아어로 쓰여 현존하고 있습니다. 이제 곧 보시겠지만, 저 살인자는 곤자고 아내의 사랑까지 얻게 됩니다.

오필리어 폐하가 일어나십니다.

햄릿 이런, 공포탄에 겁먹었단 말인가?　　　　　　　　**260**

왕비 왜 그러십니까, 폐하?

폴로니어스 연극을 멈춰라.

왕 불을 가져와라. 가자.

폴로니어스 횃불을 가져와라, 횃불, 횃불을.

(햄릿과 호레이쇼 외 모두 퇴장)　　**265**

햄릿 (노래한다)

울어라 울어, 화살 맞은 사슴아

놀아라 놀아, 성한 사슴아

밤에 잠자는 자도 있고, 잠 못 자는 자도 있고,

세상만사 그렇게 흘러가고.

---

13 헤카테 : 원래는 '야성' 또는 '출산'의 여신이었다가, 점차 저승세계와 암흑, 마법 등을 관장하는 여신으로 성격이 변화되었다.

이보게, 어때 이만하면 나중에 팔자가 기구해지면 나도 극
단에서 한몫할 수 있지 않겠나? 모자에 깃털을 잔뜩 붙이
고, 갈라진 신발에 큼지막한 장미꽃을 달면 말이야.

호레이쇼 반 몫쯤요.

햄릿 온전히 한몫한다니까.

그대는 알겠지, 다몬¹⁴이여

이 나라는 주피터 신¹⁵을 빼앗기고

지금 이 땅을 다스리는 자는

바로바로 비열한.¹⁶

호레이쇼 운을 맞추셨으면 더 좋았겠는데요.

햄릿 아, 호레이쇼. 이제 그 유령의 말에 천금을 걸겠네. 자
네도 보았지?

호레이쇼 똑똑히 보았습니다, 왕자님.

햄릿 독살 얘기할 때?

호레이쇼 예, 아주 똑똑히 봤습니다.

---

14 다몬 : 다몬과 핀티아스는 고대 여러 문헌에 등장하는 인물들로 이상적인 우정의 대
명사이다. 그중 한 에피소드에서 핀티아스는 로마 왕과 귀족들을 비난하다 사형을
선고받는다. 그는 고향의 부모에게 마지막 작별 인사를 하고 올 것을 청하지만 그가
도망갈 걸 걱정한 왕은 이를 허락하지 않는다. 이때 다몬이라는 친구가 대신 인질을
자청한다. 공교롭게도 핀티아스는 폭우를 만나 약속한 시각에 돌아오지 못했지만,
다몬은 끝까지 친구에 대한 믿음을 잃지 않았다. 이들의 우정에 감동한 왕이 핀티아
스를 용서해주었다. 햄릿은 호레이쇼를 그런 다몬에 비교하고 있다.

15 주피터 신 : 햄릿 선왕을 가리킨다.

16 비열한 : 성품이 천하고 어리석으며 하는 짓이 너절한 사람이란 뜻으로 현왕인 숙부
를 가리킨다.

햄릿 하하! 풍악을 울려라! 피리를 가져와라.   285

　국왕 폐하가 희극이 싫으시단다.

　그렇겠지, 좋아할 리가 없지.

　자, 풍악을 울려라!

로젠크랜츠와 길덴스턴 등장

길덴스턴 왕자님, 한 마디 아뢸까 하옵니다.

햄릿 천 마디라도 하시게.   290

길덴스턴 왕자님, 국왕 폐하께서—

햄릿 어, 폐하가 왜?

길덴스턴 물러가신 뒤, 몹시 안 좋으십니다.

햄릿 술을 너무 드셨나?

길덴스턴 아니옵니다, 왕자님. 울화 때문이십니다.   295

햄릿 그렇다면 전의에게 증상을 보였어야 더

　현명하지 않았겠나? 왜냐하면

　내가 처방을 내렸다간 폐하의 화병이 더 심해질 수도

　있으니.

길덴스턴 황송하오나 왕자님, 말씀을 좀 더 조리 있게   300

　해주시고 제 논지에서 너무 벗어나지 말아 주시옵소서.

햄릿 잘 알아 모시겠습니다. 말씀해 보시지요.

길덴스턴 왕비마마께서 너무 마음이 괴로워서 소신들을 왕자님께 보내셨습니다.

305 **햄릿** 잘 오셨습니다.

길덴스턴 왕자님, 지금 그런 존대도 온당치 않습니다. 황공
하오나 사리에 맞게 대답해 주시면 왕비마마의 분부를 전
하겠습니다만 그렇지 않으시면 그냥 이만 물러갈까 하옵
310 니다.

햄릿 이 양반아, 난 그리할 수 없네.

로젠크랜츠 무엇을요, 왕자님?

햄릿 사리에 맞게 대답하는 것 말일세. 내 머리가 돌았잖은
가. 다만 내가 할 수 있는 대답은 자네 분부에, 아니, 자네
315 말대로 어마마마 분부에 따르겠다는 거야. 그러니 딴말 말
고 용건을 말하게. 어마마마가 뭐라 하셨는지―

로젠크랜츠 그럼 왕비마마의 말씀을 아뢰겠사옵니다. 왕자님
행동에 경악과 놀람을 금치 못하신다 하셨사옵니다.

햄릿 오 대단한 아들이군. 그렇게 목석같은 어머니를 놀라게
320 하다니! 어머님의 놀람 다음에 따라 나올 말이 있을 것 아
닌가? 말해 보게.

로젠크랜츠 왕비마마께서 잠자리에 드시기 전에 말씀을 나누
고 싶다 하셨사옵니다.

햄릿 지금 어머니보다 열 곱절 되더라도 복종해야지.17 아직

---

17 지금 어머니보다 ~ 되더라도 복종해야지 : "지금 어머니보다 열 곱절 더 나쁜 어머

용무가 더 있나?

로젠크랜츠 왕자님, 전에는 저희를 무척 아끼셨습니다.

햄릿 지금도 그래. 이 훔치기쟁이 두 손18에 걸고 맹세하네.

로젠크랜츠 왕자님, 근래 기분이 안 좋으신 이유가 무엇이옵
니까? 친구에게조차 고뇌를 숨기시면 왕자님 스스로 자유
를 걸어 잠그시는 것이옵니다.

햄릿 출세길이 막혀서 그렇다네.

로젠크랜츠 어찌 그리 말씀하시옵니까. 국왕 폐하께서 직접
왕자님을 덴마크 왕위 계승자로 선언하셨는데.

햄릿 그렇지만 이런 말도 있지 않은가? '풀이 자라기를 기다
리다—.'19 이 속담도 진부하구먼.

피리를 든 배우들 등장

햄릿 아, 피리, 하나만 줘 보게. 이리 와보게. 자네 내게 올
가미를 씌우려는 것처럼 왜 자꾸 내 바람구멍을 알아내려

니더라도"라는 뜻이다.

18 훔치기쟁이 두 손 : 햄릿은 자신의 두 손을 가리켜 '집어 가는 것들과 훔치는 것들
(these pickers and stealers)'이라고 말한다. 이는 형의 왕관을 훔친 숙부의 행동
을 비아냥거리는 표현이다.

19 풀이 자라기를 기다리다—. : "풀이 자라기를 기다리는 동안 말은 굶어 죽는다
(While the grass grows, the horse starves)."는 속담을 말하려다 멈춘 것이
다.

고 하나?

길덴스턴 아, 왕자님. 제 임무 수행이 무엄했다면 그건 왕자
님에 대한 크나큰 제 충정 때문이옵니다.

햄릿 무슨 소릴 하는지 모르겠군. 자네 이 피리 좀 불어보겠나?

길덴스턴 불 줄 모르옵니다, 왕자님.

햄릿 한번 불어보게나.

길덴스턴 정말 불 줄 모르옵니다.

햄릿 부탁이니 불어보게.

길덴스턴 손도 댈 줄 모르옵니다, 왕자님.

햄릿 거짓말하는 것만큼 쉽다네. 이 구멍들을 손가락으로 막
고 입으로 불면 아주 멋진 가락이 흘러나올 걸세. 날 보게.
이 구멍들을 누르라고.

길덴스턴 하지만 저는 조화로운 소리가 나게 할 줄 모르옵니
다. 그런 재주가 없사옵니다.

햄릿 그렇다면 자넨 날 얼마나 하찮게 여긴단 말인가? 자넨
날 연주하려고 했고, 내 구멍을 알아내려 했고, 내 마음속
비밀을 캐내려고 했고, 내가 낼 수 있는 가장 낮은 음부터
가장 높은 음까지 소리를 내보려고 하지 않았는가? 이 작
은 기관 속에는 많은 음악과 훌륭한 소리가 들어 있지만
자네가 그걸 소리 나게 할 수는 없어. 진정 자네는 날 다루
기가 피리 불기보다 쉬울 줄 알았나? 날 무슨 악기라고 불
러도 상관없네만, 날 화나게 할 뿐 소리 나게 하지는 못할

걸세.

폴로니어스 등장

햄릿 경에게 신의 은총이 있기를.

폴로니어스 왕자님, 왕비마마께서 당장 하실 말씀이 있다고   365
하시옵니다.

햄릿 저기 낙타처럼 생긴 구름
보이시오?

폴로니어스 전체적으로 정말 낙타 같사옵니다.

햄릿 족제비 같은데.   370

폴로니어스 등이 족제비 같사옵니다.

햄릿 아님 고래 같기도 하고?

폴로니어스 정말 고래 같사옵니다.

햄릿 그럼 곧 어머님을 찾아뵙겠소.
(방백) 이것들이 참을 수 없이 날 갖고 노는군.   375
곧 가겠소.

폴로니어스 그렇게 아뢰겠습니다.   (퇴장)

햄릿 '곧'이라고 말하기는 쉽지. 이보게들 물러가게.

(햄릿만 남기고 모두 퇴장)

지금은 마녀들이 활개 치는 한밤중.
무덤이 입을 벌리고, 지옥이 세상 향해 독기를   380

내뿜는 시각. 이젠 나도 뜨거운 피를 마시고
낮이라면 보고는 벌벌 떨 그런 끔찍한 짓도
저지를 수 있다. 가만, 일단 어머니에게 가 보자.
오 내 마음아, 천륜을 잊지 마라. 폭군 네로[20]의
혼이 이 굳은 가슴에 들어오게 하지 말자.
잔인해지더라도 천륜은 잃지 말자.
비수처럼 말은 해도 진짜 비수는 사용하지 말자.
내 혀와 영혼이 따로 놀길.
말로는 어마마마를 심히 책망할지언정
내 마음이 절대 그 말의 실행에는 동의하지 않기를.

(퇴장)

제3장

왕, 로젠크랜츠, 길덴스턴 등장

왕 이제 꼴도 보기 싫고, 그의 광기를 방치하면
짐의 안위가 위험하다. 그러니 어서 준비하라.

---

20 폭군 네로 : 로마의 황제로 모친을 살해했다.

위임장은 곧 보낼 터이니

햄릿을 데리고 영국으로 가라.

시시각각 그의 머릿속에서 자라고 있는   5

위험을 가까이 두고는 내 보위가

안전치 못할 것이다.

길덴스턴   곧 채비하겠사옵니다.

폐하께 의지하여 목숨을 이어가는 만백성의

안위를 보존하고자 하는 것은

참으로 거룩하고 신성한 배려이옵니다.   10

로젠크랜츠 사사로운 일개 개인도

전심전력을 다하여 일신의 안전을

도모해야 하거늘 하물며 이 나라 만백성의

생명이 달려 있는 폐하의 안위는

더욱 신경 써야 하옵니다. 폐하의 죽음은   15

폐하 한 몸에 그치지 않고 소용돌이같이

주위의 모든 것을 죽음으로 빨아들일 것이옵니다.

혹은 아주 높은 산꼭대기에 놓인 거대한 수레바퀴같이

그 커다란 바큇살마다 무수히 많은 작은

부속물들이 매달려 있어 이것이 굴러떨어지면   20

거기 매달린 온갖 하찮은 부속물도 무참히

파멸될 것이옵니다. 폐하가 탄식하면

만백성이 신음할 것이옵니다.

왕 그러니 어서 떠날 준비를 하라.

25   이제 너무나 제멋대로 나대는

이 걱정거리에 족쇄를 채워야겠으니.

로젠크랜츠   예, 서두르겠사옵니다.

(로젠크랜츠, 길덴스턴 퇴장)

폴로니어스 등장

폴로니어스 폐하, 왕자님이 왕비마마 침소로 가고 계십니다.

신이 휘장 뒤에 숨어 두 분 대화를 듣고

아뢰겠사옵니다. 물론 왕비마마께서 엄하게 꾸짖으시겠지만

30   폐하 말씀대로, 참 지당하신 말씀인데,

어머니 외 다른 사람이 듣는 게 좋을 듯하옵니다.

모자간의 정에 치우치실 수도 있으니 그 대화를

엿듣는 게 좋겠사옵니다. 이만 물러가겠습니다.

침소에 드시기 전에 찾아뵙고

들은 바를 전하겠사옵니다.

35   **왕**   고맙소, 경.   (폴로니어스 퇴장)

아, 내 죄의 악취가 하늘에까지 냄새를 풍기는구나.

인류 최초의 저주받은 범죄,

형제의 살인21이지. 기도드리고 싶은 마음은

너무도 간절하나 기도할 수가 없구나.

내 죄가 너무 무거워 내 강한 의지도 꺾인다.

그리고 두 가지 일에 매인 사람처럼

뭐부터 해야 할지 몰라 멈춰서

아무것도 못 하는구나. 비록 이 저주받은 손이

형의 피로 두터워졌다 할지라도

자비로운 하늘이 비를 내려주셔서

눈처럼 희게 씻어줄 수 없을까? 죄상을

이겨내지 못한다면 자비가 무슨 소용인가?

우리가 죄를 짓지 않게 미리 막아 주거나, 죄 저지른 자를

용서해주는 이중의 효력이 없다면

기도는 드려 무엇 하나? 그렇다면 하늘을 우러러보자.

내 죄는 이미 지나간 일. 그러나 아, 어떻게

기도해야 내 죄가 사해질까? '무도한 살인을 용서하소서?'

그건 안될 말. 나는 그 살인으로 얻은

이득을 아직도 움켜쥐고 있지 않은가.

내 왕관, 내 야망, 왕비까지 모두.

죄로 얻은 소득을 지닌 채 그 죄를 용서받을 수 있을까?

이 썩어빠진 세태에선 황금으로 덧칠하면

죄인의 손이 정의를 밀쳐내고

---

21 인류 최초의 ~ 형제의 살인 : 구약성경, 창세기에 나오는 인류 최초의 살인으로 하나
님의 편애에 시기심을 느낀 카인이 동생 아벨을 죽인 형제 살인이다.

부정하게 긁어모은 바로 그 재물로 법을 매수하는 건

60 흔히 볼 수 있지. 하지만 하늘에서는 그렇지 않아.

속임수는 통하지 않고 우리 행위는

있는 그대로 드러나고,

우리는 자신의 죄악과 마주하면서

입증해야 하지 않는가. 그럼 어떡한다? 뭐가 남았지?

65 회개를 해보자. 회개해서 안 될 일이 있겠는가?

하지만 회개할 수도 없을 땐 어떻게 하지?

아, 이 비참한 신세! 오, 죽음같이 시커먼 내 마음!

오, 덫에 걸린 내 영혼, 빠져나오려고 발버둥 칠수록

더욱 옭아매지는구나! 천사들이여, 도와주소서! 한번

70 해보자. 완고한 무릎아, 꿇어라. 강철같이 굳은 마음아,

갓난아기 힘줄처럼 부드러워져라.

모든 것이 잘 되기를.   (무릎 꿇는다)

햄릿 등장

햄릿　마침 잘 됐다. 저자가 기도하고 있구나.

지금 해치우자.   (칼을 빼 든다)

그럼 저자는 천당으로 가고

75 나는 복수를 하는 게지. 이건 꼼꼼히 따져볼 문제군.

저 악당이 아바마마를 살해했는데 그 대가로

외아들인 내가 바로 그 악당을 천국으로 보낸다?

아니, 이건 복수가 아니라 돈 받고 해 줄 일이지.

저자는 아버님을 현세의 온갖 욕망에 푹 빠져

죄악이 오월의 꽃처럼 만개했을 때　　　　　　　　　　　80

살해하지 않았는가.

아버님이 어떤 심판을 받을지는 하늘만 알겠지만

여러 정황으로 판단해 볼 때 중형을 면키는

어려울 것이다. 그런데 저자가 영혼을 정화하여

마침 천국에 갈 준비를 잘하고 있는 판에　　　　　　　85

복수를 한다?

안될 말씀.

칼아, 다시 칼집으로 돌아가 더 끔찍한 순간을 기다려라.

왕이 술에 취해 잠들거나, 분노에 사로잡혀 있거나,

이불 속에서 근친상간의 쾌락을 탐닉하거나,　　　　　90

노름을 하면서 욕설을 퍼붓거나, 아니면 구원받을 가망이

전혀 없는 그 어떤 못된 짓을 하고 있을 때

그를 쓰러뜨려라. 그러면 저자는 천당을 발뒤꿈치로 걸어

차고, 지옥만큼 영혼이 저주받고 암담해져

지옥으로 떨어질 것이다. 어마마마가 기다리시겠다.　　95

지금 네 기도는 너의 고통의 날만 연장할 뿐이다.　(퇴장)

왕　말은 날아오르지만, 생각은 지상에 남아 있구나.

생각이 담기지 않은 빈말이 어찌 하늘에 이르랴.　(퇴장)

제4장

왕비와 플로니어스 등장

폴로니어스 곧 오십 겁니다. 따끔하게 꾸짖으십시오.
  장난이 너무 지나쳐 참는 데도 한도가 있고
  마마께서 폐하의 진노를 달래셨다고 말씀하시옵소서.
  신은 여기 조용히 숨어있겠습니다.
  부디 따끔하게 말씀하십시오.
5 **왕비**   내 염려는 마시고
  어서 숨기나 하시오. 그 애가 오는 소리가 들리오.

(폴로니어스 휘장 뒤에 숨는다)

햄릿 등장

햄릿 어마마마, 무슨 일이십니까?
왕비 햄릿, 너 때문에 아버님이 무척 화나셨다.
햄릿 어마마마, 마마 때문에 제 아버님이 무척 화나셨습니다.
10 **왕비** 이런 이런, 무슨 대답이 그리 장난스러우냐?
햄릿 저런 저런, 무슨 질문이 그리 사악하십니까?
왕비 아니, 너 햄릿?
햄릿   네, 뭐요?

왕비 내가 누군지 모르느냐?

햄릿   아니, 천만에요.

　당신은 왕비마마시고 남편 동생의 부인이시죠.

　그리고 그렇지 않으면 좋겠지만, 제 어머니십니다.　　　　　15

왕비 정 그렇다면 너와 대화할만한 사람들을 불러주마.

햄릿 자자, 앉으세요. 꼼짝 못 하십니다.

　소자가 거울로 어머니 마음속을 환히

　보여드릴 때까진 못 가십니다.

왕비 대체 어쩔 셈이냐? 날 죽일 작정이냐?　　　　　　　　20

　여봐라, 사람 살려!

폴로니어스 (휘장 뒤에서) 이런, 사람 살려!

햄릿 이건 뭐야? 쥐새끼 같으니! 개죽음해라, 죽어 버려.

　　　　　　　　　　　　　　(휘장 속으로 칼을 찌른다)

폴로니어스 (휘장 뒤에서) 아, 찔렸다!

왕비 세상에, 이게 무슨 짓이냐?

햄릿   저도 모르겠습니다.　　　　25

　왕인가요?

　　　　　　　　　(휘장을 들춰보고 폴로니어스가 죽어 있는 걸 본다)

왕비 아, 이 무슨 경솔하고 잔인한 짓이냐!

햄릿 잔인한 짓이라고요? 그렇지요, 왕을 죽이고

　왕의 동생과 결혼한 것만큼이나 잔인한 짓이지요.

왕비 왕을 죽이다니?

| 30 | **햄릿** | 예, 마마, 그렇게 말했습니다. |

불쌍한 인간. 바보같이 경망스레 참견하더니, 잘 가거라!

그대 상전인 줄 알았다. 이것도 다 그대 팔자,

이젠 알았겠지. 너무 오지랖 넓으면 위험하다는걸.

손 좀 그만 쥐어짜세요. 진정하고 앉으세요.

35 소자가 그 가슴을 쥐어짜 드릴 테니. 제 말을

받아들이지 못할 만큼 돌덩이가 아니라면 말입니다.

더러운 습관에 젖어 감정이 뚫고 들어갈 수 없게

무뎌지신 게 아니라면 말입니다.

왕비 이 어미가 도대체 뭘 어쨌다고 그리 무엄하게 혀를 놀

리느냐?

40 **햄릿** 정숙함과 수줍음을

먹칠하고, 정절을 위선이라 불리게 하고,

순수한 사랑의 이마에서 장미꽃을 떼어내고

그 자리에 물집이 생기게 하고, 결혼 서약을

한낱 야바위꾼들의 맹세처럼 거짓되게 만드는

45 행동을 하셨지요. 아 어마마마의 그런 행동은

결혼 서약에서 그 정수를 빼 버리고,

신성한 서약을 한낱 미친 소리로

만들어 버렸습니다. 그 행동에 하늘도

최후의 심판이 다가온 것처럼 슬픈 표정으로

50 이 반석 같은 대지 위를

수심에 잠겨 비추고 있지 않습니까.

왕비   아니 내가 뭘 어쨌다고

서두부터 그렇게 소리를 지르고 야단법석이냐?

햄릿   이 그림을 보시고 이 그림을 보십시오.

두 형제를 그린 초상화입니다.

이 이마에 서린 기품을 보십시오.   55

아폴로같이 물결치는 머리카락, 주피터 같은 이마,

주위를 위압하는 군신 마르스와 같은 눈빛,

전령의 신 머큐리가 하늘을 찌를 듯한

산봉우리에 막 내려선 것 같은 자태,

하늘의 신들이 인간의 본보기를 세상에   60

보여주기 위해 각자 자기 징표들을 내놓아

만든 혼합체가 아닌가요.

이게 어마마마의 전 남편입니다. 이제 이걸 보시죠.

어머니의 현 남편입니다. 건강했던 형을 병든 이삭처럼

말려 죽인 인간이죠. 눈이 있으세요?   65

어찌 이 아름다운 산에서 내려와 이 황야에서

껄떡거리십니까? 하, 과연 눈이 있으세요?

사랑이라 말하지 마십시오. 어마마마 연세쯤이면

핏속의 욕정도 순해져 얌전하고,

분별심에 복종합니다. 어떤 분별심이   70

여기서 이리로 옮기게 했습니까? 옮기신 걸 보니

분명 감각은 있으신데 그 감각이 졸증에

걸린 게 분명합니다. 미치광이라도 이런 실수는

하지 않고, 아무리 욕정에 사로잡힌 감각이라 해도

75 이런 차이를 구분할 만큼의 판단력은

지니고 있을 테니까요. 어떤 악귀가 어마마마를

이리 속여 눈뜬장님을 만들었나요?

감정이 없더라도 눈이 있고, 눈이 없더라도 감정이 있고,

손과 눈이 없더라도 귀가 있고, 다 없어도 후각이 있잖습

80 니까? 제대로 된 감각이 조금만 남아 있어도 이렇듯

어리석을 수는 없습니다. 아 수치심아, 네 부끄러움은

어디 갔느냐? 반란을 일삼는 지옥 같은 욕정이여,

그대가 늙은 여자의 뼈다귀에도 반란을 일으킬 수 있다면

피 끓는 청춘들에게는 순결이 양초처럼 불타

85 없어지게 하라. 가눌 수 없는 정욕이 샘솟아도

부끄럽다 할 것 없다.

차가운 서리22도 불타오르고, 이성이 정욕의

뚜쟁이 노릇을 하는 판이니.

왕비   오 햄릿, 그만해라.

네 말을 들으니 내 눈이 내 영혼을 들여다보게

90 되는구나. 거기서 지워지지 않을

---

22 차가운 서리 : 나이 든 거트루드를 비유하는 표현이다.

시커먼 얼룩이 명백히 보이는구나.

햄릿   지워지지 않죠.

땀범벅이 되어 더러운 이불 속에서

타락에 절어, 더러운 돼지 같은 자와

사랑을 속삭이는 한 말입니다.

왕비   아 이제 그만,

네 말이 비수처럼 내 귀를 찌르는구나.   95

그만해라, 햄릿.

햄릿   살인자, 악당,

선왕의 뒤꿈치도 따라가지 못하는

노예, 왕의 탈을 쓴 악당,

왕국과 통치권을 훔쳐 간 소매치기,

선반 위에서 지엄한 왕관을 훔쳐   100

제 호주머니에 처넣은 자.

왕비   제발 그만.

햄릿   거지발싸개 같은 왕.

유령 등장

하늘의 천사들이여, 그대들의 날개로

날 가려 주소서. (유령에게) 어쩐 일이십니까?   105

왕비   아아, 저 애가 미쳤구나.

햄릿　게으름뱅이 아들을 꾸짖으러 오셨나요?

　　때를 놓치고 감정도 식어 당신의 지엄한

　　명령을 이행하지 않았다고?

　　아, 말씀해 보세요.

110　**유령**　　　　　　　　잊지 마라! 이렇게 찾아온 건

　　무뎌진 네 결심의 날을 벼려주기 위해서다.

　　하지만 봐라, 네 어미가 놀라 떨고 있지 않느냐?

　　저 번뇌하는 영혼을 달래 드려라.

　　심약할수록 상상력이 더 강하게 작용하는 법이다.

115　햄릿, 어머니께 말을 걸어드려라.

　　햄릿　마마 괜찮으십니까?

　　왕비　　　　　　　아아, 너야말로 괜찮느냐?

　　그렇게 허공을 바라보며,

　　텅 빈 공기와 얘길 나누다니?

　　네 눈에 심한 광기가 서려 있구나.

120　마치 잠자다 경보 소리에 놀라 깬 병사처럼

　　곱게 빗은 네 머리칼이 생명이 있는 것처럼

　　가닥가닥 곤두서고 있다. 아 착한 내 아들아,

　　열에 들떠 미쳐 날뛰는 네 마음을 냉정으로

　　다스려라. 뭘 그리 보느냐?

125　**햄릿**　아 저분, 저분요. 얼마나 창백하신지 좀 보세요.

　　저 모습과 원통한 사연을 들으면

목석의 마음도 움직일 겁니다. (유령에게) 그리 쳐다보지 마

세요. 그런 애처로운 표정을 보면 제 군은 결심이

꺾일까 두렵습니다. 그럼 제 할 일은

본색을 잃고, 피 대신 눈물을 흘릴 겁니다.　　　　　130

왕비　누구와 얘기를 하는 거냐?

햄릿　저기 아무것도 안 보이세요?

왕비　아무것도 안 보인다. 있는 건 다 보인다만.

햄릿　아무 소리도 안 들리세요?

왕비　아니, 우리 두 사람 말소리 빼고는.　　　　　135

햄릿　아, 저기 좀 보세요! 소리 없이 사라지고 계십니다.

아바마마가, 생전에 입으시던 옷을 그대로 입으시고!

저기 문밖으로 나가시는 걸 보십시오.

　　　　　　　　　　　　　　　　　　　(유령 퇴장)

왕비　그건 네 머리가 만들어낸 망상일 뿐이다.

실성하면 곧잘 그런 환영을　　　　　140

보게 되지.

햄릿　소자의 맥박은 어마마마 것과 똑같이

정상적으로 뛰고 있습니다. 제 말은 절대 미쳐서 하는

소리가 아니에요. 시험해 보세요.

조금 전에 한 말을 그대로 되풀이해 보이죠. 미쳤다면　　　　　145

그대로 못 할 테니까요. 어마마마, 제발

어마마마 영혼을 위로하는 고약을 바르지 마세요.

자신의 죄를 잊고 소자의 광증 탓으로 돌리지 마세요.

고약은 종기의 겉만 슬쩍 덮어줄 뿐, 더러운 염증이

150 점점 살 속으로 파고 들어가 보이지 않게

감염시킵니다. 하늘에 죄를 고백하고

지나간 일을 뉘우치고, 미래의 죄악을 피하세요.

잡초에 비료를 뿌려 더 무성하게 만들지

마십시오. 이렇게 직언 드리는 걸 용서하세요.

155 하긴 요즘같이 타락한 세상에서는

미덕이 악덕에게 용서를 빌어야 하죠.

그래요, 선행을 베풀면서도 조심스레 부탁해야 하죠.

왕비 아 햄릿, 네가 내 심장을 둘로 쪼개는구나.

햄릿 아 그럼 나쁜 쪽 심장은 집어던지고

160 나머지 반쪽으로 깨끗하게 사십시오.

안녕히 주무세요. 하오나 숙부의 침실에는 가지 마세요.

정절이 없거든 있는 척이라도 하세요.

습관이란 괴물은 인간의 모든 감각이 악습을

집어삼키게 하지만, 천사 같은 면도 있어

165 바르고 착하게 행동하는 습관도

처음엔 어색해도 곧 몸에

뱁니다. 오늘 밤만 참으세요.

그러면 다음번에 참는 건 더 쉽고,

그다음은 더 쉬워질 겁니다.

습관이란 인간의 천성을 바꿀 수 있기 때문에   170
악마를 우리 정신 속에 살게도, 내쫓을 수도 있는
놀라운 힘을 가지고 있습니다. 다시, 안녕히 주무세요.
신의 축복을 받고 싶으시다면
어머님의 축복을 빌겠습니다. 이 영감을 죽인 건
제 잘못입니다. 하지만 모든 게 하늘의 뜻입니다.   175
날 이용하여 이 영감을, 이 영감을 이용하여 날
벌한 겁니다. 난 신들의 징벌의 대상이자
징벌의 수행자이기도 합니다. 이 자는 제가 처리하고
책임도 지겠습니다. 그럼 다시 한번 안녕히 주무세요.
자식 된 도리에서 가혹하게 말씀드릴 수밖에 없습니다.   180
이렇게 좋지 않게 시작된 뒤엔 더 나쁜 일이 벌어집니다.
한 말씀 더 드리겠습니다, 마마.

왕비   무어냐?

햄릿 소자가 지금부터 하는 말 절대 따르지 마세요.
돼지 같은 왕이 어머니를 다시 침실로 유혹하여,
볼을 음탕하게 꼬집으며 내 강아지라고 부르게   185
하세요. 그 냄새 나는 입으로 입 맞추고
더러운 손가락으로 목덜미를 만지작거리게 하세요.
그리고 이 일들을 다 일러바치세요.
햄릿은 정말 미친 게 아니고
미친 척하는 거라고. 왕에게 알리는 게 좋을 거예요.   190

아름답고 분별력 있고 현명하신 왕비가 아닐진대

두꺼비, 박쥐, 수고양이23 같은 자에게

이런 중대사를 숨기겠어요? 어찌 그러겠어요?

분별력이니 비밀이니 해도 어림없는 일이죠.

195 그 유명한 원숭이처럼 자기도 해본다고

집 꼭대기에 걸어둔 새장을 열어

새들을 모두 날려 보내고 새장 속에 기어들어가

목뼈나 부러뜨리시지요.24

왕비 염려 마라. 사람의 말이 숨결에서 나오고,

200 숨결이 목숨에서 나온다면 네가 한 말을

입 밖에 낼 목숨이 내겐 없다.

햄릿 소자는 영국에 가야 합니다. 아세요?

왕비   아 참,

잊고 있었구나. 그리 결정됐다며.

햄릿 친서는 이미 봉인됐고, 독사만큼이나

205 믿음직스러운 동창 두 놈이 위임장을

가지고 간다고 합니다. 이 녀석들이 길잡이가 되어

---

23 두꺼비, 박쥐, 수고양이 : 이 짐승들은 모두 주로 마녀가 부리는 정령들로 알려져
있다. 결국 숙부를 마녀의 하수인이라고 표현한 것이다.

24 그 유명한 ~ 목뼈나 부러뜨리시지요. : 새장 문을 열자 새들이 날아가는 것을 보고
원숭이가 그걸 흉내 내다 목이 부러졌다는 이 옛이야기의 출처는 확인되지 않는다.
햄릿은 자기 비밀을 왕에게 발설하면 그 원숭이 처지가 될 것이라고 왕비에게 경고
하고 있다.

소자를 함정으로 몰고 갈 모양입니다. 어디 해보라지요.

제 손으로 파묻은 지뢰가 터져서

공중에 날아오르는 꼴도 재미있겠지요. 소자는

그놈들이 묻는 지뢰보다 몇 자 더 파고들어서   210

놈들을 달나라까지 날려 보낼 겁니다. 거참, 재밌겠군.

두 간계가 한 곳에서 정면으로 부딪치면.

이 영감 때문에 제가 보따리를 싸게 될 겁니다.

이 고깃덩이는 옆방으로 끌고 가자.

어마마마, 정말 안녕히 주무세요. 이 자는   215

이제야 아주 조용하고, 비밀을 지키고, 진중하군요.

생전에는 어리석은 수다쟁이 악당이더니.

영감, 갑시다. 끌고 가서 처리해야 되니.

안녕히 주무세요, 어마마마.

(햄릿, 폴로니어스 시체를 끌고 퇴장)

[왕비는 남아 있다]

제4막

〈미친 오필리아〉, 벤저민 웨스트, 1792, 메사추세츠, 에머스트 대학교

제1장

왕비 있는 곳으로 왕이 로젠크랜츠, 길덴스턴과 함께 등장

왕 이리 한숨 쉬고, 심히 탄식하는 걸 보니

　무슨 일이 있었구려. 말해보시오. 과인도 알아야겠으니.

　그대 아들은 어디 있소?

왕비 잠깐 둘만 있게 해주게.　(로젠크랜츠와 길덴스턴 퇴장)

　아 폐하, 오늘 밤 끔찍한 일을 보았습니다.　　　　　　　5

왕 무슨 일이오, 거트루드, 햄릿이 무슨 짓을 했소?

왕비 누구 힘이 더 센지 겨루는 바다와 바람처럼

　실성했습니다. 무도한 광기에 사로잡혀

　휘장 뒤에서 인기척을 듣고는

　휙 칼을 빼 들고 "이 쥐새끼, 쥐새끼 같은 놈!"이라고　　10

　소리 지르며 숨어 있던 무고한 노 재상을

　찔러 죽였습니다.

왕   오 그런 끔찍한 짓을!

과인이 거기 있었다면 똑같이 당할 뻔했군.

햄릿을 이대로 두었다간 모두에게 큰 위협이 되겠소.

15   당신은 물론이고, 과인도, 모두 다 말이오.

맙소사, 이 잔인한 행동에 대해 뭐라 해명한다?

세상 사람들은 날 비난할 거요. 미친 왕자를

묶어 두거나, 구금하거나, 격리했어야

했다고. 하나 햄릿을 너무 사랑하다 보니

20   적절한 조처를 생각하려 하지 않았구려.

하지만 나쁜 질병을 앓는 환자가

남들이 알까 두려워 숨기다 목숨까지

빼앗긴 꼴이군. 햄릿은 어디로 갔소?

왕비   자기가 죽인 시체를 끌고 갔습니다.

25   천한 금속들 속에 숨어있는 귀금속처럼

광란 중에도 한 줄기 맑은 정신이 남아 있어

노 재상에게 저지른 일에 눈물을 흘렸습니다.

왕   오 거트루드, 안으로 듭시다.

해가 뜨는 대로 햄릿을 배에 태워야겠소.

30   이 끔찍한 행동에 대해서는

과인의 권위와 수완을 총동원하여

변명해야 하오. 여봐라! 길덴스턴!

로젠크랜츠와 길덴스턴 등장

왕 두 사람은 도울 사람들을 더 불러와라.

햄릿이 미쳐 날뛰다가 폴로니어스를 죽였다.

왕비의 침소에서 시체를 끌고 갔다 하니   35

가서 햄릿을 찾아라. 잘 타일러서 시체를

성당으로 옮겨라. 어서 서둘러라!

(로젠크랜츠와 길덴스턴 퇴장)

자 왕비, 가서 현명한 중신들을 불러 모아

과인의 계획을 알리고 뒤늦게 취해진 대책을

알려야겠소. 시기에 찬 중상모략은   40

대포알이 표적을 향해 날아가듯이

지구의 이 끝에서 저 끝까지 독한 비방을

퍼트리는 법. 그러니 과인의 명성을 맞추지 않고

허공에나 쏘도록 해야 하오. 자 갑시다.

마음이 몹시 심란하고 실망스럽구려.   (퇴장)   45

제2장

햄릿 등장

햄릿 잘 숨겼다. (안에서 부르는 소리)

가만, 무슨 소리지? 누가 햄릿을 부르지? 어, 저기들
오는군.

로젠크랜츠와 길덴스턴 외 몇 명 등장

로젠크랜츠 왕자님, 시신을 어떻게 하셨습니까?

5 **햄릿** 흙이랑 섞었네. 서로 친척지간이니까.

로젠크랜츠 어디 두셨는지 말씀해 주십시오. 시신을 가져가
예배당에 안치할 수 있도록.

햄릿 그런 거 믿지 말게.

로젠크랜츠 무얼 말씀이시옵니까?

10 **햄릿** 내가 자네들 충고는 따르고, 내 충고는 따르지 않는다
고 말일세. 더구나 스펀지 같은 것들의 요구에 왕의 아들
인 내가 대답하겠는가?

로젠크랜츠 저희가 스펀지 같은 것이란 말씀이시옵니까?

햄릿 암, 그대들은 왕의 총애와 은혜, 그의 권세를 빨아들이
15 고 있으니까. 그런데 자네들 같은 신하는 끝에 가서 왕에
게 가장 요긴하지. 왕은 원숭이처럼 그들을 턱 한쪽에 물
고 있다가 결국 꿀꺽 삼켜 버리지. 왕은 자네들이 모은 정
보가 필요하면 꾹 짜기만 하면 되고, 스펀지인 자네들은
20 다시 바싹 말라 버리겠지.

로젠크랜츠 왕자님, 무슨 말씀이신지 잘 모르겠사옵니다.

햄릿 거 다행이네. 아무리 심한 말을 해도 멍청이들은 알아
듣지 못하니.

로젠크랜츠 왕자님, 시신이 어디 있는지 말씀해 주시고 함께
어전으로 가셔야 하옵니다.   25

햄릿 시체는 왕과 함께 있지만 왕은 시체와 함께 있지 않네.
왕이란 것은……

길덴스턴 것이라니요, 왕자님?

햄릿 별거 아니지. 자, 날 데려가라.   (모두 퇴장)

제3장

왕과 두세 명의 중신들 등장

왕 그를 찾아서 시신을 찾아오라고 사람들을 보냈소.
이런 자를 그냥 풀어놓는 건 위험천만한 일이오!
그렇다고 그를 법으로 엄히 다스릴 수도 없소.
왕자는 어리석은 대중들의 사랑을 받고 있기 때문이오.
대중은 이성적으로 판단하지 않고 눈에 비치는 대로   5
판단해서, 죄는 생각지 않고 그가 받는 형벌에만
무게를 둔단 말이오. 그러니 만사 원만하게 처리하기 위해

이렇게 급히 햄릿을 보내는 것이 신중히 내린
조처인 것처럼 보여야 하오. 심각한 병은
10   극한 처방으로 치료할 수밖에
다른 방도가 없소.

로젠크랜츠와 길덴스턴, 그 밖의 사람들 등장

그래, 어찌 되었느냐?

로젠크랜츠 폐하, 왕자님이 시신을 어디 두셨는지
알아내지 못하였사옵니다.

왕   그런데 왕자는 어디 있느냐?

로젠크랜츠 감시 받으며 밖에서 폐하 분부를 기다리십니다.

왕 그를 내 앞에 데려오너라.

15   **로젠크랜츠**   여봐라! 왕자님을 모셔 오너라.

햄릿, 병사들에게 호위 되어 등장

왕 자 햄릿, 폴로니어스는 어디 있느냐?

햄릿 식사 중입니다.

왕 식사 중이라고? 어디서?

햄릿 먹는 게 아니라 먹히고 있습니다. 지금 약아빠진 구더
20   기 한 무리가 모여서 먹고 있습니다. 구더기는 먹는 일에

는 유일한 제왕이지요. 인간은 자신이 먹으려고 뭇 동물들을 살찌우고, 그렇게 스스로 살찌워서는 구더기 밥이 되죠. 살찐 왕이나 마른 거지나 다양한 요리일 뿐입니다. 한 밥상에 오르는 두 가지 요리. 그게 인간의 종말입니다. 25

왕 이런, 이런!

햄릿 한 사내가 왕을 뜯어먹은 구더기를 미끼로 낚시질하여 그 구더기 먹은 물고기를 먹을 수도 있지요.

왕 그게 무슨 말이냐?

햄릿 별거 아닙니다. 왕이 거지의 뱃속으로 행차할 수도 있 30 다 그 말씀입니다.

왕 폴로니어스는 어디 있느냐?

햄릿 천국에요. 사람을 보내 알아보시지요. 폐하의 사자가 거기서 그자를 찾지 못 하거든 폐하께서 몸소 다른 쪽¹을 찾아보십시오. 그러나 만일 이달 안에 찾지 못하시면 폐하 35 가 복도로 통하는 계단을 오를 때 냄새가 날 겁니다.

왕 (시종들에게) 그리 가서 찾아보아라.

햄릿 그대들 갈 때까지 기다리고 있을 걸세. (시종들 퇴장)

왕 햄릿, 이번 일은 내가 그리도 신경 쓰는 40 네 신변의 안전 때문에 무척 유감스럽구나.

---

1 다른 쪽 : 천국의 다른 쪽이니 지옥을 말한다. 이 말은 클로디어스가 지옥에 갈 것이라는 햄릿의 생각을 내비치고 있다.

　　　　그 일 때문에 황급히 서둘러 너를 이곳에서

　　　　떠나보내야 한다. 그러니 채비해라.

　　　　배편은 준비됐고, 마침 순풍이 불고,

45　　　일행도 대기 중이니 영국으로 떠날 만반의 준비가

　　　　다 되었다.

　　햄릿　영국으로요?

　　왕　그렇다, 햄릿.

　　햄릿　좋습니다.

50　**왕**　암, 과인의 뜻을 안다면 당연히 그래야지.

　　햄릿　그 뜻을 훤히 꿰고 있는 천사를 알고 있습니다. 하나

　　　　자, 영국으로. 안녕히 계십시오, 사랑하는 어마마마.

　　왕　사랑하는 아바마마라고 해야지, 햄릿.

　　햄릿　어마마마요. 아버님과 어머님은 남편과 아내, 남편과

55　　　아내는 일심동체, 그러니까 어마마마라고 하면 되지요.

　　　　자, 가자, 영국으로.　　　　　　　　　　　　(퇴장)

　　왕　어서 따라가라. 바로 배에 타도록 구슬러라.

　　　　지체하지 말고 오늘 밤에 반드시 떠나보내리라.

　　　　가거라, 이 일과 관련된 필요한 절차는

60　　　모두 취해 두었으니 어서 서둘러라.　　(왕 이외 모두 퇴장)

　　　　영국 왕이여, 그대가 내 호의를 조금이라도 존중한다면,

　　　　내 의뢰를 소홀히 해서는 안 될 것이다.

　　　　하기야 내 위력 때문에 존중하지 않을 수 없겠지.

덴마크 군대의 칼이 휩쓸고 간 상처가

아직도 벌겋게 남아 있고, 자기 스스로   65

경외심을 갖고 신하의 예를 표해 왔으니.

그 일에 대해서는 친서에 상세히 설명했거니와, 요는

햄릿을 즉시 없애라는 것. 이를 거행하라, 영국 왕이여.

그는 마치 열병처럼 내 핏속에서 날뛰고 있으니

그대가 나를 치료해 주어야겠다. 이 일이 성사됐음을   70

알기 전까진 아무리 좋은 일이 있어도 즐겁지 않으리라.

(퇴장)

제4장

포틴브라스, 군대를 이끌고 등장

포틴브라스 부대장, 가서 덴마크 왕께 문안을 드려라.

지난번 약조대로 이 포틴브라스가 군대를 이끌고

덴마크 왕국을 통과할 수 있도록 그의 윤허를

바란다고 전해라. 만날 장소는 알고 있겠지.

만약 덴마크 왕께서 내게 용무가 있으시면   5

직접 찾아뵙겠노라고

아뢰라.

부대장 분부대로 하겠습니다, 왕자님.

포틴브라스 천천히 진군하라.   (부대장만 남고 모두 퇴장)

햄릿, 로젠크랜츠, [길덴스턴] 등 등장.

햄릿 이보시오, 저들은 어느 나라 군대요?

10 **부대장** 노르웨이 군대입니다.

햄릿 실례지만, 출정 목적이 뭐요?

부대장 폴란드의 한 지역을 공격하러 가는 길입니다.

햄릿 지휘관은 누구요?

부대장 노르웨이 노왕의 조카 포틴브라스 왕자님이십니다.

15 **햄릿** 폴란드 본토로 쳐들어가는 거요? 아니면

변경 지역을 치는 거요?

부대장 군더더기 없이 솔직히 말씀드리자면

손바닥만 한 땅을 점령하러 가는 중입니다.

아무 이득도 없이 명분뿐인.

20 저라면 5더컷, 단돈 5더컷에도 붙이지 않을 땅입니다.

노르웨이 왕이건 폴란드 왕이건 그 땅으로

그 이상 받기 어려울 겁니다.

햄릿 그럼 폴란드 사람들도 굳이 지키려 하지 않겠군요.

부대장 웬걸요, 이미 수비대가 배치되었습니다.

25 **햄릿** 2천 명의 영혼과 2만 더컷을 퍼부으면서도

이런 하찮은 명분을 문제 삼지 않다니!

이게 바로 나라의 번영과 평화가 지나치면 생기는 종양이

지, 겉으로는 아무 증세도 없지만 안으로 곪아 터져

사람들이 죽어 나가지. 고맙소.

부대장 이만 실례하겠습니다. (퇴장) 30

로젠크랜츠 왕자님, 그만 가실까요?

햄릿 내 곧 뒤따라갈 테니, 먼저들 가게.

(햄릿만 남기고 모두 퇴장)

아, 만사가 나를 책망하며 무뎌진 복수심에

박차를 가하는구나! 인간이란 대체 무엇인가?

살아 있는 동안 주로 하는 일이 먹고 자는 것이라면

짐승과 다를 게 무엇인가? 35

앞뒤를 따져 아주 신중하게 우리를 창조하신 신이

인간에게 뛰어난 능력과 신과 같은 이성을

쓰지 않아 곰팡이 슬게 하라고 주신 건

분명 아니렷다. 짐승 같은 망각증 때문일까.

아님 일의 결과를 너무 소심하게 염려하는 40

비겁한 망설임 때문일까. 원래 생각이란

4분의 1만 지혜이고 나머지 4분의 3은

비겁함에 지나지 않지. 왜 난 아직 살아서

'내겐 명분도 있고, 의지도 있고, 힘도 있고, 방법도

있으니 꼭 해야 한다'고 입으로만 떠들고 있는가. 45

온 천지와 같이 수많은 사례들이 내게 권하고,

수많은 병력과 엄청난 비용을 들인 저 군대 좀 봐라.

더구나 그 군대를 통솔하는 자가 앳되고 젊은 왕자라지.

그의 정신은 고매한 야망에 부풀어

50 예견할 수 없는 결과 따위는 비웃으며

한 번 죽으면 그만인 목숨을

겨우 달걀 껍데기만 한 땅덩어리를 위해

운명과 죽음과 위험에 내던지지 않았는가. 진정 위대한

것은 뚜렷한 명분이 없으면 일어서지 않는 게 아니라

55 명예가 걸린 문제라면 지푸라기처럼 사소한 일에서도

당당히 싸우는 것이다. 그런데 도대체 왜 난

아바마마는 살해당하고, 어마마마는 더럽혀졌는데도

이성과 혈기의 동요를 모두 잠재우고

참고 있는가. 창피하게

60 이만 명의 군사들이 허황된 명예를 위해

대군이 서로 겨루기에도 부족하고 전사자들을

묻을 묘지로도 모자랄 좁은 땅덩어리를 위하여

마치 잠자리에라도 가듯이 무덤을 향해 가는 것을

보면서. 아, 이제부터는 내 마음이

65 무자비해져야 한다. 그렇지 않으면 아무 짝에 쓸모없다.

(퇴장)

제5장

왕비, 호레이쇼, 신사 한 명 등장

왕비 그 애와 얘기하지 않겠소.

신사   하지만 완전히 미쳐서
　조릅니다. 그녀의 상태는 동정하지 않을 수 없사옵니다.

왕비 그 애가 바라는 게 뭐요?

신사 선친에 대한 말을 많이 하옵니다. 세상에 음모가 있다고
　들었다고 했다가, 헛기침하고, 가슴을 치고,　　　　　　5
　사소한 일에도 화를 버럭 내고, 도무지 종잡을 수 없는
　말들을 합니다. 말하는 내용이야 별거 아닙니다만
　그 종잡을 수 없는 말이 듣는 사람들의
　마음을 움직여 그 말들을 주워 모아
　자기 맘대로 짜깁기를 합니다.　　　　　　　　　　　10
　그녀의 눈짓, 고갯짓, 몸짓을 보고
　사람들은 확실하진 않으나 뭔가 엄청 불행한 사연이
　있다고 생각합니다.

호레이쇼 대화를 나눠 보심이 좋을 듯하옵니다. 나쁜 생각을
　품은 사람들에게 위험한 억측을 뿌릴 수도 있사옵니다.　　15

왕비 그 애를 들라 해라.　　　　　　　　　　(신사 퇴장)
　(방백) 죄악의 본성이 그렇듯이 병든 내 마음에는

하찮은 일들 하나하나가 큰 재앙의 서곡 같구나.

죄지은 마음은 두려움에 가득 차서

20   들킬까 봐 두려워하다가 도리어 들키고 말지.

오필리어 등장

오필리어 덴마크의 아름다운 왕비마마는 어디 계셔요?

왕비 오필리어, 이게 웬일이냐?

오필리어 (노래한다)

사랑하는 내 님 다른 이와

어찌 구분하리오?

25   *모자 쓰고 지팡이 들고*

가죽신 신은 이가 내 님이라오.

왕비 세상에, 가엾어라, 그 노래는 무슨 뜻이냐?

오필리어 뜻이요? 아니, 좀 더 들어보세요. (노래한다)

마마, 님은 떠났어요, 하늘나라로.

30   *님은 가셨어요, 하늘나라로.*

그의 머리맡엔 푸른 떼,

그의 발치에는 묘비 하나.

아, 아!

왕비 아, 오필리어야.

35 **오필리어** 더 들어보세요. (노래한다)

수의는 산에 쌓인 눈처럼 희고―

왕 등장

왕비   세상에, 이 모습 좀 보세요, 폐하.

오필리어   (노래한다)

> *참사랑의 눈물로 젖은*
>
> *향긋한 꽃들로 장식되어*
>
> *무덤으로 가셨어요.*   40

왕   웬일이냐, 아름다운 오필리어야?

오필리어   신의 은총이 있으시길. 올빼미는 원래 빵집 딸이었
대요,2 폐하, 우린 오늘 일은 알아도 내일 일은 모르죠. 폐
하의 식탁에 신의 은총이 함께 하시길!

왕   죽은 아버지 생각을 하는구나.   45

오필리어   제발 그 얘긴 하지 마세요. 하지만 사람들이 무슨
뜻이냐고 묻거든 이렇게 말하세요. (노래한다)

> *내일은 성 발렌타인 축일*
>
> *이른 아침 동틀 때*
>
> *사랑하는 님 창가에 서서*   50

---

2 올빼미는 원래 빵집 딸이었대요 : 예수가 빵집 딸에게 빵을 구걸했으나 거절당하자
그 벌로 그녀를 올빼미로 만들었다는 민간 전설이 전해 내려온다.

그대의 발렌타인 되려네.

내 님 일어나 옷 입고

방문 열어 주시리

처녀로 들이셨으나

55 *나올 땐 처녀 아니리.*

왕 가여운 오필리어—

오필리어 정말 맹세 따윈 빼고 노래를 마칠게요. (노래한다)

예수님, 자비 성자님께 맹세코

슬프고도 부끄럽네.

60 *그것이 사내들 습성이라 하나*

하나님 맹세코 비난받아 마땅한 일.

여자가 말하네. '날 쓰러뜨리기 전에는

결혼한다 약속했잖아요.'

남자가 대답하네.

65 *'저 태양에 걸고 정말 그러려고 했지.*

그대가 내 침실에 오지 않았다면.' 3

왕 저 애가 언제부터 저 지경이 되었느냐?

오필리어 모두 잘 되길 빌어요. 모두 참아야 해요. 하지만 아

---

3 예수님, 자비 ~ 오지 않았다면. : 오필리어는 맹세(swearing) 따윈 빼고 노래를 마치
겠다고 했지만, 실제 노래에서는 "예수님, 자비 성자님께 맹세코(By Gis and by
Saint Charity)", "하나님 맹세코(By Cock)", "저 태양에 걸고(by yonder sun)"와
같이 맹세를 많이 사용하고 있다.

버님을 차가운 땅속에 묻은 생각을 하면 울음을 참을 수가
없어요. 오라버니도 알게 될 거예요. 다들 좋은 말씀 감사   70
드려요. 가자 마차야. 안녕히 주무세요. 여러분, 안녕. 아
름다운 부인들도 안녕히 주무세요, 안녕, 안녕.   (퇴장)

왕 바로 뒤따라가서 잘 관찰해 주게.   (호레이쇼 퇴장)

오, 저건 깊은 슬픔이 만들어낸 병이오. 이게 모두   75
아비의 죽음 때문이지 뭐겠소. 저걸 좀 보시오—
오, 거트루드, 거트루드.
슬픔은 스파이처럼 하나씩 오지 않고
대군으로 무리 지어 오는구려. 먼저 저 애 아비가 살해되
고, 다음엔 당신 아들이 떠나고, 하긴 그건 그 애 스스로   80
자초한 것이지만. 그리고 이 나라 백성들은
무고한 폴로니어스 죽음에 대해 혼란스러워하며
억측과 소문이 분분하오. 과인이 경솔했던 것 같소.
시신을 그렇게 비밀리에 묻어버리다니. 불쌍한
오필리어는 실성해서 이성을 잃었고,   85
이성이 없으면 사람은 허깨비나 짐승에 불과하지.
마지막으로 이 모든 것을 합한 것만큼 막중한 것은
저 애 오라비가 프랑스에서 비밀리에 돌아와
아직 모습을 나타내지 않고 의심을 키우고 있다는 거요.
그 애 아버지의 죽음에 대해 치명적인 소문을   90
그의 귀에 쏟아부을 사람들이 오죽 많겠소?

이 사건의 진상이 빈약하므로

과인을 비난하는 말도 이 귀에서 저 귀로

마구 퍼질 거요. 사랑하는 거투르드,

95 살상용 산탄총처럼 사방에서 이 몸을

쏴대는구려.

(안에서 시끄러운 소리)

여봐라!

스위스 근위대는 어디 있느냐? 와서 문 앞을 경호케 하라.

사자 등장

무슨 일이냐?

사자 폐하, 어서 피하시옵소서!

바다가 둑을 넘어 단숨에

100 육지를 삼켜 버리는 것보다 더 맹렬히

젊은 레어티즈가 폭도들의 선봉에 서서

폐하의 호위병들을 제압하고 있습니다. 폭도들은

그를 왕이라 부르고 마치 천지개벽이라도 한 것처럼

전통은 잊고, 관습도 모르고

105 단어의 공인된 뜻도 모르는 듯

"우리가 선택한다. 레어티즈를 왕으로 모시리라!"고

외치고 있습니다. 모자를 던지고 손뼉을 치며

"레어티즈가 왕이 되리라, 레어티즈를 왕으로!"라고.

(안에서 시끄러운 소리)

왕비 잘못된 줄에 서서 신이 나 짖어대는구나.

　아, 불충한 덴마크 개들아! 잘못 짚었다.　　　　　　　110

왕 문이 부서졌다.

레어티즈와 추종자들 등장

레어티즈 왕은 어디 있느냐?— 여러분은 밖에서 기다리시오.

군중 안 됩니다. 같이 들어갑시다.

레어티즈　　　　　　　　나 혼자 들어가게 해주시오.

군중 그럽시다, 그럽시다.

레어티즈 고맙소, 여러분은 문을 지켜주시오.

(추종자들 퇴장)

이 사악한 왕,　115

　내 아버님을 내놓아라.

왕비　　　　　　　　(그를 막으며) 진정하거라, 레어티즈.

레어티즈 진정할 피가 한 방울이라도 있다면 난 사생아요,

　아비님은 바람둥이의 남편이고, 진솔했던 어머니의

　깨끗하고 순결한 이마엔 창녀의 낙인이

　찍힐 것이오.

왕　　　　　도대체 왜 이러느냐, 레어티즈?　　　　　120

거인족4 같이 반란을 일으키다니

거트루드, 그를 놓아주시오. 과인의 신상은 걱정 마시오.

왕에게는 하나님이 울타리를 만들어 주어

반역자는 그 울타리를 넘볼 수는 있어도

125 뜻을 이루지 못하오.5 말해 봐라, 레어티즈.

왜 이렇게 화가 난 건지. 거트루드, 그를 놓아주시오.

말해 봐라.

레어티즈 내 아버님은 어디 있소?

왕 　　　　　　　　　돌아가셨다.

왕비 　　　　　　　하나 폐하가 죽인 건 아니다.

왕 실컷 물어보게 놔두시오.

130 **레어티즈** 어떻게 돌아가셨소? 날 속일 생각은 마시오.

충성 따윈 지옥에나 던지고! 맹세 따윈 시커먼 악마에게

주고! 양심이고, 은총이고 지옥 구덩이에나 떨어져라!

천벌도 두렵지 않다. 내 입장은 이렇다.

이승이고, 저승이고 다 상관없다.

135 무슨 일이 생기더라도 아버지 복수만

---

4 거인족 : 그리스 신화에서 거인족이 올림퍼스의 신들에게 반란을 일으킨다. 아틀라스
　도 그들 중 한 명으로 그 벌로 하늘을 떠받치고 있는 형벌을 받았다.

5 왕에게는 하나님이 ~ 이루지 못하오. : 왕권신수설에서 흔히 주장하는 담론으로 왕은
　하늘이 내린 신성한 존재여서 하늘이 반란 세력으로부터 보호한다고 생각했다. 하지
　만 정통 왕을 죽이고 왕위를 찬탈한 클로디어스가 이런 주장을 하는 것은 역설적이다.

철저히 하고야 말겠다.

왕   누가 그걸 말리겠나?

레어티즈 내 뜻을 온 세상도 못 말릴 거요,

방법을 잘 마련하여 미약하지만

해내고 말 거요.

왕   레어티즈,

그대 소중한 아버지에 대해 확실한 걸   140

알고 싶다면서 우군 적군,

승자 패자 가리지 않고 칼을 빼는 게

자네 복수의 원칙인가?

레어티즈 내 복수 상대는 아버지의 적뿐이오.

왕   그게 누군지 알고 싶은가?

레어티즈 아버지 편이라면 두 팔을 벌려 환영하겠소.   145

그리고 친절하게 생명을 주는 펠리컨처럼

내 피를 그들에게 먹이겠소.

왕   그래, 이제야 훌륭한 자식이요,

진정한 신사답게 말을 하는군.

과인은 자네 선친의 죽음과 무관하다.

아니 누구보다도 자네 선친의 죽음을 슬퍼하고 있다.   150

이는 햇빛이 네 눈에 비치듯

네 분별력에 명백히 드러날 것이다. (안에서 요란한 소리)

[오필리어의 노랫소리가 들린다]

그녀를 들여보내라.

레어티즈 아니, 이게 웬 소란이요?

오필리어 등장

아 열기여, 내 뇌를 바짝 말려다오. 소금보다 7배나
155 짠 눈물이여, 내 눈의 감각과 시력을 태워 없애다오!
맹세코 널 이렇게 실성케 한 원한은 저울대가
뒤집어질 무게로 갚아주마. 아 오월의 장미여!
고귀한 처녀— 다정한 내 동생— 아름다운 오필리어—
오 하늘이여, 젊은 처녀의 정신이
160 노인의 목숨처럼 저렇게 끝장날 수 있단 말입니까?
사람의 마음은 사랑할 때 가장 지고지순해져서
사랑이 지극하면 자신의 고귀한 것을
사랑하는 사람에게 딸려 보내는 법.

오필리어 (노래한다)

얼굴도 덮지 않고 관에 넣어 메고 갔네
165 *무덤에는 눈물이 비 되어 쏟아졌네.*

잘 가세요, 내 님이여.

레어티즈 네가 멀쩡한 정신으로 복수해야 한다고 설득해도
이렇게 내 마음을 움직이지는 못했을 거다.

오필리어 당신은 '어허이 어허'6라고 하고, 당신은 '어허이

야'라고 해야 해요. 아, 후렴이 잘 맞네요! 주인집 딸을 훔   170
친 건 못된 집사예요.

레어티즈   저 의미 없는 말이 더 사무친다.

오필리어   이것은 로즈메리, 꽃말이 아름다운 추억이에요. 내
사랑! 부디 잊지 마세요. 그리고 이것은 팬지, 이것의 꽃말
은 날 생각해달라는 거예요.   175

레어티즈   실성한 말속에도 논리가 있구나. 잊지 말고 기억해
달라…… 딱 들어맞는 말이다.

오필리어   당신에겐 이 회향꽃과 매발톱꽃을 드릴게요. 당신
에겐 이 운향꽃을 드리죠. 그리고 이건 제 거예요. 이건 안
식일의 은혜의 꽃이라고 하죠. 당신은 운향꽃을 달리 다셔   180
야 해요. 이건 데이지, 당신에게는 제비꽃을 드릴게요.7 그
런데 아버님이 돌아가시고 죄다 시들어 버렸어요. 아버님
은 편히 잠드셨대요. (노래한다)

어여쁜 울새는 내 유일한 사랑

레어티즈   수심과 고통, 격정, 심지어 지옥까지도 저 아이는   185
곱고 아름다운 것으로 바꾸는구나.

오필리어   (노래한다)

다시는 아니 놀아오실까?

---

6 어허이 어허 : 상여를 메고 가는 상여꾼들이 부르는 노래의 후렴구이다.
7 당신에겐 이 ~ 제비꽃을 드릴게요 : 회향꽃은 아첨을, 매발톱꽃은 배신을, 운향꽃은
  슬픔과 참회를, 데이지는 사랑을, 제비꽃은 정절을 상징한다.

다시는 아니 돌아오실까?

아니 아니 그분은 돌아가셨으니

영영 돌아가셨으니

다시는 아니 오시리.

그분 수염은 눈처럼 하얬네

그분 머리는 호호백발이셨네.

이제는 가셨네, 떠나시었네

탄식한들 무엇 하리!

그분 영혼에 신의 은총 내리리!

그리고 모든 기독교인의 영혼에도. 안녕히 계세요. (퇴장)

레어티즈 저 꼴을 보셨습니까, 오, 하느님?

왕 레어티즈, 네 슬픔을 나와 함께 나누어야 한다.

안 그러면 날 거역하는 거다. 잠시 헤어져

그대의 가장 똑똑한 친구 몇 명을 골라 와서

자네와 내 말을 듣고 판단케 하자.

만약 내가 이번 일에 직접적이든 간접적이든

연루됐다고 밝혀지면 이 왕국이고

왕관이고, 목숨이고, 소위 내 것이라 할 수 있는 모든 걸

기꺼이 네게 주마. 하나 그렇지 않은 경우에는

인내심을 갖고 내 말을 따라야 한다.

그러면 과인이 자네와 합심하여 자네의 원한을

풀어줄 것이다.

레어티즈　　　그리 하지요.

아버님이 돌아가신 연유며, 이상하게 치러진 장례식,　　　210

그분 유골 위에 위패도, 칼도, 가문의 문장도 없고

신성한 의식이나 마땅한 격식도 없이 치른 것을

해명하라는 목소리가 천지에서 들려옵니다.

그 진상을 규명해야 합니다.

왕　　　　　　　　　그리 될 것이다.

그리고 죄가 있는 곳에 응징의 철퇴를 내리쳐야지.　　　215

자, 가자.　　　　　　　　　　　　　(모두 퇴장)

제6장

호레이쇼와 하인 등장

호레이쇼　나와 이야기하고 싶다는 사람들이 누구냐?

시종　선원들입니다. 나리께 드릴 편지를 가져왔다고 합니다.

호레이쇼　들라 해라.　　　　　　　　(시종 퇴장)

햄릿 왕자님 아니고서는 이 세상 어디에도

내게 편지 보낼 사람이 없는데.　　　　　　　5

선원들 등장

선원1 나리, 주님의 은총이 있으시기를!

호레이쇼 그대들에게도 그분의 은총이 있길 바라오!

선원1 은총을 내리실 겁니다. 나리께 편지를 한 장 가져왔습
니다. 영국으로 향하던 사절이 보내신 겁니다. 나리가 호
레이쇼 님이라면. 그렇다 들었습니다만.

호레이쇼 (편지를 읽는다) 호레이쇼, 이 편지를 읽어 보거든 이 사람
들이 왕을 만날 수 있도록 알선해 주게. 왕에게 보내는 편지가 있
네. 우린 출항한 지 이틀도 안 되어 완전무장한 해적선의 추격을
받았다네. 우리 배가 너무 느려 할 수 없이 용기를 내어 싸우다
격투 중에 난 적선에 타게 됐네. 그러자마자 그 배는 우리 편 배에
서 떨어져 나갔고 나만 그들의 포로가 되었네. 해적들은 지금까지
자비로운 도적들처럼 나를 대우해주고 있네. 하나 다 생각이 있어
그리 한 거니 나도 그들에게 보답해주어야 하네. 내가 보낸 편지
를 국왕이 받을 수 있게 조처하고 죽음에서 도망치는 것만큼이나
속히 내게 와 주게. 자네가 들으면 말문이 막힐 얘기들이 있네. 그
러나 말로는 그 내용을 전하지 못할 걸세. 이 선량한 사람들이 자
네를 나 있는 곳으로 데려다 줄 걸세. 로젠크랜츠와 길덴스턴은
계속 영국으로 항해 중이고, 그들에 대해서도 할 얘기가 많다네.
그럼 이만.

자네 마음의 벗

가세. 자네들이 가져온 편지를 전할 방법을 주선해 주겠
네. 그러고 나서 서둘러 나를 이 편지를 보낸 사람에게 데   30
려가 주게.   (모두 퇴장)

제7장

왕과 레어티즈 등장

왕   이제 내가 결백하다는 걸 믿고

나를 우군으로 생각해야 한다.

총명한 귀로 잘 알아들었을 테지만

고결한 자네 선친을 살해한 자가

내 목숨도 노렸느니라.

레어티즈   그런 것 같습니다. 그런데 어찌하여   5

그렇게 사악하고 중대한 만행에 대해

조처하지 않으셨습니까?

폐하의 안위를 위해서나, 지혜로 보나, 기타 어느 모로 보

나 그리하고 싶으셨을 텐데.

왕   오, 거기엔 두 가지

특별한 이유가 있는데 네겐 그것들이 하찮을지 모르나   10

과인에겐 중대한 이유다. 햄릿의 어미인 왕비는

햄릿을 보는 낙으로 살고, 나는—

이게 내 미덕인지 화근인지 모르겠지만

왕비는 내 생명과 내 영혼에서 뗄 수 없는 존재여서

15   별이 자기 궤도에서 벗어날 수 없듯이

과인도 왕비 곁을 떠나 살 수 없다. 그 애를 공공연히

심판하지 못하는 또 다른 이유는

백성들이 그를 대단히 사랑하기 때문이다.

그의 모든 오점을 그들의 애정에 담그면

20   마치 나무를 돌로 변하게 만드는 샘물처럼

그가 찬 족쇄도 멋져 보일 정도다. 그래서 내가 쏜 화살은

백성들의 강풍에 견디기에는 너무 가벼워서

내가 겨냥했던 곳으로 날아가지 못하고

내 활로 되돌아올 것이다.

25   **레어티즈**   그래서 저는 훌륭한 아버님을 잃고,

누이동생은 실성하고 말았습니다.

다시 그 애를 칭찬해 보자면 그 애의 가치는

고금 천하에 비길 데 없는 완벽한 것이었습니다.

반드시 복수하고 말 겁니다.

30   **왕**   그렇다고 밤잠을 설치진 마라. 과인을

위험하게 수염을 쥐고 흔들게 내버려 두고

장난이겠거니 생각할 만큼 밋밋하고 우둔한

위인이라 여기지 마라. 곧 더 얘기하마.

과인은 자네 선친을 무척 아꼈고 내 자신도 아낀다.

이쯤 말하면 대충 짐작이 갈 것이다.   35

전령이 편지를 가지고 등장

전령 이것은 폐하께, 이것은 왕비마마께 보낸 편지입니다.

왕 햄릿으로부터! 누가 갖고 왔느냐?

전령 선원들이 갖고 왔다 하옵니다, 폐하. 소신은 보지 못하
였고 클로디오한테서 받았사옵니다. 클로디오는 선원에게
서 받았다고 하옵니다.

왕   레어티즈, 들어보아라.   40

너는 물러가라.   (전령 퇴장)

왕 (읽는다) *지엄하신 국왕 폐하, 소자 맨몸으로 이 나라에 상륙했음
을 아뢰옵니다. 내일 폐하를 뵙고자 하오니 윤허해 주십시오. 그때
우선 폐하께 용서를 구하고, 불시 귀국한 기이한 연유를 상세히
아뢰고자 하옵니다.*   45

햄릿 올림

도대체 어찌 된 노릇인가? 다른 일행도 함께 돌아왔나? 아
님 무슨 속임수인가, 아닌가?

레어티즈 필체를 아십니까?

왕   분명 햄릿의 필체다.

50   '맨몸'으로—

또 여기 추신에는 '홀로'라고 했다. 어떻게 된 영문인지 짐

작이 가느냐?

레어티즈 저도 통 모르겠습니다, 폐하. 하지만 오라죠!

살아서 그에게 직접 "너도 똑같이 죽어"라고

55   말할 생각을 하니 응어리진 가슴이 후끈해지는

것 같습니다.

왕   만약 이게 사실이라면, 레어티즈

과인의 지시를 따르겠느냐?

한데 어찌 그럴 수 있지? 하지만 아니라면 어떻게?—

레어티즈   네, 폐하.

서로 기분 풀라는 말씀만 하지 마십시오.

60 **왕** 자네 기분을 풀어주려는 게다. 햄릿이 돌아와

항해를 중단하고 다시 떠나려고 하지

않으면 내가 진작부터 준비해 둔

계략을 사용할 것이다. 그 계략대로라면

절대 죽음을 면치 못할 것이다.

65   게다가 놈의 죽음에 대해 비난 소리도 없을 것이고

심지어 제 어미조차도 계략의 책임을 묻지 않고,

사고로 생각할 것이다.

레어티즈   폐하 분부대로 하겠습니다.

아니 계략을 짜실 때 저를 계략의 도구로

이용해 주십시오.

왕   바로 그거다.

자네가 유학을 떠난 이후에 자네에게 출중한   70

재주가 있다는 칭찬이 자자했다.

그 얘기를 햄릿도 들었다. 그런데 햄릿은

자네의 수많은 재주를 다 합한 것보다 특히

그 재주를 시샘했다. 과인이 보기엔

가장 하찮은 것이다만.

레어티즈   그게 어떤 재주입니까, 폐하?   75

왕 젊은이 모자에 달린 리본 장식이랄까.

하긴 그것도 필요하긴 하지. 노인들에게

건강과 위엄을 나타내는 검은 수달피 옷이

어울리듯이 젊은이들에게는 경쾌하고

자유분방한 옷이 어울리니. 두 달 전에   80

노르망디에서 한 신사가 이곳에 왔었다.

과인도 수많은 프랑스 사람을 만나 겨뤄보기도 해서,

그들이 승마에 뛰어나다는 건 잘 알고 있었는데

그 사람은 정말 마술 같은 승마술을 지녔더구나.

말을 타고 어찌나 신기한 재주를 부리는지   85

말안장에 뿌리를 내린 것 같기도 하고. 그 용감한 짐승의

성질을 반쯤 타고난 것 같더구나. 상상도 못 할 정도로 재

주가 뛰어나 그 형태와 기술을 과장해 말해도 실제 그가

했던 것에 못 미칠 정도다.

레어티즈　　　　　　　　노르망디 사람이라 하셨습니까?

90 **왕**　그렇다.

레어티즈　그럼 분명 라모르일 것입니다.

왕　　　　　　　　　　　　　　바로 그자다.

레어티즈　그 사람이라면 잘 압니다. 그 사람은 그야말로
　　프랑스의 보배요, 보석입니다.

왕　그 사람이 자네의

95 호신술 기술과 실전 능력에 대해
　　무척 칭찬하였다.
　　특히 검술에 있어서는 만약 맞수가 있다면
　　정말 볼만한 시합이 될 거라고
　　소란을 떨더구나. 프랑스 검객들도

100 자네와 대적하면 몸놀림이나 방어 자세, 눈의 총기 등
　　무엇 하나 자네의 상대가 되지 못한다고 장담하더구나.
　　그런데 햄릿이 그 말을 듣고 시기심에 독이 올라
　　자네가 어서 돌아와서 자기와 한번 겨루길
　　빌 뿐이라고 했다.
　　그래서 하는 말인데—

105 **레어티즈**　　　　　　　그래서요, 폐하?

왕　레어티즈, 너는 진정 선친을 사랑했느냐?
　　아니면 그저 슬픈 척,

진심 아닌 겉모양뿐이냐?

레어티즈   왜 그런 질문을 하십니까?

왕 나도 자네가 선친을 사랑하지 않았다고 생각지는 않는

다. 하지만 사랑은 시간의 산물이라는 걸 안다.   110

또한 사랑의 불씨와 불꽃이 시간이 지나면 약해지는 것을

익히 보아 알고 있다.

사랑의 불길에도 그것을 약화시키는

심지 같은 것이 있다.

한결같이 좋은 것은 아무것도 없으며   115

좋은 것도 과하면 그 지나침 때문에

병이 된다. 그러니 하고자 마음먹은 일은

미루지 말고 당장 실행해야 한다. '하겠다'는 마음이

변하기도 하고 방해하는 말, 손, 여러 사건들도 있어

실행력이 약해지고 자꾸 미루게 되기 때문이다.   120

그래서 '해야 한다'는 생각도 탄식과 같아

내뱉으면 사그라든다. 요점을 말하자면

햄릿이 돌아온다. 네 아비의 자식으로서

말만 내세울 게 아니라 행동으로 보여 주기 위해

어찌할 테냐?

레어티즈   교회 안이라 해도 그의 목을 벨 것입니다.   125

왕 어떤 곳에서도 살인죄가 보호되어서는 안 되지.

복수하는데 장소를 가려서도 안 되고. 하지만 레어티즈.

복수를 하고 싶거든 집에 가만있거라.

햄릿이 돌아오면 자네가 귀국했다는 것을 알리마.

130 과인이 사람들을 부추겨서 자네 재주를 칭찬케 하겠다.

프랑스인의 찬사에 한술 더 떠서 칭찬하여

두 사람이 맞붙게 하고 두 사람에게 내기를 걸겠다.

햄릿은 대범하고, 술수라는 걸 모르니

칼을 자세히 살펴보지 않을 것이다.

135 그러니 쉽게, 혹은 조금만 술수를 쓰면,

자네가 날카로운 칼을 고를 수

있을 것이다. 그럼 시합 중 한 번 푹 찌르면

선친의 원수를 갚게 된다.

레어티즈   그리 하겠습니다.

그리고 확실히 하기 위해 칼에 독을 바르겠습니다.

140 돌팔이 약장수한테서 독약을 사둔 게 있는데

아주 치명적이어서 그것에 칼을 살짝 담갔다

피를 내면 제아무리 달밤에 채취한

온갖 약초를 모아 만든 영험한 처방으로도

죽음을 면할 수 없습니다.

145 제 칼끝에 그 독약을 바르겠습니다.

그 칼에 살짝 스치기만

해도 죽을 것입니다.

왕   그건 좀 더 생각해 보자.

우리의 계획에 맞는 시기와 방법을

잘 생각해보자. 만약에 실패하여

우리의 계획이 어설픈 행동으로 드러나느니   150

시도하지 않는 편이 낫다. 그러니 우리 계획이

실패할 경우를 대비해서 예비로 2차 수단을

마련해야겠다. 가만, 어디 보자.

과인이 쌍방의 실력에 정식 내기를 걸고—

그렇지!   155

몸을 움직이다 보면 덥고 갈증이 날 때,

그렇게 되도록 아주 격렬하게 시합해야 한다.

그러면 햄릿이 마실 걸 요구하겠지. 그를 위해

마실 것을 미리 준비하겠다. 그걸 한 모금만 마시면

햄릿이 네 독검을 요행이 피한다 해도   160

우리 목적은 이루어질 것이다. 그런데 가만, 무슨 소리지?

왕비 등장

왕비 재앙이 꼬리에 꼬리를 물고 닥치는군요.

레어티즈, 그대 동생이 물에 빠져 죽었다.

레어티즈 물에 빠져 죽었다고요? 아, 어디서요?

왕비 버드나무가 물가로 기울어져 자라고   165

하얀 잎들이 거울 같은 물위에 비치는 시냇가가 있단다.

그 애가 미나리아재비, 쐐기풀, 데이지,

음탕한 목동들은 상스러운 이름으로 부르지만

청순한 처녀들은 죽은 사람의 손가락이라고 부르는

170 　자주색 난초 따위를 엮어 만든 멋진 화환을

늘어진 버들가지에 걸려고 올라가다가

심술궂은 은빛 가지가 부러져서

오필리어가 들꽃 화관과 함께

흐느끼는 시냇물에 빠졌단다. 그러자 옷자락이 활짝 펴져

175 　한동안 인어처럼 물 위에 떠 있었는데

그동안 오필리어는 옛 찬송가 몇 소절을 부르더란다.

제 불행을 모르는 사람처럼,

아니면 물에서 나서 물로 돌아가는 사람처럼.

하지만 얼마 안 되어 물이 스며들어 무거워져서

180 　아름다운 노래를 부르고 있던 그 가엾은 것이

진흙 바닥으로 끌려 들어가

죽었다는구나.

레어티즈　　세상에, 그렇게 물에 빠져 죽었군요.

왕비　그렇게 물에 빠져 죽었다, 물에 빠져서.

레어티즈　가엾은 오필리어, 이젠 물이 지겨울 테니

185 　눈물이 나오지 못하게 하마. 하지만

그것은 인간의 속성, 본성이 자기 습성을 고집하니

수치스러워도 어쩔 수 없다. [운다] 실컷 울고 나면

아녀자 같은 이 마음도 끝나겠지. 폐하, 안녕히 계십시오.

불같이 활활 타오르는 말을 쏟아내고 싶지만 눈물 때문에

아무 말도 못 하겠습니다.   (퇴장)

왕   거트루드, 따라가 봅시다.   190

저 애의 분노를 가라앉히려고 얼마나 애썼는데.

이 일 때문에 재발할까 두렵소.

자, 따라가 봅시다.   (모두 퇴장)

제5막

제1장

두 명의 광대(무덤파기꾼과 동료) 등장

무덤파기꾼 제멋대로 자신을 구원한 여자1를 이렇게 기독교식으로 매장해도 되나?

동료 괜찮다니까 그래. 그러니 어서 무덤이나 파게. 검시관이 조사하고 기독교식으로 하라고 그랬어.

무덤파기꾼 어떻게 그럴 수 있담? 자기 몸을 지키기 위해 물에 뛰어들었다면 몰라도.

동료 아무튼 그렇대.

무덤파기꾼 그렇담 '정당 폭행'이라 해야겠구먼. 암, 틀림없

---

1 제멋대로 자신을 구원한 여자 : 자살해서 스스로 파멸(damnation)했다고 말하려 했으나 이를 잘못 말해서 구원(salvation)이라고 한 것이다. 셰익스피어는 무식한 인물들이 이렇게 단어를 잘못 사용하여 웃음을 유발시키는 '말의 익살스러운 오용(malapropism)'을 자주 사용한다. 뒤에 나오는 '정당 폭행(se offendendo)'도 같은 예로, '정당방위(se defendendo)'를 잘못 말한 것이다.

어. 요는 이래. 내가 의도적으로 풍덩 했다면 이건 '행위'라고 하지. 그런데 행위는 세 가지로 나뉘거든. 첫째 행하는 것, 둘째 하는 것, 셋째 실행하는 것. 고로 그 여자는 고의로 풍덩 한 거야.

동료 아니, 내 말 좀 들어보게, 이 따지기 양반아.—

무덤파기꾼 가만 있어봐. 여기 물이 있어, 알았어? 여기 사람이 있고, 알았어? 그 사람이 물가로 가서 풍덩 했다면 싫든 좋든 그건 그 사람이 스스로 한 행동이란 말이야. 내 말 알아들었지? 그런데 만약 물이 다가와 익사시켰다면 그건 스스로 빠져 죽은 게 아니지. 고로 자기 죽음이 자기 탓이 아닌 자는 스스로 목숨을 끊은 게 아니다, 이 말일세.

동료 그게 법인가?

무덤파기꾼 암, 이게 바로 검시관의 검시법이지.

동료 내가 진실을 알려 줄까? 이 여자가 양반댁 처자가 아니었으면 기독교식 매장은 어림도 없었을 걸세.

무덤파기꾼 아니, 그런 말을 하다니. 그럼 높은 양반들이 평신도들보다 물에 빠져 죽거나 목을 매도록 장려받으니 더 불쌍한 신세군. 내 삽이나 주게. 정원사, 도랑치기, 무덤파기 외에 유서 깊은 양반들이 없지. 그들은 다 아담의 직업을 물려받았거든. (땅을 판다)

동료 아담이 양반이었나?

무덤파기꾼 그가 인류 최초로 연장[2]을 가졌던 분이잖아.

동료 에이, 그가 무슨 연장을 갖고 있었나?

무덤파기꾼 아니, 자네 이교도 아냐? 도대체 성경을 어떻게 35
이해한 거야? 성경에 아담이 땅을 팠다고 나오잖아. 연장
없이 어떻게 땅을 팠겠어? 내 하나만 더 물어보지. 제대로
대답 못 하면 자백하고—.

동료 집어치워. 40

무덤파기꾼 석공, 조선공, 목수보다 더 튼튼한 물건을 만드는
게 누구게?

동료 교수대 만드는 사람. 교수대는 천 명이 써도 끄떡없잖
아.

무덤파기꾼 정말 자네 기지는 대단하네. 교수대는 정말 대단 45
하지. 뭐가 그리 대단하냐? 악질들 처치하는 데 대단하지.
근데 자네 말은 교수대가 교회보다 더 튼튼하다는 거잖아.
고로 자네가 대단한 교수대 맛을 봐야겠어. 자 다시 대답
해 봐.

동료 누가 석공이나 조선공, 목수보다 더 튼튼한 물건을 만 50
드냐고?

무덤파기꾼 그래. 어서 대답하고 멍에를 벗어.

동료 아, 알겠다.

---

2 연장 : 여기서 무덤파기꾼은 arms란 단어가 가진 여러 가지 의미를 이용하여 말장난
하고 있다. arms는 팔의 복수형일 뿐만 아니라 "귀족 가문의 문장(文狀)"이란 뜻과
"연장", "무기"라는 뜻도 가지고 있다.

무덤파기꾼 말해봐.

55 **동료** 에이, 모르겠다.

무덤파기꾼 너무 머리 굴리지 말고 그만둬. 네 돌대가리에 아
무리 채찍질해도 생각이 날 리 없으니. 다음에 누가 또 묻
거든 '무덤 파는 사람'이라고 대답하게. 그가 만든 무덤은
최후 심판일까지 갈 테니 말일세. 자, 요한네3 가서 술이나
60 한잔 받아오게.

(동료 퇴장하고 무덤파기꾼은 계속 땅을 파며 노래한다)

젊은 시절엔 사랑하고 또 사랑했지

이 세상 달콤하다 했지

시간을-에─흘러─에─보내기엔

사랑만한 것이─에─없다고─에─생각했지

(광대 노래하는 동안) 햄릿과 호레이쇼 등장

65 **햄릿** 저 작자는 무덤을 파면서 노래를 부르다니 자기가 하는
일에 아무 감정이 없나?

호레이쇼 늘 하는 일이라 아무렇지 않은 모양입니다.

---

3 요한네 : 당시 셰익스피어 극을 주로 공연했던 글로브 극장 근처에 실제 있었던 술집
이름으로 추정된다.

햄릿 하긴 그래. 자주 쓰지 않는 손이 예민하지.

무덤파기꾼 (노래한다)

> *허나 노년이 슬그머니 다가와서* 70
>
> *그 손아귀에 나를 쥐고*
>
> *땅속에 처넣었지*
>
> *언제 청춘이 있었냐는 듯이*
>
> (해골 하나를 내던진다)

햄릿 저 해골에도 한때 혀가 있어 노래를 불렀겠지. 그런데
저 녀석이 카인4의 턱뼈라도 되듯이 땅바닥에 내동댕이치 75
네. 어쩌면 정치인의 대갈통인지도 몰라. 지금은 이 멍청
이에게 지나친 대접을 받지만, 한때 하나님 눈도 속여 먹
는 모사꾼이었을지도 몰라, 안 그런가?

호레이쇼 그럴 수도 있겠습니다, 왕자님. 80

햄릿 아니면 어떤 궁정 대신의 해골인지도 모르지. "나리 밤
새 안녕하셨습니까요! 요새 평안하신지요, 나리." 하며 알
랑방귀 뀌던. 그렇잖으면 아무개 대신의 말을 갖고 싶어
그 말을 칭찬하던 아무개 대신이었을 수도 있고. 그렇지

---

4 카인 : 성경에 등장하는 인물로 인류 최초로 살인을 저지른 자이다. 하나님이 동생
아벨을 편애한다고 생각하여 그를 죽였다.

85   않은가?

호레이쇼 그럴지도 모릅니다, 왕자님.

햄릿 그래, 그런데 지금은 구더기 마님의 밥이 되고, 턱뼈는
       없어진 채 무덤파기꾼의 삽으로 머리통을 얻어맞고 있단
       말이야. 여기서 오묘한 신분 전복의 양상을 보게 되는군.
90   이 뼈다귀들도 먹고 사느라 돈깨나 들었을 텐데 그것들로
       던지기 놀이를 하고 있지 않나? 이런 생각을 하니 내 골이
       지끈거리네.

광대 (노래한다)

       곡괭이와 삽 한 자루, 삽 한 자루

              그리고 수의 한 벌

             오, 흙구덩이까지 파놓으니

95   *손님 모시기에 안성맞춤*

                         (다른 해골을 집어 던진다)

햄릿 또 던지는군. 저건 변호사의 해골일 수도 있지 않을까?
       그의 궤변, 사건들, 소송들, 소유권들, 술수는 다 어디 갔
       는가? 왜 저 무식한 녀석이 더러운 삽으로 머리통을 때리
100   게 놔두고, 폭행죄로 고소하겠다고 말하지 않을까? 흠, 이
       작자는 생전에 담보 증서, 차용 증서, 화해 계약서, 이중
       증인(二重證人), 토지 반환 소송 등을 동원하여 땅깨나 사들

였을지도 몰라. 그런데 그런 온갖 반환 소송과 증서들의
반환물이 고작 그 잘난 머리통에 가는 흙이 가득 들어 있
는 거란 말인가? 이제 이 자의 증인이나 이중 증인들은 기
껏해야 증서 두 장 들어갈 정도의 땅뙈기를 매입하는 데
증인밖에 못 한단 말인가? 그의 토지 증서만 해도 이 해골
안에 다 넣지 못할 텐데 토지매수자가 이 골통밖에 못 갖
는단 말인가, 어?

호레이쇼 딱 그것뿐입니다, 왕자님.

햄릿 증서들은 양가죽으로 만들지 않던가?

호레이쇼 예, 왕자님. 송아지 가죽으로도 만들고요.

햄릿 그 따위 증서를 좇는 놈들은 양이나 송아지같이 멍청한
것들이야. 그런데 이 작자하고 얘기 좀 해봐야겠다. (무덤파
기꾼에게) 여보게, 이건 누구 무덤인가?

무덤파기꾼 제 것입니다요, 나리. (노래한다)

오, 흙구덩이까지 파놓으니―

햄릿 정말 자네 것이겠군, 자네가 그 속에 들어 있으니.

무덤파기꾼 나리는 밖에 계시니 나리 것은 아닙죠. 소인의 말
에 거짓이 없으니 역시 제 것입죠.

햄릿 그 안에 있으니 자네 것이라는 말은 거짓이다. 무덤은
죽은 사람 거지, 산 사람 게 아니거든. 그러니 자네 말은

거짓말이야!

무덤파기꾼 그건 새빨간 거짓말입니다. 자, 다시 나리 차례입니다.5

햄릿 그런데 어떤 사람을 묻으려고 파고 있나?

무덤파기꾼 사내를 묻을 구멍이 아닙니다, 나리.6

햄릿 그럼 어떤 여자의 무덤이냐?

무덤파기꾼 그것도 아닙니다요.

햄릿 그럼 거기에 누가 묻힐 거냐?

무덤파기꾼 전에는 여자였지만 나리, 지금은 죽었습죠. 그녀의 영혼이 편히 잠들길!

햄릿 이거 고약한 녀석이군! 정확히 말해야지 안 그러면 말꼬투리를 잡혀 곤욕을 치르겠군. 정말이지 호레이쇼, 지난 삼 년 동안 내가 목격했네만, 세상이 정말 수준 높아져서 농사꾼 발가락이 귀족들 발뒤꿈치까지 바짝 따라붙어 뒤꿈치가 까질 지경이네. (무덤파기꾼에게) 그런데, 자넨 무덤 파는 일을 얼마나 했나?

무덤파기꾼 일 년의 많은 날 중에 바로 햄릿 선왕 폐하가 포틴브라스를 쳐부수던 바로 그날부터입니다.

---

5 그건 새빨간 ~ 나리 차례입니다. : 햄릿과 무덤파기꾼은 "—에 있다"와 "거짓말하다"라는 두 가지 의미를 가진 "lie" 동사를 이용하여 언어 대결을 벌이고 있다.
6 사내를 묻을 구멍이 아닙니다, 나리 : 이때 햄릿은 인간 전체를 가리키는 의미로 man을 사용했으나 무덤파기꾼은 그걸 남자로 해석하여 대응하고 있다.

햄릿　그럼 얼마나 됐나?

무덤파기꾼　아니, 그것도 모르세요? 바보들도 다 알 텐데. 햄릿 왕자님이 태어나셨던 바로 그날 아닙니까? 머리가 돌아서 영국으로 쫓겨 가신.

햄릿　그래 왕자는 왜 영국으로 쫓겨 갔나?　　　　　145

무덤파기꾼　왜는요, 머리가 돌아서지요. 거기선 제정신이 돌아오시겠죠. 하긴 안 그래도 거기서는 별 상관없습죠.

햄릿　왜?

무덤파기꾼　거기서는 사람들 눈에 띄지 않거든요. 거기 사람들이 죄다 머리가 돌아서.　　　　　150

햄릿　왕자는 어떻게 머리가 돌았는가?

무덤파기꾼　아주 희한하게 돌았다더군요.

햄릿　어떻게 '희한하게'?

무덤파기꾼　그야 정신이 나간 거죠.

햄릿　그 원인이 어디 있는데?　　　　　155

무덤파기꾼　당연히 여기 덴마크죠.7 전 어려서부터 30년 동안 여기서 무덤파기를 해왔습죠.8

---

7 당연히 여기 덴마크죠. : 이 장면에서 무덤파기꾼은 햄릿의 말의 의도에서 벗어나 자의적으로 해석한 뒤 엉뚱한 대답을 하는 말장난을 계속한다. "그 원인이 어디 있는데(Upon what ground?)"라는 햄릿의 말에서 "ground"는 "근거, 원인"이라는 뜻이지만 무덤파기꾼은 "땅"이란 뜻으로 해석하고 답을 한다.
8 전 어려서부터 ~ 무덤파기를 해왔습죠. : 이 대사를 통해 햄릿의 나이가 30세임을 알 수 있다.

햄릿　무덤 속에서 얼마나 지나면 시체가 썩나?

무덤파기꾼　죽기 전부터 썩지 않는다면 대개는 8, 9년 갑니

다. 요즘은 매독에 걸려 죽는 놈이 많은데 그놈들은 미처

파묻기도 전에 썩어버리죠. 무두장이9는 9년은 버티죠.

햄릿　무두장이는 왜 그리 오래 버티나?

무덤파기꾼　그야 직업 덕분에 그의 살가죽이 무두질이 잘 되

어서 한참 동안 물기가 스며들지 못하기 때문입죠. 그놈의

송장을 썩히는 것은 물이거든요. 이 해골은 땅속에 묻힌

지 스물하고도 세 해나 됐습죠.

햄릿　그건 누구 해골이냐?

무덤파기꾼　어떤 빌어먹을 미친놈의 것입죠. 누구 거

같은뎁쇼?

햄릿　나야 모르지.

무덤파기꾼　이 미친 자식, 염병에나 걸려라! 언젠가 이놈이

소인 머리에다 라인산 포도주 한 병을 다 들이부었습죠.

이건 바로 선왕 폐하의 어릿광대였던 요릭의 해골입니다.

햄릿　이게?

무덤파기꾼　그렇다니까요.

햄릿　세상에, 가여운 요릭. 호레이쇼, 내 이 자를 안다네. 재

담이 끝이 없고 상상력도 아주 뛰어났지. 나를 수천 번도

---

9 무두장이 : 짐승의 가죽에서 털과 기름을 뽑아 가죽을 부드럽게 만드는 사람.

넘게 등에 업어줬는데, 지금은 너무 혐오스럽군. 구역질이
날 지경이야. 여기에 내가 수도 없이 입을 맞췄던 입술이
달려 있었는데. 그대 익살, 장난, 노래, 좌중을 웃게 만들
었던 번득이는 재담은 다 어디로 갔는가? 이제 그대 썩은
미소를 비웃는 조롱 한 마디 못하는가? 아래턱이 다 떨어
져 나갔는가? 이제 그 꼴로 마나님들 방으로 달려가 가르
쳐 줘라. 아무리 화장을 두껍게 해도 결국 이 꼴을 면하지
못한다고. 그래서 그 여자들의 웃음보를 터뜨려 봐라. 여
보게, 호레이쇼, 한 가지만 말해 보게.

호레이쇼 무엇을요, 왕자님?

햄릿 알렉산더 대왕도 땅속에서 이런 꼴을 하고 있을 거라
생각하나?

호레이쇼 그럴 겁니다.

햄릿 냄새도 이렇게 나고? 퉤! (해골을 내려놓는다)

호레이쇼 그럴 겁니다, 왕자님.

햄릿 사람은 정말 천한 쓰임새로 돌아갈 수 있겠군, 호레이
쇼! 그렇다면 알렉산더 대왕의 존엄한 유해가 술 단지 마
개가 됐을지도 모르는 일일세.

호레이쇼 그건 너무 지나친 상상이신 것 같습니다.

햄릿 아냐 전혀 그렇지 않아. 아무런 과장 없이 생각해 보아
도 그 정도는 충분히 추리가 가능하네. 알렉산더 대왕이
죽어 땅에 묻으면 재가 될 것이고, 재는 결국 흙인데, 우리

는 흙으로 진흙 반죽을 만들지. 그럼 알렉산더 대왕이 변

205 해서 된 반죽이 결국 마개가 될 수도 있지 않은가.

오만한 시저도 죽어서 한 줌 흙이 되어

바람벽 구멍을 막는 처지가 될 수 있어.

오, 온 천하를 경외심에 떨게 하던 그 흙이

한겨울 찬바람 막기 위해 벽을 때우다니.

210 그런데 잠깐만, 쉿, 저기 왕이 오네.

왕비와 궁정 대신들과 함께.

관을 든 사람들, 사제, 왕, 왕비, 레어티즈, 궁정 대신들 등장

햄릿   그들이 따라가는 건 누구의 관일까?

이렇게 장례식이 초라하다니? 저 고인은

절망에 찬 손으로 스스로 목숨을 끊은

모양이군. 하지만 지체가 있었던 모양이야.

215 잠시 숨어서 살펴보세.

레어티즈 다른 의식은 없소?

햄릿 저건 레어티즈군, 아주 고결한 청년이지. 잘 보세.

레어티즈 다른 의식은 없냐구요?

신부 이것도 교회가 승인했기 때문에

220 이 정도 치른 겁니다. 사망 원인이 미심쩍어서요.

국왕 폐하의 엄명이 없이 관례대로 치렀다면

축도도 받지 못한 채 땅에 묻혀

최후 심판일을 기다려야 했을 겁니다. 구원의 기도 대신

사금파리 조각이나 부싯돌, 자갈 세례를 받았을 겁니다.

그러나 처녀에게 어울리는 꽃 장식,   225

무덤에 꽃 뿌리기, 조종 울리기, 매장하기를

허용하지 않았습니까.

레어티즈 이 이상은 할 수 없단 말이오?

신부   더 이상은 안 됩니다.

평안히 숨을 거둔 사람에게 하듯이

진혼가를 부르고 안식을 노래하면 오히려   230

장례식을 모독하는 게 됩니다.

레어티즈   그럼 묻으시오.

아름답고 순결한 저 아이의 몸에서

제비꽃이 피어나길. 무정한 사제여, 내 고하니

그대가 지옥에 떨어져 고통으로 울부짖을 때

내 누이는 하늘의 천사가 되어 있을 거요.

햄릿   뭐? 아름다운 오필리어가!   235

왕비 (꽃을 뿌리며) 어여쁜 것에게 어여쁜 꽃을! 잘 가거라!

네가 햄릿의 아내가 되길 바랬다. 아름다운 처녀야,

네 신방을 꽃으로 꾸밀 줄 알았지, 네 무덤에 뿌리게

될 줄은 몰랐구나.

레어티즈   아, 삼중의 슬픔이

240 몇십 배가 되어 그놈의 못된 짓으로 섬세한

네 정신을 앗아가 버린 저주스런 놈의 머리에 쏟아져라!

잠깐 흙을 덮지 말아라.

한 번 더 내 품에 안아 보게.　　　(무덤 속으로 뛰어든다)

이제 산 자와 죽은 자 위에 흙을 쌓아라.

245 이 평지를 옛 펠리온 산봉우리[10]보다 더 높이,

하늘을 찌르는 푸른 올림포스산보다 더 높은

산으로 만들어라.

햄릿　　　　　　도대체 누가 이리도 요란스레

한탄하여 그 슬픔에 찬 소리를 듣고

하늘을 떠도는 별들도 넋을 잃고 멈춰서

250 듣게 만드는가? 난 덴마크의

햄릿이다.

레어티즈　(햄릿을 멱살을 잡고) 네 영혼은 악귀나 물어가라!

햄릿　　　　　　　　　　기원이 무엄하구나.

내 목에서 손을 떼어라.

난 성깔이 있거나 경솔하진 않지만

255 내 안에는 위험한 것이 도사리고 있으니

조심하는 게 좋을 거다. 이 손 치워라.

---

10 펠리온 산봉우리 : 거인족이 신들에게 반란을 일으켰을 때 올림포스산의 신들을 공
　격하려고 올림포스산 근처에 있던 오사(Ossa) 산 위에 덧쌓은 산이다.

왕 둘을 떼어 놓아라.

왕비 햄릿, 햄릿!

모두들 자, 두 분!

호레이쇼 왕자님, 진정하십시오.   260

햄릿 내 이 문제를 놓고는 내 눈에 흙이 들어갈 때까지
저자와 싸우겠다.

왕비 오 아들아, 무슨 문제를 놓고 말이냐?

햄릿 저는 오필리어를 사랑했습니다. 4만 명이나 되는
오라비를 다 합쳐도 내 사랑에는 미치지 못합니다.   265
오필리어를 위해 뭘 하겠다는 거냐?

왕 오, 왕자는 제정신이 아니다, 레어티즈.

왕비 제발 그 애 행동을 참아 주게.

햄릿 어디 뭘 할 건지 말해 봐.
울 테냐? 싸울 테냐? 굶어 죽을 테냐? 너 자신을   270
찢을 테냐? 쓴 잔을 들이킬 테냐? 악어라도 먹을 테냐?
그까짓 것 나도 하마. 징징대려고 여기 온 거냐?
무덤 속에 뛰어들어 내 애정을 무안하게 하려고?
산 채로 오필리어와 묻히겠다, 나도 그렇게 하마.
산을 운운하는데, 수백만 에이커의 흙을   275
나와 오필리어 위에 쌓아
그 꼭대기가 태양에 닿아 타고,
오사 산11이 사마귀처럼 보이게 해라. 그래 네가

큰소리치면 나도 그렇게 고함쳐주마.

왕비   모두 실성해서 하는 소리다.
280   발작이 일어나면 저렇게 난리를 치지만
       조금만 지나면 마치 귀여운 황금색 새끼
       두 마리를 까놓은 암비둘기처럼 온순해져
       조용해질 거다.

햄릿   이봐 레어티즈,
       날 이리 대하는 이유가 뭐냐?
285   난 항상 널 좋아했다. 그러나 이젠 상관없다.
       헤라클레스[12]가 무슨 짓을 해도 고양이는
       여전히 야옹거리고, 개는 여전히 짖어대니까.   (퇴장)

왕 호레이쇼, 왕자 뒤를 따라가 보아라.   (호레이쇼 퇴장)
       (레어티즈에게 방백) 어젯밤 나눈 얘기를 생각하고 꾹 참아
290   라. 당장 계획을 시행할 테니.
       거트루드, 아들에게 사람을 붙여 잘 지켜보게 하시오.
       그리고 이 무덤에는 기념비를 세우리라.
       머지않아 조용한 날이 오겠지.
       그때까지 참고 우리 계획을 진행하자.   (모두 퇴장)

11 오사 산 : 올림포스산과 펠리온산 사이에 있던 산.
12 헤라클레스 : 흔히 불가능한 일을 해내는 인물의 전형이다.

제2장

햄릿과 호레이쇼 등장

햄릿　그 얘긴 그쯤 하고, 다른 얘길 해보세.

　자네, 모든 상황을 기억하고 있지?

호레이쇼　기억합니다, 왕자님!

햄릿　여보게, 난 마음속 갈등으로

　잠을 이룰 수가 없었네. 족쇄를 찬　　　　　　　　　5

　모반자보다 못한 신세라고 생각했지. 그래 서둘러서,

　그 일은 서두르길 잘했네.

　치밀한 계획이 실패할 땐 무모함이

　큰 도움이 된다는 걸 명심해야 돼. 그리고

　우리가 아무리 대충 잘라놓아도 신의 섭리가　　　10

　목적대로 형체를 만들어 준다는 것도.

호레이쇼　　　　　　　　　　　　그건 분명합니다.

햄릿　나는 선실에서 일어나,

　선원용 외투를 걸치고 어둠 속을 더듬거려

　바라던 것을 찾아내어

　그 꾸러미를 훔쳐 내 선실로 되돌아와 대담하게,　　15

　두려움 때문에 체면도 잊은 채, 그 중대한 친서를

　뜯어보았네. 호레이쇼, 거기에는

아, 왕의 사악한 음모가 담겨 있었네!

덴마크 왕과 영국 왕의 안위와 관련된

온갖 이유를 늘어놓으면서

나를 살려두면 발생할

갖가지 위험을 운운하면서

읽자마자 조금도 지체하지 말고,

아니 도끼날을 갈 것도 없이

내 목을 쳐야 한다고 적혀 있었네.

호레이쇼   그럴 수가?

햄릿 여기 그 친서가 있으니 짬 날 때 읽어보게.

이제 햄릿이 그 일을 어찌 처리했는지 들어보겠나?

호레이쇼 얘기해 주십시오.

햄릿 그렇게 악행의 그물에 꼼짝없이 걸려들자

머리로 서막을 쓰기도 전에

연극을 시작했네. 난 자리에 앉아

친서를 새로 썼는데 정자체13로 썼다네.

예전에 정치가들이 그랬던 것처럼

나도 예쁜 서체를 천하다 여겨 애써 배운 것을

잊으려고 노력했네만, 이번에

그것이 한몫 톡톡히 했네.

---

13 정자체 : 서기들이 공문서에 쓰는 반듯한 서체를 말한다.

내가 뭐라고 썼는지 알고 싶나?

호레이쇼   네, 왕자님.

햄릿 덴마크 왕의 간절한 바람이니

영국 왕은 덴마크 왕의 충성스러운 봉신인 만큼

둘 사이의 호의가 야자수처럼 번성하니만큼   40

평화의 여신이 밀 이삭 화관을 쓰고

늘 양국 친선의 교량이 되어야 하니만큼

등등 온갖 이유를 댄 뒤

친서를 읽고 내용을 확인하는 즉시

더 이상 논의할 것도 없이,   45

친서 지참자들을 고해할 틈도 주지 말고

당장 처단하라고 썼네.

호레이쇼   봉인은 어떻게 하셨습니까?

햄릿 아 그것도 하늘이 도와주셨지.

아버님의 옥새가 내 지갑 속에 있었네.

지금 덴마크 옥새는 그걸 본떠 만든 거지.   50

난 새 친서를 원래 친서가 접혀 있던 대로 접어

서명한 뒤 옥새를 찍어 바꿔치기한 걸 아무도 모르게

도로 갖다 두었다네. 그런데 바로 그다음 날,

해적과 싸움이 벌어졌고, 그 뒤에

자네가 이미 알고 있는 일들이 벌어졌네.   55

호레이쇼 그럼 길덴스턴과 로젠크랜츠는 갔군요.

햄릿 여보게, 이 일은 그들이 자청해서 한 일이네.

그들에 대해서는 조금도 양심의 가책을 느끼지 않네.

그들의 파멸은 자기네가 공연히 끼어든 탓이니까.

60   강한 두 상대가 격렬하게 찔러대는

칼 사이에 하찮은 존재가 끼어드는 건

위험한 일이지.

호레이쇼   세상에, 뭐 이런 왕이 다 있습니까?

햄릿 자네 생각엔 선왕을 시해하고 어머닐 더럽히고

왕위 계승권에 대한 내 기대에 끼어들고

65   내 목숨까지 노려 그따위 속임수로

낚싯바늘을 던진 자를 내 손으로 없애 버리는 것이

양심상 떳떳하다고 여기지 않는가? 그리고

인간의 본성을 좀먹는 이런 자를 방치하여

계속 악행을 저지르게 하는 건

70   천벌 받을 일 아니겠는가?

호레이쇼 곧 영국에서 그 일의 결과가 어찌 되었는지

그에게 알려 올 것입니다.

햄릿 곧 그럴 걸세. 그때까지는 내 시간이지.

인간의 목숨이란 "하나"하고 세는 찰나에 불과하지.

75   그러나 호레이쇼, 레어티즈에게 이성을 잃고

행동한 것은 참 미안하네.

내 경우에 비추어 볼 때14 그의 심정이 어떨지

헤아릴 수 있네. 그에게 화해를 청해보겠네.

하지만 그가 너무 슬퍼하니까 나도 감정이

격해졌었네.

호레이쇼　　잠깐만요. 저기 오는 게 누구지요?　　　　　80

궁정 신하 오즈릭 등장

오즈릭　왕자님의 덴마크 귀국을 충심으로 환영합니다.

햄릿　참으로 고맙소. (호레이쇼에게 방백) 자네, 이 물파리 같은

자를 아는가?

호레이쇼　모릅니다, 왕자님.

햄릿　그거 다행일세. 저런 자를 알아야 좋을 게 없어. 저자　　85

는 비옥한 땅을 많이 가지고 있네. 짐승도 대장이 되면, 자

기 여물통을 왕의 식탁에 놓고 같이 식사할 수 있지.15 저

자는 천한 출신이지만 광대한 토지를 소유하고 있네.

오즈릭　왕자님, 시간 있으시면 폐하의 말씀을 전해　　　　90

올리겠습니다.

햄릿　내 들으리라, 정신 바짝 차리고.

---

14 내 경우에 ~ 볼 때 : 햄릿이 숙부의 손에 갑자기 아버지를 잃었듯이 자기 때문에
　레어티즈도 갑자기 아버지를 잃은 상황을 말하는 것이다.

15 짐승도 대장이 ~ 수 있지. : 하찮은 존재도 재산만 있으면 왕과 배석할 수 있다는
　뜻이다.

모자를 제 용도에 맞게 쓰게. 모자는 머리에 쓰는 거야.

오즈릭 감사합니다만, 왕자님, 너무 더워서요.

95 **햄릿** 아니지, 북풍이 불어서 너무 추워.

오즈릭 정말 너무 춥습니다, 왕자님.

햄릿 그런데 너무 푹푹 찌는 거 같네. 내 체질엔
더워.

오즈릭 정말, 왕자님, 푹푹 찝니다. 이를테면,

100 말할 수 없을 정도로요. 왕자님, 폐하께서 왕자님에게
큰 내기를 걸었으니 그걸 알리라고 하셨습니다. 그 내용인
즉—

햄릿 (모자를 쓰라는 몸짓을 하며) 제발, 잊지 말고—

105 **오즈릭** 아니요, 왕자님, 정말 이게 편합니다. 왕자님, 최근에
레어티즈 님이 궁정에 돌아오셨는데, 정말이지 완벽한 신
사로서, 아주 출중한 자질들을 두루 갖추고, 아주 부드러
운 사교술 및 빼어난 외모를 지니셨습니다. 사실, 그분에
대해 좀 더 실감 나게 말씀드리자면, 신사의 본보기이자

110 지침서라고나 할까요. 왜냐하면 신사한테서 보고자 하는
온갖 것을 지니셨기 때문입니다.

햄릿 이보게, 그대가 그를 설명함에 부족한 건 없었네. 물론
그의 자질을 하나하나 열거하다 보면 산술 기억력에 혼란
이 오고, 그의 움직임이 너무 빨라 쫓아가기 너무 힘들다

115 는 건 아네만. 그래도 진실로 그를 칭송하건대, 난 그를 대

단히 찬양할 만한 사람이고 참으로 보기 드문 자질을 지닌 자로 여기네. 그와 유사한 사람은 그의 거울뿐으로 그 밖의 사람들은 그의 그림자일 뿐 그 이상은 되지 못할 정도로.　120

오즈릭　그분에 대해서 아주 정확하게 말씀하십니다.

햄릿　그런데 취지가? 왜 그 친구를 우리같이 천한 자들의 입에 올리는가?

오즈릭　예?

호레이쇼　좀 달리 말하면 못 알아듣겠소? 분명 알아들었을　125
텐데.

햄릿　그 신사의 이름을 들먹이는 의도가 뭐냔 말이다?

오즈릭　레어티즈 님이요?

호레이쇼　그의 말 지갑이 벌써 바닥나서 고급 언어들은 다
써 버렸습니다.　130

햄릿　그래, 그 사람 말이네.

오즈릭　왕자님께서도 모르시지 않는다고 생각합니다만—

햄릿　그리 알아주면 좋겠네, 친구. 하긴 그런다고 해도 별
칭찬은 못 되지만. 그래서?

오즈릭　왕자님께서도 레어티즈 님의 탁월함에 대해 모르시　135
지 않으시지만—

햄릿　내 감히 그리 말 못하겠네. 출중함을 두고 그자를 나와
비교해 봐야 하니. 남을 잘 안다는 것은 자기 자신을 아는

것이지.

오즈릭 저는 왕자님, 그분의 무예를 말씀드리는 것이옵니다. 세평에 따르면 그것들에서는 천하무적이라 하옵니다.

햄릿 그의 무기가 무엇인가?

오즈릭 장검과 단검이옵니다.

햄릿 그 두 가지를 사용하는군. 뭐, 좋아.

오즈릭 왕자님, 폐하께서는 그에게 바버리산 말 여섯 필을 거셨고, 이에 맞서 그분은, 제가 알기로, 프랑스산 장검 및 단검 여섯 자루와 그것들에 딸린 자루와 칼 고리 같은 부속품들을 거셨습니다. 그중 운반대 셋은 장식이 아주 뛰어나서 칼자루와 썩 잘 어울리며 아주 정교한 데다 창의력을 한껏 발휘한 것이옵니다.

햄릿 자네가 말하는 운반대가 뭔가?

호레이쇼 이해하시려면 주석이 필요하실 거라 생각했습니다.

오즈릭 운반대란 칼집 말씀이옵니다, 왕자님.

햄릿 만약 우리가 옆구리에 대포를 지니고 다닐 수 있다면 그 표현이 어울릴 것이네. 그때까지는 칼집이라고 했으면 하네. 아무튼 계속하게. 프랑스제 검 여섯 자루 및 부속품과 창의력을 한껏 발휘한 칼집 세 개에 대해 바버리산 말 여섯 필이라. 덴마크 대 프랑스구먼. 그런데 이런 걸 왜, 자네 말마따나, 걸었는가?

오즈릭 왕자님. 폐하께서는 두 분이 열두 번을 겨룰 경우, 그

분이 왕자님을 석 점 이상 앞지르지 못할 것이라는데 거셨
사옵니다. 왕자님. 래어티즈 님은 12회전 가운데 9회전을
자기가 이긴다는 데 거셨습니다. 그리고 왕자님께서 수락 165
하시면 당장 시합이 성사될 것입니다.

햄릿 내가 반대한다면?

오즈릭 제 말씀은, 왕자님, 시합에 응하신다고 수락하시냐는
것이옵니다.

햄릿 이보게. 내 여기 복도를 걷고 있겠네. 폐하께서 괜찮으 170
시다면 이때는 마침 내가 운동하는 시간이니 검들을 가져
오게 하게. 그 신사분이 원하고 왕께서 뜻하신다면. 난 왕
을 위해 이길 것이고 이길 수 있네. 못 이긴대도 몇 번 찔
리고 망신당하는 게 고작이겠지. 175

오즈릭 그렇게 전해 올릴까요?

햄릿 자네 본성에 맞는 어떤 미사여구를 쓰든지 간에 그런
취지로 전달하게.

오즈릭 왕자님께 충성을 바치겠사옵니다.

햄릿 자신에게나 충성하게.　　　　　　　　(오즈릭 퇴장) 180
저자는 자기를 위해 말을 잘해 줄 사람이 아무도 없으니
스스로에게 충성을 잘하지.

호레이쇼 저 물떼새가 머리에 조개껍데기를 쓰고 도망갔습니
다.

햄릿 저자는 젖 빨기 전에 젖꼭지에게 경례부터 했을 걸세. 185

그리고 이 경박한 시대 사람들이 좋아하는 저와 비슷한 패

거리들은 유행어를 습득하지. 그리고 사교를 통해 사이비

지식을 주워 모아 엄선되고 정선된 의견들 사이를 헤집고

190　　　다니지. 그러나 시험 삼아 훅 불면 거품이 다 꺼져버려.

귀족 등장

귀족 왕자님, 폐하께서 젊은 오즈릭 공을 통해 전갈을 보내

셨고, 그가 왕자님이 복도에서 기다리신다는 전갈을 갖고

돌아왔습니다. 폐하께서는 왕자님께서 레어티즈 님과 시

195　　　합하실 의향인지, 아니면 시간이 더 필요한지 알아보라 하

셨사옵니다.

햄릿 폐하의 뜻을 따르겠다는 내 의중에는 변함이 없소. 폐

하께서 좋으신 때를 말씀하시면 난 준비가 되어 있소. 지

금이든 언제라도. 내 몸 상태가 지금 같다면 말이오.

200　**귀족** 폐하와 왕비마마 일행이 오고 계십니다.

햄릿 마침 잘됐군.

귀족 왕비마마께서는 시합에 들어가기 전에 왕자님께서 레

어티즈 님에게 다정한 인사를 하셨으면 하시옵니다.

햄릿 좋은 말씀이오.　　　　　　　　　　　　　(귀족 퇴장)

205　**호레이쇼** 지실 겁니다, 왕자님.

햄릿 난 그렇게 생각하지 않네. 그가 프랑스로 간 뒤에 계속

연습했어. 석 점 접어주니 이길 거야. 내 온 마음에 얼마나
불길한 생각이 드는지 자넨 모를 걸세. 하지만 상관없어.

호레이쇼 안됩니다, 왕자님.　　　　　　　　　　　　　　210

햄릿 어리석은 기우일 뿐, 여자들이나 괴롭힐 걱정 같은 걸
세.

호레이쇼 조금이라도 마음이 내키지 않으면 하지 마십시오.
제가 그분들 오시는 걸 막고, 왕자님께서 준비가 안 됐다
고 아뢰겠습니다.

햄릿 그럴 필요 전혀 없네. 난 전조 따위 믿지 않아. 참새　　215
한 마리가 쓰러지는 데도 특별한 섭리가 있는 법. 죽을 때
가 지금이면 나중에 아니 올 것이고, 나중에 올 것이 아니
라면 지금일 것이네. 지금이 아니라 해도 올 거고. 마음의
준비만 되어 있으면 돼. 아무도 자기가 무엇을 남기고 떠
나는지 모르는데, 좀 일찍 떠난들 어떤가? 내버려 두게.　　220

탁자가 준비된다. 나팔수, 고수, 방석을 든 관리들 등장. 왕,
왕비, 레어티즈, [오즈릭], 전 대신들과 검과 단검 든 시종들 등장

왕 자, 햄릿, 이리 와서 이 손을 잡아라.
　　　　　　　　　　　　(레어티즈의 손을 햄릿 손에 쥐어 준다)

햄릿 여보게, 날 용서하게. 내가 잘못했네.
신사답게 날 용서해주게.

내가 심한 정신 이상으로 고통받고 있는 것은

225 여기 계신 분들이 알고 있고 자네도 필시 들었을 걸세.

자네의 효성, 명예심, 그리고 반감을

심히 자극했을 내 행동은

광기 때문이었음을 이 자리에서 공언하네.

햄릿이 레어티즈에게 잘못 했을까? 절대 그렇지 않네.

230 햄릿이 자기 자신과 분리되어

제 자신이 아닐 때 레어티즈에게 잘못을 하면,

그건 햄릿 짓이 아니고, 햄릿은 그걸 부인하네.

그럼 누가 한 거지? 그의 광기지. 그렇다면

햄릿 또한 피해자인 셈이지.

235 그의 광기는 불쌍한 햄릿의 적이기도 하네.

자, 이 사람들 앞에서

내 악행이 의도적이 아니었음을 밝히니

너그러운 마음으로 내가 지붕 너머로 활을 쏘아

내 형제를 다치게 했다는 생각에서

날 해방시켜 주게.

240 **레어티즈**　　　　　　내게 복수심을

가장 불러일으킨 건 효성인데 그 점에선

이제 됐습니다. 그러나 명예 면에서는

이름에 손상이 가지 않도록

명망 있는 연장자들로부터 화해를 권하는

말씀과 선례를 들을 때까지는

유보하겠습니다. 하지만 그때까지

왕자님의 호의를 호의로 받아들이고

욕되게 하지 않겠습니다.

햄릿   그 말을 흔쾌히 받아들이고

이 형제간의 내기에 허심탄회하게 임하겠네.

검을 다오.

레어티즈 내게도 검을 주오.

햄릿 레어티즈, 내 자네를 빛내 주지. 내가 미숙하니,

자네의 재주는 칠흑 같은 밤의 별처럼

정말 아주 찬란히 빛날 걸세.

레어티즈   놀리지 마십시오, 왕자님.

햄릿 맹세코 놀리는 게 아닐세.

왕 두 사람에게 검을 갖다주어라, 오즈릭. 내 조카 햄릿아,

내기 내용은 알고 있느냐?

햄릿   잘 알고 있습니다, 폐하.

폐하께서 약한 쪽에 유리한 조건을 거셨더군요.

왕 그건 걱정하지 않는다. 너희 둘을 보아 왔는데

그의 실력이 더 뛰어나서, 네게 유리한 조건을 건 것이다.

레어티즈 이건 너무 무겁군. 다른 것 좀 보여 주시오.

햄릿 난 좋은데. 검들 길이는 다 같은가?

오즈릭 그러하옵니다, 왕자님.   (두 사람 경기할 준비를 한다)

와인 잔을 든 하인들 등장

왕 와인 잔들을 저 탁자 위에 올려놔라.

265   햄릿이 1점이나 2점을 득점하거나

3회전까지의 결과 동점을 이루면

성벽 위의 모든 대포를 발사하게 하라.

국왕이 햄릿의 건투를 빌기 위하여 건배할 것이며

그 잔 속에는 덴마크의 역대 네 왕들이

270   왕관에 달았던 것보다 더 값비싼

진주를 넣겠다. 잔을 이리 다오.

그리고 고수는 나팔수에게, 나팔수는

밖에 있는 포수에게, 또 대포는 하늘에,

하늘은 땅에 고하게 하라.

275   '지금 왕이 햄릿을 위해 건배하고 있노라.'고. 자, 시작하

라. 그리고 그대 심판들은 주의 깊게 잘 보아라.

햄릿 자, 덤비게.

레어티즈 덤비십시오, 왕자님.   (둘이 겨룬다)

햄릿 한 점.

280 **레어티즈** 아닙니다.

햄릿 심판.

오즈릭 한 점입니다. 명백한 한 점입니다.

레어티즈 좋다. 그럼 다시.

왕 잠깐, 술을 다오. 햄릿, 이 진주는 네 것이다.

이것은 너의 건투를 비는 것이다. (북소리, 나팔 소리, 포성)

왕   왕자에게 이 잔을 주어라.   285

햄릿 이번 판 먼저 치르겠습니다. 거기 잠시 두십시오.

덤벼라.   (다시 겨룬다)

또 한 점, 어떤가?

레어티즈 인정합니다.

왕 우리 아들이 이기겠군.

왕비   왕자의 몸이 둔해지고 숨도 가쁘네요.   290

여기, 햄릿. 어미 손수건을 받아 이마를 닦아라.

왕비가 네 행운을 빌며 축배를 마시겠다, 햄릿.

햄릿 고맙습니다, 마마.

왕 거트루드, 마시지 마오.

왕비 마시겠습니다. 폐하, 용서하세요.   295

(왕비 마신 뒤 햄릿에게 잔을 권한다)

왕 (방백) 저건 독이 든 잔인데. 너무 늦었다.

햄릿 아직 못 마십니다. 마마, 조금 있다가요.

왕비 자, 네 얼굴을 닦아 주마.

레어티즈 폐하, 이제 그를 찌르겠습니다.

왕   그리 못 할 것 같구나.

레어티즈 (방백) 암만해도 양심에 걸리는군.   300

햄릿 3회전이야, 레어티즈. 자네는 장난만 치는군.

제발 힘껏 공격해보게.

나를 데리고 노는 것 같네.

레어티즈 그래요? 자, 그럼.   (둘이 겨룬다)

305 **오즈릭** 둘 다 무득점이요.

레어티즈 이제 맛 좀 봐라.

(레어티즈 햄릿에게 상처를 입히고, 난투 중 서로 칼이 바뀐다)

왕 저들을 떼어 놔라. 너무 흥분했다.

햄릿 아니, 다시 덤벼라. [햄릿이 레어티즈에게 상처를 입힌다]

(왕비가 쓰러진다)

오즈릭 거기 왕비마마를 돌보시오, 이런!

310 **호레이쇼** 양쪽 다 피를 흘리는군. 왕자님, 괜찮으십니까?

오즈릭 레어티즈, 괜찮소?

레어티즈 이런, 자기 덫에 걸린 도요새처럼, 오즈릭,

내가 바로 내 함정에 빠져 죽는구려.

햄릿 왕비마마는 어찌 된 겁니까?

왕   두 사람이 피 흘리는 걸 보고 졸도했다.

315 **왕비** 아니다, 아냐. 저 술, 저 술! 오, 내 아들 햄릿!

저 술이다, 저 술! 난 독살됐다.   (죽는다)

햄릿 아, 흉계구나! 여봐라, 문을 잠가라.

역모다! 범인을 밝혀내라.   (오즈릭 퇴장)

레어티즈 여기 있습니다, 왕자님. 왕자님도 돌아가실 겁니다.

320 이 세상 어떤 약도 소용없습니다.

왕자님에겐 반 시간의 생명도 남지 않았습니다.

칼끝이 날카롭고 독이 묻어 있는 흉계의 도구는

왕자님 손에 들려 있습니다. 사악한 흉계가 저 자신에게

되돌아왔습니다. 보십시오, 전 이렇게 쓰러져 다시는 일어

나지 못합니다. 왕자님 어머니께선 독살당하셨습니다. 더   325

이상 말을 못 하겠습니다. 왕…… 왕의 짓입니다.

햄릿 칼끝에 독까지! 그렇다면 독이여, 네 역할을 하여라.

(왕에게 상처를 입힌다)

모두 역모다! 역모!

왕 오, 나를 보호해라. 이보게들, 난 부상만 당했다.

햄릿 여기, 이 근친상간에 살인까지 저지른 천벌 받을   330

덴마크 왕아. 이 독 다 마셔라. 네 진주가 여기 있다고?

어머님 뒤를 따라가거라.16   (왕 죽는다)

레어티즈   그는 마땅한 처벌을 받았습니다.

그건 왕이 직접 만든 독주였습니다.

고귀하신 왕자님, 이제 서로 용서를 나눕시다.

저와 선친의 죽음이 왕자님 죄가 되지 않고,   335

왕자님의 죽음 또한 제 죄가 되지 않기를.   (죽는다)

햄릿 하늘이 그대 죄를 용서하리. 나도 그대를 따르리라.

---

16 네 진주가 ~ 뒤를 따라가거라. : 왕은 술잔에 진주(union)를 넣었다고 했다. 햄릿은
   그 단어가 "합일"이란 또 다른 뜻을 갖고 있으므로 죽은 어머니와 죽어 합일하라는
   것이다.

호레이쇼, 난 죽네. 불쌍하신 왕비마마, 안녕히 가십시오.

이 참상에 파랗게 질려 떨고 있는 여러분,

340 이 비극의 무언 배우나 관객일 뿐인 여러분께

시간만 있다면, 오, 말할 수 있을 텐데.—

냉혹한 저승사자가 어김없이 잡아가니—

관두세. 호레이쇼, 난 죽네.

자넨 살아남아 의아해하는 이들에게

나란 사람과 나의 자초지종을 올바로 전해주게.

345 **호레이쇼**   절대 그리 믿지 마십시오.

전 덴마크 인이기보다는 고대 로마 인입니다.

여기 아직 독배가 남아 있습니다.

햄릿   자네는 사나이니

그 잔을 내게 주게. 제발 놓으라고. 내가 마시겠네.

오, 하나님, 이 사태를 설명하지 않고 두면

350 내가 얼마나 크나큰 오명을 남기겠는가, 호레이쇼.

자네가 나를 마음에 품은 적이 있다면

잠시 천상의 행복일랑 미뤄 두고

이 모진 세상에서 고통 속에 숨을 이으며

내 사연을 전해 주게.   (멀리서 행군하는 소리와 포성 소리)

웬 포성 소리인가?

오즈릭 등장

오즈릭 폴란드를 정복하고 돌아온 포틴브라스 왕자가   355

　　영국 사절들에게 요란한 예포를

　　쏘고 있습니다.

햄릿　　　　　　　아, 난 죽네, 호레이쇼.

　　강한 독이 내 정신을 완전히 압도하는군.

　　영국 소식은 듣지 못하고 죽네만

　　포틴브라스에게 왕위 계승권이 가겠구먼.   360

　　내 유언으로 그를 지명하네.

　　그에게 그리 전하게. 그리된 이런저런

　　사정들과 함께─. 이제 남은 건 침묵뿐.　　　　(죽는다)

호레이쇼 고귀한 심장이 터졌구나. 고이 잠드소서, 어진 왕

　　자님, 날개 달린 천사들이 노래 부르며 왕자님을 영면에   365

　　들게 할 것입니다.　　　　　　　(안에서 행군 소리)

　　웬 북소리가 이리로 오는 걸까?

　　포틴브라스, 영국 사절들, 북과 군기 든 병사들 등장

포틴브라스 참변 현장은 어디냐?

호레이쇼　　　　　　　　무엇을 보시렵니까?

　　비참하고 놀라운 광경을 찾으신다면 더 찾을 필요 없습니

　　다.

포틴브라스 이 시체들이 대살육을 말해 주는구나. 아, 오만한   370

죽음이여. 그대의 영원한 암실에서

무슨 잔치 벌이려고 이 많은 왕족을 저리도

무참하게 한꺼번에 쓰러뜨렸느냐?

사신   참으로 끔찍한 광경이오.

영국 소식은 너무 늦게 도착했나 봅니다.

375 명령대로 실행하여 로젠크랜츠와 길덴스턴이 죽었단 말을

들어 주실 분의 귀는 감각을 잃었군요.

고맙단 말을 어디서 들어야 하나?

호레이쇼   고맙다고 말할 자의

생명이 있다 해도 고맙다는 말은 듣지 못했을 거요.

그분은 그들의 죽음을 명하지 않았소.

380 그러나 마침 이 피비린내 나는 사태에 맞춰

왕자님은 폴란드 전쟁에서, 사신들은 영국에서

당도하셨으니, 명을 내려 이 시신들을

잘 보이는 높은 단상 위에 올려놓고

아직 영문을 모르는 세상 사람들에게

385 설명하게 해주시오. 그러면

간통, 살인, 천륜을 어긴 범죄,

우연을 가장한 하늘의 심판과 우발적인 살인,

간계와 술책에 의한 죽음, 그리고

그 결과가 음모를 짜낸 자들의 머리 위에 떨어진 것

390 등에 대해 들으시게 될 겁니다. 제가 이 모든 걸

진실 되게 전할 수 있습니다.

포틴브라스   어서 들어 봅시다.

중신들도 불러 듣게 합시다.

나로서는 이 행운을 슬픈 마음으로 받아들이는 바요.

난 이 왕국에 권리가 있음을 기억하는바,

이번 호기를 맞아 주장하는 바요.   395

호레이쇼 그 문제에 대해서도 말씀드릴 겁니다.

다수의 지지를 끌어낼 분의 말씀입니다.

그러나 먼저 이 일을 처리해 주십시오.

인심이 흉흉하니만큼 음모와 오해 때문에

또 무슨 불상사가 생길까 두렵습니다.   400

포틴브라스   네 명의 부대장은

햄릿 왕자를 무인의 예를 갖춰 단상으로 모셔라.

그분은 보위에 올랐더라면

가장 군주다웠을 것이다. 그리고

그의 시신을 운구하는 동안 군악을 소리 높여

울리도록 하라.   405

다른 시신들도 들어 올려라. 이와 같은 광경은

전장에나 어울리지 이 자리에는 어울리지 않는다.

가서 병사들에게 조포를 쏘라고 명하라.

([시신들을 메고] 행군하며 전원 퇴장.

잠시 뒤 포성 소리가 들린다)

『햄릿』을 읽고 나서

『햄릿』은 셰익스피어의 4대 비극 가운데서도 최고의 작품으로 꼽힙니다. 아니, 흔히 세계 문학사상 최고봉이라 불립니다. 어쩌면 이 극은 단순히 문학 작품의 의미를 넘어선 상징적 특권을 누리고 있다고 말할 수도 있습니다. 여러분은 지금 그 유명한 작품을 읽으셨습니다. 이 극을 읽은 여러분의 소감이 궁금합니다. "역시... 세계 문학 최고답네"라고 느끼셨나요? 아니면 "도대체 왜 이 작품이 세계 최고라는 거지?" 하고 의아함이 드셨나요? 그것도 아니면 "뭐지? 너무 어렵고 잘 이해가 안 되네." 하는 답답함이 드셨나요?

　아마 세 번째 감상이 가장 많았을 것입니다. 그건 절대 여러분의 문해력에 문제가 있어서가 아닙니다. 원래 이 극에는 풀리지 않은 수수께끼 같은 요소가 많고 해석이 애매한 부분이 많습니다. 햄릿의 성격도 딱 한 마디로 규정하기 어렵고 햄릿이 복수를 지연하는 이유도 쉽게 설명이 되지 않습니다. 그래서 세계 문학 작품 중 이 작품에 대한 연구 논문이 가장 많습니다. 또한 세계의 저명한 비평가, 철학가, 심리학자들이 저마다 햄릿을 분석하고 그의 복수 지연 이유를 주장하는 글들을 발표해 왔습니다.

    T. S. 엘리엇은 이 극을 '문학계의 모나리자'라고 부르기도 했습니다. 모나리자처럼 신비하고 수수께끼 같아서 잘 이해가 안 되는 작품이라는 의미입니다. 그러니 여러분들이 책을 덮고 "뭐지?"하고 느꼈다면 그건 아주 자연스러운 것입니다. 이런 『햄릿』의 수수께끼를 풀어서 우리가 모나리자에 감동하듯 이 극의 진가를 이해하기 위해서는 작품을 보다 면밀하게 분석해 보아야 합니다. 그러기 위해 다음과 같은 질문들을 던져보고 그 해답을 생각해 보아야 합니다.

1. 왜 햄릿의 말은 이해가 안 되고 횡설수설하는 것 같죠?
2. 햄릿을 파멸로 이끌고 간 그의 성격적 결함은 무엇인가요?
3. 햄릿은 꼭 우울증 환자 같아요.
4. 연극 속에 연극이 있네요?
5. 이 극에서 도대체 누가 악인이고 누가 선인인가요?
6. 오필리아는 왜 이렇게 답답한가요?
7. 햄릿의 대사 "사느냐 죽느냐 그것이 문제로다"가 그렇게 유명한 이유가 뭐죠?
8. 극의 내용이 자꾸 딴 데로 새는 거 같아요.
9. 무덤파기 광대 장면은 왜 나오나요?
10. 이 극은 왜 '문학계의 모나리자'라고 불리나요?

자 그럼 지금부터 이런 질문에 대해 같이 살펴봄으로써 『햄릿』
의 수수께끼를 하나씩 풀어가 봅시다.

1. 왜 햄릿의 말은 이해가 안 되고 횡설수설하는 것 같죠?
☞ 햄릿의 말장난

숙부가 아버지 왕을 살해했다는 위험한 비밀을 유령으로부터 듣게 된 햄릿은 숙부의 감시의 눈길을 피하기 위해 미친 척하기로 합니다. 미친 사람들의 가장 대표적인 특징은 바로 논리도 맥락도 없는 횡설수설하는 언어입니다. 그래서 광기를 가장하기 위해 햄릿은 헛소리하듯 말장난(pun)을 많이 합니다. 사람들은 햄릿의 엉뚱한 말을 듣고 햄릿이 완전히 미쳤다고 생각합니다. 테리 이글턴(Terry Eaglton)은 햄릿의 말장난에 대해 다음과 같이 말합니다.

> 아버지의 유령처럼 유동적이면서도 셰익스피어의 어떤 광대 못지않게 빠른 햄릿의 수수께끼 같은 말은 상대를 속여 그를 제대로 파악하지 못하게 만든다. 그는 궁정의 권력 세력이 그의 내적 존재의 비밀을 알지 못하도록 가면을 바꾸고 기표가 빠져나가게 만든다.[1]

그런데 햄릿의 횡설수설 속에는 사악한 범죄를 감추고 있는 숙부를 비롯하여 덴마크 궁정에 난무하는 위선적 행위를 꼬집는 말들이 숨어

---

1 Terry Eagleton, *Rereading Literature: William Shakespeare*, Oxford: Blackwell, 1995, p.71.

있습니다. 그의 언어는 신랄하고 통렬하게 덴마크 궁정의 정치적, 사회적, 도덕적 부패를 비난합니다. 하지만 이런 햄릿의 세태 풍자는 사실은 셰익스피어가 당대의 정치 현실, 부조리한 사회상에 대해 풍자하는 것으로 볼 수도 있습니다. 셰익스피어는 이처럼 많은 극 속에서 바보, 광인, 어릿광대를 통해 당대 사회의 부조리함과 불공정을 풍자하고 비판하곤 합니다. 햄릿도 미치광이 가면을 써서 얻은 특권으로 풍자의 자유를 맘껏 누립니다. 하지만 햄릿을 둘러싼 사람들은 그의 언어에 담긴 날카로운 비난의 칼날을 알아차리지 못하고 그저 미친 자의 헛소리라고 생각합니다.

다른 한편 햄릿의 말장난은 동생이 형을 죽이고, 형수와 결혼하는 등 온갖 부조리한 일들이 벌어지는 세상에 대한 햄릿의 대응으로도 볼 수 있습니다. 현대 부조리극에서 흔히 볼 수 있는 대화 단절 혹은 의사소통 붕괴 현상을 우리는 이미 『햄릿』에서 볼 수 있습니다. 이 부조리한 세상을 살아가는 햄릿의 사고와 언어는 체계적이고 논리적일 수가 없습니다. 세상이 너무 어수선하기에 그의 언어도 소용돌이치는 내면의 사고와 감정을 담아내는 광상시가 된 것입니다.

2. 햄릿을 파멸로 이끌고 간 그의 성격적 결함은 무엇인가 요? ☞ 햄릿의 우유부단함

햄릿을 보면서 그가 아버지 유령에게는 당장 복수하겠다고 약속하고는 자꾸 숙부를 죽이지 않는 것이 답답해 보입니다. 그래서 흔히 햄릿은 결심을 행동으로 옮기지 못하는 '우유부단함'이 그의 성격적 결함으로 꼽힙니다. 신중하고 생각이 많은 햄릿은 자신이 본 선왕의 유령이 '자신의 허약함과 우울증이 낳은 나쁜 망상'(2막 2장 595~596)일지도 모른다고 생각합니다. 그래서 햄릿은 유령이 말한 숙부의 아버지 살해 장면을 넣은 극중극을 준비합니다. 그리고 극중극을 보고 비틀거리며 퇴장하는 숙부를 보고는 유령의 말이 진실이었음을 확인합니다.

더 이상 복수를 주저할 명분이 사라지자 햄릿은 과감히 복수를 단행하겠다고 다짐합니다. 바로 그다음 순간 참회의 기도를 올리는 숙부를 발견합니다. 복수할 절호의 기회가 왔지만 햄릿은 또다시 뽑았던 칼을 칼집에 넣습니다. 숙부가 참회하고 있을 때 그를 죽이면 천당으로 갈 것이고, 그것은 복수가 아니라 오히려 그에게 득이 되는 일을 해주는 셈이 된다고 생각했기 때문입니다. 이런 논리로 복수를 지연하면서 숙부가 씻을 수 없는 사악한 짓을 할 때 그를 처단하리라 다시 다짐합니다.

하지만 이 기회를 놓침으로써 본인은 물론 폴로니어스, 오필리아, 거트루드 왕비, 레어티즈, 로젠크랜츠, 길덴스턴 등 수많은 사람이 죽음을 맞이하게 됩니다. 너무 생각이 많고 조심스러우며 우유부단한 햄릿의 성격이 본인뿐만 아니라 주변인들을 죽음으로 몰아넣은 것입니다. 그래서 독일의 비평가 쉴레겔(Friedrich Schlegel)은 이 극을 '사색의 비극'이라고 하였습니다.

심리학 분야에서는 결정 장애 증상을 '햄릿 증후군'이라고 부릅니다. 이는 세상 사람들이 보기에 결정을 못하고 우왕좌왕하는 대표적 인물이 햄릿이라는 것을 말해줍니다. 몇 년 전 우리 나라의 맥도널드 광고에서 전현무 아나운서가 왕관을 쓰고 등장하여 "아침잠이냐, 아침밥이냐 그것이 문제로다."라고 고민하는 광고가 있었습니다. 이 광고는 햄릿의 우유부단한 성격과 그의 대사 "사느냐 죽느냐 그것이 문제로다"를 패러디한 것입니다. 이렇게 햄릿은 결정을 내리지 못하고 고민하는 사람들을 대표하는 존재가 되었습니다. 셰익스피어는 인간의 성격을 잘 분석하고 묘사하여 수백 년이 지난 지금에도 '우유부단함' 하면 바로 떠오르는 햄릿이라는 인물을 창조해 낸 것입니다.

3. 햄릿은 꼭 우울증 환자 같아요

☞ 우울증이라는 병리 현상에 대한 깊은 통찰

 햄릿은 극 초반부터 검은 상복을 입고 어두운 표정으로 등장합니다. 그런 햄릿을 보고 숙부는 "늘 구름이 덮여 있으니 어떻게 된 일이냐?"(1막 2장 66행)고 묻고, 왕비는 "햄릿아, 그 어두운 상복은 벗어버리고, 폐하를 좀 더 다정한 눈길로 바라보려무나."(1막 2장 68행)라고 애원합니다.

 숙부에 의해 아버지가 살해당하고, 어머니가 자기 남편을 죽인 동생과 결혼하고, 가장 믿고 의지해야 할 친구, 연인, 어머니가 햄릿의 비밀을 캐내기 위해 스파이 노릇을 하자 햄릿은 세상이 너무 더럽고 타락한 곳으로 느껴집니다. 고결한 청년 햄릿에게 이런 부조리한 세상에서 살아가는 것은 너무나 힘겹습니다. 그래서 세상에 대한 극심한 환멸을 느끼고 심한 우울증과 염세주의에 빠집니다. 그렇게 우울증에 시달리는 햄릿은 자살 충동까지 느낍니다. 많은 비평가들이 햄릿이 왜 복수를 하지 못하고 지연했을까를 탐구해 왔습니다. 그중 브래들리(A.C. Bradley)라는 비평가는 그것이 햄릿의 우울증 탓이라고 주장했습니다.

 햄릿은 자신의 비밀을 캐내도록 궁정으로 불려 온 친구 로젠크란츠와 길덴스턴에게 자신의 증상을 상세히 설명합니다.

난 요즘 무슨 까닭인지 모르지만 만사에 흥미를 잃고, 늘 해오던 운동도 그만뒀네. 이런 증세가 너무 심하다 보니 이 멋진 산천도 황량한 곳처럼 느껴지고, 이 멋진 공기닫집, 저것 보게, 우리 머리 위에 펼쳐진 저 찬란한 창공, 금빛 별들이 아로새겨진 장엄한 저 하늘 지붕이 내게는 다만 음란하고 유해한 독기가 서린 수증기 덩어리로만 보인단 말일세. 인간은 얼마나 멋진 걸작인가. 그 이성은 얼마나 고귀하며, 그 능력은 또 얼마나 무한한가. 그 자태와 거동은 또 얼마나 반듯하고 찬양할 만한가. 그 행동은 천사와 같고 지혜는 신과 닮았으니. 이 세상의 아름다움이요, 만물의 영장 아닌가. 하지만 내겐 이런 인간이 한갓 먼지로밖에 안 보이네. 난 사람이 싫어.

(2막 2행 295-309)

이런 햄릿의 대사와 극 중 행보는 우울증에 걸린 사람의 병리적 증상을 아주 잘 보여줍니다. 만사에 의욕을 잃고, 세상과 사람을 혐오하고, 자살 충동까지 느끼는 햄릿을 보고 현대 의학자들은 셰익스피어가 너무도 정확하게 우울증 증세를 그려낸 것에 놀랍니다. 바로 이런 놀라운 통찰력과 섬세한 묘사도 셰익스피어가 대단한 작가라고 평가받는 이유 중 하나입니다.

4. 연극 속에 연극이 있네요?

☞ 극중극을 이용한 셰익스피어의 연극론

클로디어스 왕이 햄릿의 진실을 알아내기 위해 여러 스파이를 보내는 반면, 햄릿도 숙부의 사악한 범죄를 확인하기 위해 궁리합니다. 햄릿은 마침 덴마크 궁정에 도착한 비극 단원들에게 선왕의 죽음 장면을 넣은 연극을 공연해달라고 부탁합니다. 셰익스피어는 이 극중극 장면 전후에 연극에 대해 많이 논합니다.

우선 햄릿은 감동을 주는 연극에는 죄지은 자들로 하여금 자기 죄를 회개하게 만드는 힘이 있다고 생각합니다. 그래서 숙부의 살해 장면을 연출하여 숙부의 반응을 보기로 합니다. 연극에는 사람들의 마음을 정화시키는 카타르시스 효과가 있다는 것은 고대 그리스 시대부터 내려온 믿음입니다. 실제로 클로디어스는 자기가 형을 죽인 것과 비슷한 장면이 나오자 연극을 보다 말고 비틀거리며 일어나 퇴장합니다. 퇴장 후 클로디어스는 죄책감을 느끼며 참회의 기도를 합니다. 햄릿이 준비한 극중극 '쥐덫'이 클로디어스에게 카타르시스 효과를 제대로 발휘한 것입니다.

햄릿은 배우들에게 과장되지 않고 자연스러운 연기를 하라고 요구합니다. 또한 무식한 관객을 웃기려고 우스꽝스런 연기를 하는 자들을 비난하는 말도 합니다. 당시 극장은 다양한 계층의 관객들이 모이는 장소였고 지적이고 유식한 관객과 무식하여 자극적인 연기에만 열광하는 관객들이 섞여있는 공간이었음을 이 대사를 통해 알 수 있습니다. 이렇게 연기에 대해 충고하면서 다음과 같이 연극의 목적을 말하기도 합니다.

> 햄릿: 극의 목적은 예나 지금이나 자연에 거울을 비추는 일이라
> 고 할 수 있네. 옳은 건 옳은 대로, 그른 건 그른 대로 고스란
> 히 비추어, 그 시대의 양상을 있는 그대로 보여주는 것이지.
>
> (3막 2장 21~24행)

이렇듯 셰익스피어는 이 극 속에서 연극의 기능, 올바른 연기, 연극의 목적 등 연극 자체에 대해서도 심오한 통찰을 합니다. 이는 극작가 셰익스피어의 자기 성찰이라고 볼 수 있습니다.

5. 이 극에서 도대체 누가 악인이고 누가 선인인가요?

☞ 이분법적 사고를 탈피한 셰익스피어

햄릿은 거트루드 왕비와 침소에서 대화하다가 왕비를 윽박지릅니다. 그러자 두려움에 사로잡힌 왕비가 살려달라고 외치고, 휘장 뒤에 숨어 이들의 대화를 엿듣고 있던 폴로니어스도 놀라서 왕비를 구하라고 외칩니다. 그 순간 햄릿은 휘장 뒤에 숨어있는 자가 숙부인 줄 알고 칼로 찔러 죽입니다. 하지만 그는 햄릿이 사랑하는 여인 오필리아의 아버지이자 숙부의 간신배인 폴로니어스였습니다.

이렇게 폴로니어스를 살해함으로써 햄릿은 아버지의 복수를 수행하던 역할에서 갑자기 폴로니어스의 아들 레어티즈의 복수 대상이 됩니다. 그리고 이 행동으로 그동안 악을 대변하는 클로디어스에 맞서 정의를 구현하던 햄릿의 선한 이미지에 흠집이 생깁니다. 또한 지금까지 그토록 신중하던 햄릿은 이 장면에서는 무모할 정도로 성급한 모습을 보입니다. 이렇게 양극단을 넘나드는 플롯 때문에 햄릿이라는 캐릭터는 복잡하고 모호해집니다.

이 극에서는 햄릿뿐만 아니라 클로디어스도 양면적입니다. 그는 형을 살해한 살인마이고, 형수를 잠자리 상대로 삼은 악인이지만 셰익스피어는 그를 철저한 악인으로 끌고 가지는 않습니다. 클로디어스는 자신이 저지른 죄에 괴로워하고, 참회를 원하며, 형수를 단순한 욕정의 대상으로 여기는 것이 아니라 진정으로 사랑하는 것으로 그려집니다. 비록 클로디어스는 권모술수가 능하고 사악한 자이기는 하지만, 자신이 저지른 행동에 양심의 가책을 느끼고 괴로워합니다. 본능적 욕망에 굴복하여 형제를 살해했지만 양심과 싸우며 자신을 악으로 내모는 본능과 인간으로서의 본성 사이에서 갈등하고 고뇌합니다.

　이런 양면적 속성을 모두 지닌 인물들은 이 극에만 나타나는 현상이 아닙니다. 셰익스피어의 거의 모든 작품에서 인물들은 선과 악, 장점과 단점을 모두 지닌 존재로 그려집니다. 이처럼 셰익스피어는 사람을 단순히 이분법적으로 나누지 않고 늘 복잡하고 다양성을 지닌 것으로 묘사합니다. 이는 셰익스피어가 누구보다 인간을 잘 이해하고 있음을 입증하는 것으로 셰익스피어가 높은 평가를 받는 이유 중 하나입니다. 모든 존재는 늘 한 가지 속성만 지니는 것이 아니라 가변적이고 양면적 속성을 지니고 있으니까요.

6. 오필리아는 왜 이렇게 답답한가요?

☞ 가부장 사회의 여성 억압

이 극에서 오필리아와 햄릿은 로미오와 줄리엣처럼 "운명이 엇갈린 연인"(a star-crossed lover)으로 볼 수 있습니다. 그녀가 클로디어스 왕의 간신배 폴로니어스의 딸이기 때문입니다. 또한 햄릿이 폴로니어스를 살해함으로써 그들의 비극적 사랑은 정점으로 치달아 오필리아는 결국 미친 채 죽음을 맞이합니다. 남성들의 세계에 불어 닥친 피비린내 나는 권력 암투 속에서 하릴없이 희생물이 된 것입니다.

불행한 여인 오필리아는 극 내내 아버지, 오빠, 햄릿으로부터 끊임없이 순결, 정조, 정숙을 요구받습니다. 아버지는 햄릿과의 관계를 청산하라고 요구하고, 오빠는 햄릿의 정욕의 화살로부터 순결을 지키라고 요구하고, 햄릿은 결혼하지 말고 수녀원에서 수절하라고 요구합니다.

그런데 오필리아는 그토록 자신을 억압하는 강요를 받으면서도 자신의 감정이나 의견을 말하지 못합니다. 그저 자신의 감정은 내면에 숨기고 아버지가 시키는 대로 햄릿을 떠보기 위한 미끼가 되기도 합니다. 오필리아는 햄릿에게서 받았던 여러 가지 사랑의 정표들을 햄릿에게 돌려줍니다. 어머니의 성급한 재혼으로 여성의 정조에 대해 깊은 불신을 갖게 된 햄릿에게 오필리아의 이런 행동은 또 다른 변절로 여겨집니다. 이로 인해 햄릿은 오필리아에게 수녀원으로나 가라고 고함치며 모진 경멸들을 퍼붓습니다.

햄릿은 이 극 속에서 '약한 자여, 그대 이름은 여자로다'와 같이 여성을 비하하는 대사를 많이 합니다. 이는 변절한 어머니에 대한 혐오 때문입니다. 그는 어머니의 변절을 전체 여성의 변절로 일반화하면서 오필리아를 비롯한 모든 여성에 대해 강한 혐오감을 보입니다. 가부장 사회에서 여성의 정절은 남성들의 명예로 여겨지며 여성에게 강요되는 가장 중요한 미덕이었습니다.

오필리아는 연인의 손에 아버지가 죽임을 당하는 엄청난 비극을 겪고는 미치고 맙니다. 그런데 광기에 사로잡힌 뒤에 그녀는 이성을 지녔을 때는 절대 입 밖에 내지 못했던 외설스런 노래들을 부릅니다. 정신을 놓고 나서야 자신의 억압된 감정을 발산하는 것입니다. 이런 오필리아의 모습에서 과거 가부장 사회에서 여성이 어떤 삶을 살았는지를 잘 엿볼 수 있습니다. 고분고분 순종적이어야 했으며, 자신의 생각이나 의견을 함부로 드러내지 않고, 수동적으로 아버지나 남자 형제의 통제에 따라야 했던 처지를 말입니다. 모든 것이 달라진 현대 사회를 사는 우리에게는 그런 오필리아의 모습이 아주 생소하고 답답하게 느껴집니다.

7. 햄릿의 대사 "사느냐 죽느냐 그것이 문제로다"가 그렇게 유명한 이유가 뭐죠? ☞ 죽음에 대한 심오한 철학적 명상

햄릿은 숙부에 대한 복수를 지연하는 동안 세상과 인간에 관한 여러 가지 철학적 통찰을 합니다. 그중에서도 죽음과 사후 인간의 운명에 대한 햄릿의 통찰은 극의 처음부터 끝까지 여러 장면에서 다루어집니다. 4막 3장에서는 숙부의 간신배 폴로니어스를 죽인 뒤 그의 시체를 어디에 두었는지 묻는 왕에게 그가 구더기에게 먹히는 중이라고 대답합니다. 그리고 먹는 것에 있어서는 구더기가 제왕이며, 생전의 삶이 어땠는지 상관없이 죽으면 누구나 구더기 밥이 된다고 말합니다.

세계문학사에서 가장 유명한 구절인 "사느냐 죽느냐 그것이 문제로다"로 시작되는 독백도 죽음에 대한 깊은 탐구를 하는 대사입니다. 이 독백에서 햄릿은 죽는 건 잠자는 것일 뿐인데, 자는 동안 꿀지도 모르는 악몽 때문에 우리가 죽음을 두려워한다고 생각합니다. 죽음이라는 잠 속에서 꾸는 악몽이란 사후 세계를 뜻합니다. 결국 인간들은 죽은 다음에 어떤 경험을 하게 될지가 두려워 죽음을 주저하는 것이라고 말합니다.

그리고 5막에서 오필리아의 무덤을 파는 광대가 내던지는 해골들을 보며 햄릿은 또다시 죽음에 대한 상념에 빠져듭니다. 자신을 무척 예뻐해 주었던 선왕의 어릿광대 요릭의 해골을 보며 햄릿은 죽은 뒤 인간이 얼마나 허망한 존재가 되는지 명상합니다. 급기야 온 세계를 지배하고 뒤흔들었던 알렉산더 대왕도 죽어서 한낱 술통 마개가 되었을 수도 있다고 생각합니다. 또 세상을 벌벌 떨게 했던 줄리어스 시저도 찬바람이 들어오지 못하도록 바람벽을 막는 흙이 되었을 수도 있다고 생각합니다.

이런 햄릿의 성찰에 의하면 인간은 생전의 지위에 상관없이 사후에는 모두 똑같은 처지가 되고 맙니다. 이런 날카로운 철학적 명상은 단순히 인간의 사후 운명을 논하는 것이 아닙니다. 거기서 나아가 찰나의 인생을 사는 인간들이 마치 영원히 존재할 듯 탐하고 욕망하는 것이 얼마나 허망하고 무의미한 것인가를 우회적으로 말해줍니다.

8. 극의 내용이 자꾸 딴 데로 새는 거 같아요.

☞ 네 명의 아들과 그들의 복수

이 극에는 햄릿과 비슷한 연령의 젊은이들이 많이 등장합니다. 폴로니어스의 아들 레어티즈, 노르웨이의 포틴브라스 왕자, 그리고 배우가 읊는 서사시 속에 등장하는 아킬레우스의 아들 필로스까지 총 네 명의 아들이 등장합니다. 레어티즈도, 포틴브라스, 필로스도 햄릿처럼 아버지를 잃었고 아버지의 복수를 갚고자 합니다. 그런데 햄릿을 제외하고 세 명은 모두 결단력 있게, 때로는 너무 과격하게 아버지 복수를 수행합니다. 그래서 이들은 햄릿의 행동 방식과 대비가 되면서 우유부단한 햄릿의 성격을 부각시켜 주는 역할을 합니다.

극 초반부터 레어티즈는 햄릿과 극적인 대비를 이룹니다. 햄릿은 대단히 사색적인 데 비해 레어티즈는 검술 등의 기예에 뛰어납니다. 아버지의 복수를 수행하면서 두 인물은 더욱더 대비가 됩니다. 햄릿은 기도하고 있는 클로디어스를 죽이길 주저하는 데 비해, 레어티즈는 교회 안에서라도 복수를 거행할 것이라고 단언합니다. 영국 왕의 손을 빌려 햄릿을 죽이려던 계획이 실패로 돌아가자, 클로디어스는 아버지와 오필리아에 대한 복수심으로 불타는 레어티즈를 이용하여 햄릿을 제거하려 합니다. 그는 검술시합을 통해 왕비나 백성들의 의심을 피하면서 햄릿을 죽일 음모를 짭니다. 이때 레어티즈는 날카로운 검으로 햄릿을 죽이라는 왕의 제안에 더해 치명적인 독약까지 바르겠다고 말합니다. 우유부단하기만한 햄릿과는 대조적으로 복수에 아주 적극적입니다.

한편 포틴브라스 왕자는 자신의 아버지가 고(古) 햄릿 왕에게 빼앗긴 영토를 되찾으려고 군대를 모집합니다. 그런가하면 실리를 따지지 않고 쓸모도 없는 조그만 땅덩어리를 차지하고자 수천 명의 병사를 이끌고 출정하기도 합니다. 그런 포틴브라스의 행동은 햄릿이 아버지에 대한 복수를 실행에 옮기지 못하는 자신을 돌아보고 자책하게 만듭니다.

배우가 읊는 고대 서사시에서 그리스의 영웅 아킬레우스의 아들 필로스는 그 누구보다 잔인하고 과격하게 아버지의 복수를 수행합니다. 트로이의 왕자 파리스 손에 죽은 아버지 복수를 갚으려고 그는 트로이의 노왕 프리아모스를 잔인하게 죽입니다. 복수의 화신처럼 잔인하고 과격하게 그려지는 필로스는 그 누구보다 햄릿과 대비를 이룹니다.

서사시 암송이나 포틴브라스 왕자 이야기, 폴로니어스 살해와 같은 곁 이야기들이 극을 산만하게 만드는 군더더기로 여겨질 수도 있습니다. 하지만 이 곁 이야기 하나하나가 작품 전체를 구성하고 있는 '아버지의 죽음에 대한 아들의 복수'라는 뼈대와 관련있는 일화들입니다. 저돌적인 아들들을 햄릿의 복수 지연과 우유부단한 성격과 대비시켜 그의 성격을 강조하기 위해 셰익스피어가 치밀하게 엮은 극 구조인 것입니다. 그래서 콜리지(Samuel Coleridge)는 셰익스피어의 극들을 '유기적'[2]이라고 평했습니다. 여기서 우리는 셰익스피어의 놀라운 극 구성 능력을 엿볼 수 있습니다.

---

2 전체를 구성하고 있는 각 부분이 서로 밀접하게 관련을 가지고 있어서 떼어 낼 수 없는 것을 말한다.

9. 무덤파기 광대 장면은 왜 나오나요?

☞ 비극 속 희극 장면

폴로니어스의 죽음에 이은 오필리어의 죽음까지 비극적 사건들이 휘몰아친 4막이 끝나고 5막이 시작되면 갑자기 극의 분위기가 확 달라집니다. 극을 지배하던 심각한 분위기가 갑작스럽게 희극적으로 전환됩니다. 두 명의 광대들이 오필리아의 무덤을 파면서 실없는 농담을 주고받기도 하고 노래도 부릅니다. 이 장면은 셰익스피어 비극에 종종 등장하는 '희극적 긴장 완화'(comic relief)로 볼 수 있습니다. 희극적 긴장 완화란 너무 무겁고 비극적인 장면들에 짓눌려 있던 관객들을 희극적 장면으로 잠시 긴장에서 해방시켜 주는 장치라고 보면 됩니다.

이 광대들은 언어부터 다른 등장인물들이 구사하는 점잖고 수사적인 언어와 다릅니다. 그들은 수수께끼, 격언, 노래 등으로 대화하고 가끔 어려운 단어를 잘못 사용하는 말실수도 합니다. 하지만 그들의 실없어 보이는 대화에는 사회를 비난하고 풍자하는 뼈있는 말도 들어 있습니다. 예를 들어 오필리아의 죽음이 자살로 의심되는 데도 기독교식 장례절차를 밟는 것은 그녀가 고귀한 집안의 딸이기 때문이라고 말합니다. 이어서 이런 차별 대우 때문에 높은 양반들이 평교도들보다 물에 빠져 죽거나 목을 매도록 장려 받으니 참 딱한 일이라는 반어법으로 당대의 신분차별 문제를 풍자합니다.

또한 미친 척하기로 한 뒤로 계속 말장난을 해온 햄릿은 이 장면에서 무덤파기 광대가 하는 말장난의 희생자가 됩니다. 그동안 말놀이의 주체였던 햄릿이 무덤파기 광대의 일방적인 말놀이의 대상이 됩니다.

그런가 하면 극 내내 햄릿이 해온 많은 철학적 사고가 이어집니다. 무덤파기 광대가 내던지는 해골들을 보며 햄릿은 다시 죽음에 대한 깊은 상념에 빠져듭니다. 어떤 해골을 들고는 자신의 온갖 법적 지식을 이용하고 증인, 증서들을 남발하여 엄청난 땅을 차지했던 변호사였을지도 모른다고 상상합니다. 죽어서는 그 문서들도 다 넣을 수 없는 땅뙈기밖에 차지하지 못하는데 그렇게 탐욕을 부리는 인간들의 어리석음에 대한 신랄한 풍자가 아닐 수 없습니다. 또 선왕의 궁정 광대였던 요릭의 해골을 마주하고는 햄릿의 이런 사유는 더욱 확장됩니다.

이렇듯 이 광대 장면은 이미 앞의 여러 장면에서 햄릿이 논했던 사후 인간의 운명에 대한 통찰을 조금 다른 각도로 다시 펼치고 있습니다. 전체 플롯의 의미망과 밀접하게 짜인 이런 희극적 장면들을 통해 셰익스피어는 하나의 주제를 다양한 분위기와 어조로 다루고 있습니다.

그런 사유를 통해 햄릿은 죽음으로 만인이 평준화된다는 준엄한 진실을 우리들에게 일깨워 줍니다. 아울러 그저 한 줌 흙이 될 존재들의 욕망과 탐욕에 일침을 가합니다. 그리고 이 극이 세계 최고의 문학으로 추앙되어 온 것은 인간의 가장 중요한 철학적 주제인 죽음의 본질을 이렇게 다각도로 심오하게 통찰하고 있기 때문일 것입니다.

10. 이 극은 왜 '문학계의 모나리자'라고 불리나요?

☞ 신비롭고 다양한 해석이 가능한 극

여러분은 거트루드 왕비가 왜 시동생과, 그것도 선왕이 죽은 지 얼마 지나지도 않아서 결혼했다고 생각하나요? 햄릿의 비난처럼 제어되지 않는 욕정 때문일까요? 아니면 왕비라는 권력을 잃고 싶지 않아서일까요? 숙부를 사랑해서일까요? 그것도 아니면 다른 이유가 있을 수 있을까요? 다음으로 햄릿은 왕비가 마치 숙부와 함께 아버지 죽음에 연루된 것처럼 비난하는데 실제 왕비는 남편의 죽음에 관여한 걸까요? 아닐까요? 오필리아는 왕비의 묘사에 의하면 사고로 물에 빠져 죽은 것인데, 뒤에 나오는 무덤파기 광대들이나 장례를 주도한 신부는 자살이라고 말하지요? 어느 쪽이 맞는 것일까요? 햄릿은 처음에는 미친 척하겠다고 마음을 먹고 미치광이 행세를 합니다. 하지만 휘장 뒤에 숨어있던 폴로니어스를 갑자기 찔러 죽이는 행동이나 오필리아의 무덤에 뛰어들어 레어티즈와 다투는 장면들을 보면 햄릿이 진짜 미친 거 아닌가 하는 의심이 듭니다.

사람마다 위의 질문에 대해 다른 해석을 합니다. 그리고 그 해석에 따라 작품 전체가 달라지기도 합니다. 거트루드 왕비의 성급한 재혼 문제를 예로 들어 봅시다. 셰익스피어는 이 수수께끼를 풀 아주 작은 단서들을 제공하고 있습니다. 그것은 클로디어스가 레어티즈에게 자신이 위험한 햄릿을 함부로 처리하지 못하는 이유를 설명하는 대사에 나옵니다. 클로디어스는 백성이 햄릿을 너무 좋아하고, 왕비가 햄릿만 보고 사는데 자신은 또 왕비 없이는 살 수 없기 때문에 햄릿을 방치했다고 말합니다. 이 대사를 통해 우리는 햄릿에 대한 왕비의 지극한 사랑을 엿볼 수 있습니다. 그렇다면 어쩌면 왕비는 숙부에게서 햄릿을 보호하고자 그와 재혼했을 수도 있다는 추측이 가능해집니다. 클로디어스가 조정 대신들 앞에서 햄릿을 자신의 왕위 계승자로 선포하는데 이 결정도 왕비가 뒤에서 부추겼을 수 있습니다.

만약 이런 요소를 염두에 두고 해석한다면 거트루드 왕비는 햄릿이 비난하는 것처럼 정욕에 사로잡혀 타락한 여자가 아니라 지극히 아들을 사랑하고 보호하려는 모성애를 지닌 어머니가 됩니다. 즉 퍼즐 한 조각을 어떻게 맞추냐에 따라 캐릭터가 전혀 다른 인물이 됩니다.

이렇게 이 극에는 책을 꼼꼼히 다 읽어도 풀리지 않고 해석이 애매하거나 다양한 해석이 가능한 수수께끼 요소가 아주 많습니다. 그래서 유명한 문학 평론가인 T. S. 엘리엇은 이 극을 '문학계의 모나리자'라고 평했습니다. 그리고 바로 이런 특징이 마치 모나리자 그림의 신비롭고 수수께끼 같은 미소 때문에 사람들이 그 그림을 좋아하는 것처럼 많은 사람들이 이 극에 매료되어 분석하고, 해석하고, 나름의 주장을 펼치게 만들었습니다. 예를 들어 정신분석학자 프로이트는 고대 그리스 비극인 『오이디푸스 왕』과 『햄릿』 두 작품을 연구하여 그 유명한 '오이디푸스 콤플렉스'3라는 심리학 이론을 정립했습니다. 프로이트뿐

---

3 세계 최고의 정신분석학자인 프로이트는 소포클레스의 『오이디푸스 왕』과 『햄릿』을 심리학적으로 연구하여 오이디푸스 콤플렉스라는 유명한 이론을 만들어 냈다. 햄릿은 복수를 다짐하지만 극이 다 끝나갈 때까지 복수를 이행하지 못한다. 이는 그의 '오이디푸스 콤플

만 아니라 각 분야의 많은 유명 지성인이 자신들의 철학적, 심리적, 문학적 이론에 햄릿을 차용하였습니다. 결국 단순하고 직선적이고 해석이 명료한 작품에서 느낄 수 없는 해석의 다양성이 이 극을 자타가 공인하는 세계 최고 문학으로 만든 것입니다.

렉스' 때문이라고 프로이트는 말한다. '오이디푸스 콤플렉스'란 아들이 어머니에 대해 무의식적으로 성적 애착을 갖게 되어 아버지를 증오하는 심리이다. 즉 햄릿은 아버지를 제거하고 어머니를 차지하고 싶었던 자신의 무의식적인 욕망을 행동으로 옮긴 클로디어스를 단죄할 수 없었다는 것이다.

윌리엄 셰익스피어 연보

아래 셰익스피어 연보는 셰익스피어에 관한 얼마 안 되는 자료를 기초로 학계에서 인정하는 사실들을 요약한 것이다. 이러한 편린들을 통해서나마 언어가 지닌 깊이와 아름다움을 가지고 인간과 세상에 대해 탐구한 위대한 작가의 삶을 상상해 보는 데 도움이 되길 바란다.

1558년 엘리자베스 1세가 25세의 나이로 튜더 왕조의 마지막 군주로 등극.

1564년 흑사병이 창궐하던 해, 런던의 워릭셔 주의 소도시 스트랫퍼드어폰에이번에서 아버지 존 셰익스피어(John Shakespeare)와 어머니 메리 아든(Mary Arden) 사이에서 셋째 아이이자 장남인 윌리엄 셰익스피어(William Shakespeare) 탄생. 4월 26일 세례 기록으로 보아 탄생일을 4월 23일로 추정.

동료 극작가 크리스토퍼 말로(Christopher Marlowe)도 이 해에 출생.

1573년 셰익스피어의 후원자인 사우샘프턴 백작(Earl of Southampton) 헨리 리즐리(Henry Wriothesley) 출생.

1576년 영국 최초의 공공극장인 시어터(The Theatre) 건립. 이를 시작으로 하여 런던은 연극의 도시로 변모해 감. 한편 셰익스피어의 아버지가 불미스런 일에 연루되어 공직에서 은퇴. 셰익스피어의 공식적인 교육은 13세 무렵 중단된 것으로 추정.

1582년 18세의 이른 나이에 8살 연상인 부유한 집안 출신 앤 해서웨이(Anne Hathaway)와 결혼. (1623년에 67세의 나이로 사망했다는 묘비에 근거한 계산)

1583년 장녀 수잔나(Susanna) 출생.

1585년 쌍둥이 자녀인 햄닛(Hamnet)과 주디스(Judith) 출생.

1586년 이때부터 1592년까지의 기간 동안에 대한 기록이 없다. (이 시기를 '잃어버린 시절'이라 부른다.)

1587년 1567년에 스코틀랜드의 왕위에서 쫓겨나 2년 후 영국으로 망명 와 있던 메리 여왕(Mary Stuart)이 반란 혐의로 처형. 셰익스피어가 여왕의 극단(Queen's Men)에서 활동했을 것으로 추정. (이 극단의 여러 레퍼토리가 셰익스피어 작품과 겹치는 점으로 미루어 추정.)

1588년 메리 여왕의 처형을 빌미로 가톨릭 국가 스페인이 엘리자베스 여왕을 왕좌에서 끌어내리려고 강력한 해군을 파견했으나, 해적

출신 제독 드레이크(Sir Francis Drake)가 스페인의 무적함대인 아르마다(Armada) 호를 격파.

1589년 셰익스피어는 연극계에 종사하기 전 단역 배우로 활동. 이 무렵 『헨리 6세』 1부를 집필한 것으로 추정. (1592년 3월 로즈 극장에서 이 희곡이 공연되어 대성공을 거두었다는 기록이 남아 있다.)

1590~1591년 『헨리 6세』 2, 3부를 집필한 것으로 추정.

1592년 대학 출신 극작가 로버트 그린(Robert Greene)이 「많은 후회로 얻은 서푼짜리 기지 *A Groatsworth of Wit bought with a Million of Repentance*」라는 팸플릿에서 셰익스피어의 유명세를 비난. 이는 이 무렵이면 동료 극작가의 시기심을 불러일으킬 정도로 그가 두각을 나타내고 있었다는 것의 방증.

런던에 흑사병이 창궐하여, 7월부터 1594년 6월까지 극장들 폐쇄. 극단들은 지방 순회공연을 함. 『리차드 3세』, 시집 『비너스와 아도니스』, 『실수 희극』을 집필한 것으로 추정.

1593년 후원자인 사우샘프턴 백작(당시 19세)에게 헌정한 시집 『비너스와 아도니스』 출간. 이 시집은 셰익스피어 생전 출간해서 거둔 가장 큰 성공 사례. 『타이터스 앤드로니커스』, 『말괄량이 길들이기』를 집필한 것으로 추정.

1594년 두 번째 설화시 『루크리스의 겁탈』을 출간. 이 또한 사우샘프턴 백작에게 헌정. 동료 작가이자 경쟁자였던 말로가 술집에서 시비 끝에 칼에 찔려 사망. 『베로나의 두 신사』, 『사랑의 헛수고』, 『존 왕』을 집필한 것으로 추정.

여왕의 전의(典醫)인 로페즈(Roderigo Lopez)가 여왕 독살 혐의로 처형됨.

'궁내부 대신 극단(The Chamberlain's Men)'이 창설되고 셰익스피어는 그 극단의 전속 작가로 활동.

1595년 『리차드 2세』, 『로미오와 줄리엣』, 『한여름 밤의 꿈』을 집필한 것으로 추정.

1596년 열한 살이던 아들 햄닛이 사망. 아버지 존 셰익스피어가 문장(紋章)을 사용하는 것을 허가받은 뒤로 '신사(Gentleman)'로서 서명할 수 있게 됨. 『베니스의 상인』, 『헨리 4세』 1부를 집필한 것으로 추정.

1597년 스트랫퍼드에서 두 번째로 큰 저택 뉴플레이스(New Place) 매입. 『윈저의 즐거운 아낙네들』을 집필한 것으로 추정.

1598년 궁내부 대신 극단의 시어터(Theatre) 극장 임대 계약이 만료되고 재계약이 어려워지자 새로운 극장 글로브(The Globe)를 설립, 셰익스피어와 극단 단원들이 극장의 공동 소유주가 됨. 『헨리 4세』 2부, 『헛소동』을 집필한 것으로 추정.

1599년 『헨리 5세』, 『줄리어스 시저』, 『좋으실 대로』를 집필한 것으로 추정. 아일랜드 총독이었던 에섹스 백작(The Earl of Essex)이 아일랜드 반군을 평정하러 나섰다가 자의적으로 휴전 협정을 맺고 여왕의 명령을 어기고 귀국했다가 연금됨. 풍자물 출판 금지령 선포.

1600~1601년 『햄릿』을 집필한 것으로 추정.

1601~1602년 연금이 해제된 에섹스 백작이 쿠데타를 일으킨 전날

밤 그의 요청으로 『리차드 2세』 공연. 에섹스 백작이 쿠데타 실패 이후 처형되고, 셰익스피어의 후원자였던 사우샘프턴 백작도 이 반란에 연루되어 수감. 극단은 무죄가 입증되어 풀려남. 『십이야』, 『트로일러스와 크레시다』를 집필한 것으로 추정. 부친인 존 셰익스피어 사망.

1602년 『끝이 좋으면 다 좋아』를 집필한 것으로 추정.

1603년 엘리자베스 여왕이 예순아홉의 나이로 사망. 스코틀랜드의 제임스 6세(James VI)가 영국의 제임스 1세(James I)로 등극하여 스튜어트(Stuart) 왕조가 시작됨. 제임스 1세가 셰익스피어 극단을 후원하여 '왕의 극단(King's Men)'이 됨.

1604년 『자에는 자로』, 『오셀로』를 집필한 것으로 추정.

1605년 『리어 왕』을 집필한 것으로 추정. 제임스 1세의 종교 정책에 반발하여 가톨릭 인사들로 구성된 음모가들이 의회가 있는 웨스트민스터 궁 밑의 지하실에 화약을 설치하는 사건(Gunpowder Plot)이 있었으나 내부자의 발설로 실패.

1606년 화약 음모 사건의 주동자인 폭스(Guido Fawkes)와 예수회 신부 가네트(Henry Garnet) 처형. 『맥베스』, 『안토니와 클레오파트라』를 집필한 것으로 추정.

1607년 『코리올레이너스』, 『아테네의 타이먼』, 『페리클레스』를 집필한 것으로 추정. 장녀 수잔나(Susanna) 결혼.

1608년 모친인 메리 아든 사망. 바로 그해에 '왕의 극단'은 실내 극장 블랙프라이어즈(Blackfriars) 임대.

1609년 토머스 소프(Thomas Thorpe)라는 출판업자에 의해 『일찍이 인쇄된 적이 없는 셰익스피어의 소네트들 *Shakespeare's Sonnets, Never Before Imprinted*』이라는 제목으로 소네트 집 출간. 『심벨린』을 집필한 것으로 추정.

1610년 『겨울 이야기』를 집필한 것으로 추정.

1611년 『폭풍우』를 집필한 것으로 추정. 이 시기 거처를 스트랫퍼드로 옮김.

1612년 존 플레처(John Fletcher)와 함께 『헨리 8세』를 집필한 것으로 추정.

1613년 존 플레처와 함께 『고결한 두 친척』을 집필한 것으로 추정. 『헨리 8세』 공연 중 글로브 극장에 화재가 나서 소실된 이후 더 이상 작품을 쓰지 않음.

1614년 글로브 극장 재개관.

1616년 딸 주디스 결혼. 그해 4월 23일, 알려지지 않은 이유로 스트랫퍼드에서 셰익스피어 사망.

1623년 셰익스피어의 아내 앤 해서웨이 사망. 셰익스피어와 같은 극단 소속의 동료 배우이자 막역한 친구였던 존 헤밍(John Hemmings)과 헨리 콘델(Henry Condell)에 의해 36개의 극이 수록된 최초의 셰익스피어 극 전집인 제1이절판(The First Folio) 출간.